宝くじで40億当たったんだけど異世界に移住する
17
すずの木くろ
Suzunoki Kuro
ill 黒獅子
Kurojishi
JN031375
モンスター文庫

バレッタ
グリセア村 村長の娘

フィレクシア
バルベールの技師

ティティス
カイレンの秘書官
リーゼ・
イステール
ナルソンの娘

「あら、もう決闘は挑んでこないわけ？」
志野一良
宝くじで億万長者となった青年
ジルコニア・イステール
ナルソンの後妻

「一度負けて決着はついてんだぞ。
もう一度なんて、
恥ずかしい真似できるかよ」
「……そっか。
分かったわ」
ラース
バルベール第14軍団長

「わぷっ!? リーゼ様！
顔を狙わないでください！」

「きゃー！」
「あはは！
水をかけるなら
顔に決まってるでしょ！」

アルカディア王国 周辺地図

バルベール共和国
Valvert

クレイラッツ
都市同盟
Craylutz

アルカディア王国
Arcadia

プロティア
王国
Protea

エルタイル
王国
Altair

アルカディア王国 国内地図

バルベール共和国
Valvert

砦

グレゴリア

グリセア村

イステリア

クレイラッツ
都市同盟
Craylutz

アルカディア王国
Arcadia

フライシア

王都アルカディア

宝くじで40億当たったんだけど異世界に移住する⑰

すずの木くろ

Contents

序章

眩しい朝日の下、バルベール首都、バーラルの防壁の上で、オルマシオールとティタニアは並んで座っていた。

遠目に見える部族軍の野営地にはたくさんの天幕が張られ、野戦病院の周囲では白い服を着た看護人や軍医が慌ただしく動いている。

バルベール兵と部族民が共同で防御陣地の馬防柵や地面に敷設された釘罠の除去作業を行っており、皆が和やかな雰囲気だ。

あちこちから炊事の煙が上がっており、城門からは食料品を彼らの下に運んでいく荷車が列をなしている。

『ようやく終わったな』

その景色を眺めながら、オルマシオールが言う。

『お前の視ていた未来とは、だいぶ違ったものになったな』

『そうですね。本当なら、3年後にはアルカディアはイステリアに敷いた防衛線が味方の裏切りのせいで破られて、そのまま破滅に向かうはずでしたから』

ティタニアが背後に広がる街並みに目を向ける。

大通りにはたくさんの人が行き交い、中には見物に来た部族民の姿もあるようだ。彼らには案内役兼護衛としてバルベール兵が同行していて、兵士の説明に部族民が感心した様子で頷いている。

こうしてみると、蛮族と蔑まされていた彼らもバルベール人も、何も違いはなく見えた。同じ人間同士、文化や人種は違えど、仲間になると決まれば仲良くできるようだ。アルカディア王国という絶対的な存在があるからこその平和とも言える。

『さて、これからどうするか』

『私はコルツ君の傍にいますよ。彼が生涯を全うするまで。オルマシオールは、そうしないんですか？』

『もちろん、私もそのつもりだ。しかし、四六時中引っ付いている必要もないだろう？　どこか、面白い場所にも行ってみたくてな』

『カズラ様の世界とか、ですか？　美味しいものが、たくさんありそうですもんね』

小さく笑いながら言うティタニアに、オルマシオールも笑う。

『ああ。だが、どうすればあの森を抜けられるのやら。私やお前の力のようなものが働いているふうでもないし、どうして転移されてしまうのか、さっぱり分からん』

以前、グリセア村で試した時のことを思い出しながら、オルマシオールが首を傾げる。強制的に転移する場所で何かを感じないかと気を張っていたのだが、何も感じることができなかった。

自分やティタニアが力を使う際は、言葉では言い表せないが、そういった力の活動が感覚的に分かるのだ。

『あれは、いったい何なのだろうな。カズラだけが通れるというのも、よく分からん』

『そうですねぇ。カズラ様が特別な力を持っているというふうにも感じませんし。でも、彼が来てから未来が視えなくなったことを考えると、私たちには分からないだけで、何か超常的な存在なのかもしれませんね』

『あいつの、のほほんとした顔を見ていると、そうは思えないがな』

『あっ。いけないんだ。悪口を言っていたって、後で告げ口しておきますから』

『ま、待て！　別にそういう意味で言ったわけじゃないぞ!?』

慌てるオルマシオールに、ティタニアが『冗談ですよ』、と笑う。

『まあ、超常的な存在なのかどうかはいいとしても、彼はどこか懐かしい感じがするんですよね』

『ん、お前もか？』

『オルマシオールも、そう感じるのですか？』

『うむ。はるか昔に、あいつとは会ったことがあるような気が……いや、そこまではないか。お前と同じように、あいつと話していると、時折懐かしい感覚がしてな』

彼の言葉に、ティタニアが少し考える。

『……オルマシオールも、死にかけていたところを、人に助けられたことがあると言っていましたよね？』

『ああ。お前とは違って、怪我ではなく病気だったがな。子供の頃、体中が熱を持って、目が爛れてほとんど見えなくなり、動けなくなってしまった。母がどうにかして連れてきた彼らが、治療してくれたんだ』

『助けてくれた人のことは、覚えていますか？』

『少しだけな。病気のせいでよく見えなかったが、白い頭巾を被った連中だったはずだ。彼らの住処に連れていかれて、そこで治療してもらったらしい。熱で朦朧としていて、どんなふうに治療してくれたのかは覚えていないが』

『彼らには、言葉が通じなかったのですよね？』

『ああ。まあ、人間の大人で会話ができない者もあの頃にはよくいたから、別におかしくはないだろう』

『そうですね。治療をしてもらった後のことは？』

『母や兄妹たちと一緒に元いた場所に連れていかれて、何やらぐちゃぐちゃした食べ物を置いていってくれたな。その日のうちに私は全快して、礼を言いに行こうと皆でその住処に行ったんだが、何もなくなっていた。それからは、一度も彼らを見てはいない』

『……不思議な話ですね。たぶん、私を助けてくれた人たちと、あなたを助けてくれた人たちは同じ人なのでしょうね』

ティタニアが言うと、オルマシオールは静かに頷いた。

『カズラの先祖かもしれないな。懐かしさを感じるのは、きっとそういう理由だろう』

オルマシオールはそう言うと、腰を上げた。

『まあ、考えても意味のないことだ。カズラと会えた幸運を、感謝するにとどめておこう』

『どこへ行くんです？』

『感謝ついでに、確認しておきたいことがあるんだ。すぐに戻る』

オルマシオールはそう言うと、ぴょん、と防壁の外へと飛び降りた。

そのまま猛然と走り去って行く彼を見送り、ティタニアはくすりと笑った。

『本当、お優しいこと』

ティタニアはそう言って、再び景色へと目を向けた。

第1章　突然の結婚

アロンドがマリーから平手打ちを食らってから、数時間後。

バレッタは客室で、アロンドの対面でイスに腰掛けて、彼の顎の具合を診ていた。

エイラから彼が話したいと言っていると呼ばれ、仕方なくやって来たのだ。

アロンドは頬がかなり腫れていたので、ついでに診察しているところである。

傍らにはエイラもおり、桶に入った氷水に浸したタオルを絞っている。

「骨に異常はないようです。でも、奥歯の抜けたところがしばらくは痛むと思うので、これを飲んでください。痛み止めの薬です」

解熱鎮痛剤の錠剤を1錠と水の入ったコップを、彼に差し出す。

「ありがとう。助かるよ」

「それでは、失礼します」

「あっ、ちょ、ちょっと待って！　まだ話が！」

さっさと立ち上がるバレッタを、アロンドが呼び止める。

バレッタは迷惑そうな顔で、彼に目を向けた。

「さっさと済ませていただけますか？」

「う……そ、その、イステリアでキミに言ってしまったことなんだけど……」

「別にいいですよ。理由があってなんでしょう？」

　バレッタが冷めた反応をする。

　彼に対する好感度はゼロどころかマイナスの下限をぶち抜いている状態なので、一緒の空間にいるのも嫌なほどなのだ。

「いや、それでも、謝らせてほしいんだ」

　アロンドはイスから立ち上がると、バレッタに深々と腰を折った。

「すまなかった！　キミの大切な人を貶（けな）すような真似をして、本当にバカなことをしてしまったと反省してる！　あの時の俺は最低だった！　あの発言は、すべて撤回する！」

「……」

　頭を下げるアロンドに、バレッタは、はあ、とため息をついた。

　エイラは真剣な顔で、彼を見つめている。

「……分かりました。許します。だから、顔を上げてください」

　トゲトゲしさのなくなった声色で、バレッタが言う。

　アロンドは顔を上げ、笑顔になった。

「ありがとう。ずっと謝りたいと思っていたから、ほっとしたよ」

「そんなに必死に謝られたら、さすがに許さないわけにはいきませんよ」

苦笑するバレッタに、アロンドも肩の力を抜く。

「ありがとう。あの時、俺が言ったことの意味は分かってもらえたかな?」

「あの時? ……ああ、『その時はきっと受けてくれるさ』、ですか?」

街なかでアロンドに啖呵を切った時のことを、バレッタが思い出す。

あの時、2人きりでの食事の誘いを断った時に、彼が発した言葉だ。

「なるほど。今の状況を見越してのことだったんですね」

「というより、こっぴどく振られちゃって、見返してやるって気持ちで言っただけなんだけどね。食事の件は、まあ無理だろうし、忘れてくれるかな」

「はい、無理です。忘れておきますね」

笑顔できっぱりと言うバレッタに、アロンドが笑う。

エイラはどうなることかとハラハラしていたが、会話の内容はともかく、雰囲気はだいぶ良くなったのでほっとした。

自分もこれからは、アロンドに嫌悪感を持たないようにしよう、と結論付ける。

実際、彼のおかげで、ここまで早く戦争が終結できたのだ。

彼が命がけで動いたからこそ、多くの人の命が救われた。

見方によっては、彼は英雄と言っても過言ではないだろう。

「でさ、カズラ様たちと一緒にならなら、食事をしてくれるかな?」

「それなら……はい。いいですよ」

「そっか、よかった。なら、イステリアに帰ってしばらくしたら、誘わせてもらうよ」

「分かりました。では、失礼します」

バレッタはそう言うと、部屋を出て行った。

「アロンド様、これで頬を」

エイラは絞ったタオルを、アロンドに差し出す。

「ありがとう。……えーっと、エイラさん。そういうことだから、エイラさんも俺のこと、許してくれるかな？」

まさかそんなことを言われるとは予想しておらず、エイラが驚く。

「えっ⁉　あ、はい！」

「はは。やっぱり、彼女との話は女性陣に全部共有されてたんだね」

「は、はい……」

「後で、リーゼ様やジルコニア様にも、改めて謝っておかないとね……あ、もう大丈夫だから、エイラさんも行っていいよ」

「承知しました。では、失礼します」

そうして、エイラも部屋を出た。

扉が閉まったのを見届け、アロンドは、どすん、とイスに腰掛けた。

「はあ、あそこまで嫌われてるなんてなぁ……というより、俺はこのままだと地獄行きなんだろうか？　どうにかして徳を積まないとまずいな。アルカディアのために働くことは善行とみなされるんだったっけ」

地獄の動画を思い出し、ぶるっと身を震わせる。

手始めに、今の立場を最大限に利用して、不満を持っているはずのプロティアとエルタイルをどうにかしてみるか、とアロンドは独り言ちるのだった。

その日の昼過ぎ。

バーラルの宿屋で爆睡していた一良(かずら)は、優しく肩を揺すられて目を開いた。

「んあ……」

「カズラ様、おはようございます」

侍女服姿のマリーが、寝ぼけ顔の一良(かずら)ににっこりと微笑む。

「ああ、マリーさん。おはようございます……ふあぁ」

「お疲れのところ、申し訳ございません。ゲルドン様から、急ぎの知らせが来ております」

「ゲルドンさんが？　いったい、何の知らせです？」

「それが、今日の夕方からアロンド兄さんの婚儀があるので、よければ参列していただけないかとのことで」

「へえ、そりゃあおめでたい……ええ⁉」

一良が驚いてベッドから飛び起きる。

「ど、どういうことです⁉　相手は誰なんですか⁉」

「ウズナ様です。アロンド兄さんはゲルドン様の部族の首長になるとのことで、本日の婚儀の際に、そのことについても部族民に通知するとのことですよ」

「なんとまあ……あれ？　でも、確かアロンドさんは……」

以前、リーゼから聞かされた、アロンドが元老院議員たちの前でウズナを殺そうとしていたという話を一良は思い出した。

目的のために殺そうとしていた相手と結婚の約束をしていたのかと、一良は顔をしかめる。

「どういたしましたか？」

きょとんとした顔で小首を傾げるマリー。

その件については彼女には何も話していないのだが、あえて言う必要もない。

どういういきさつなのかさっぱり分からないが、アロンドが族長の娘と結婚すれば、アルカディアと部族たちの繋がりは強固になるはずだ。

まさか、そこまで見越してアロンドは予備の策を用意していたのかと、一良は内心舌を巻いた。

「あ、いや、いきなりで驚いちゃって。でもまあ、おめでたいことですね」

「はい、私もびっくりしました。でも、大切な結婚式の前に、私があんなことをしてしまって……あうう」

マリーが頭を抱える。

アロンドは今朝方、マリーに平手打ちを食らって左上の奥歯が根元から抜けたうえに顎が外れてしまった。

アイザックが顎を嵌めてくれたのはいいのだが、歯が抜けるほどの力で引っ叩かれたアロンドの頬は腫れ上がっているはずだ。

部族の者たちは知らないことなので、本人を目にしたらぎょっとするだろう。

「まあ、あれは仕方がないですよ。今までのことを、平手打ち一発だけで許してあげたんですから。逆に感謝してもらわないと」

「うう、手加減したつもりだったのに、あんなことになるなんて……本気で叩かなくて、本当によかったです」

「うん。まず確実に首の骨が折れて即死すると思うから、今後は力加減には十分注意してくださいね」

「はい……」

そうして、マリーに手伝ってもらい、一良は着替えを始めた。

彼女は心のつかえがすべて取れたからか、一良が着替えをしている間、ずっとあれこれしゃべっていた。

　着替えを済ませ、マリーと一緒に食堂へと向かう。

　宿は貸切状態で、泊まっているのは一良たちだけだ。

　宿の運営も臨時的にアルカディアの人間が行っている。

「それにしても、結婚とは驚きましたね。アロンドさん、何も言ってなかったですよね？」

「はい。今朝、あんなことになってしまったので、言いそびれてしまったのかと思います」

「ああ、なるほど。ナルソンさんたちは、もう知ってるんですか？」

「いえ、アイザック様が伝えに来て私が承ったのですが、皆様おやすみ中でしたので。昼食の前に、カズラ様から皆様にお伝えしていただけると」

「分かりました。ナルソンさんたち、きっと仰天しますね」

　食堂に着き、中へと入る。

　すでにナルソン、ジルコニア、バレッタ、リーゼ、ルグロが席に着いていた。

　皆、かなり眠そうな顔をしている。

　昼食のメニューは、お粥、カボチャのスープ、カリカリに焼いたベーコン、スクランブルエッグだ。

「よう。おはようさん」

「おはよう、ルグロ。皆さんも、おはようございます」

おはようございます、と皆が返す。

「ん？　もしかして、アロンドさんも一緒に昼食をとるんですか？」

席が2つ空いているのを見て、一良がナルソンに尋ねる。

「ええ。今朝はあんなことになってしまったので、アロンドから部族側の話をあまり聞けませんでしたので。もうすぐ、エイラが連れてくるかと思います」

「それはちょうどよかった。さっきマリーさんから聞いたんですけど、アロンドさん、ウズナさんと今日の夕方に結婚するらしいんですよ。ゲルドンさんから引き継いで、部族の族長になるらしいです」

「「えっ!?」」

ナルソンたちが目を丸くする。

「け、結婚？　アロンドがですか？」

「ずいぶんと急な話ですな……」

目を白黒させているジルコニアとナルソンに、一良が笑う。

「はは、ですよね。きっと、今朝言おうとしてたんだとは思いますよ。気絶しちゃって言えなかったみたいですけど」

「うう、申し訳ございません……」

マリーが肩を落とす。

「えっと、アロンドが部族の人と結婚するってことは、アルカディアの貴族と部族の族長に血縁ができるってことだよね？　すごくない？」

「同盟の結びつきを強くするには、これ以上の方法はありませんよね……」

リーゼとバレッタが感心した顔で言う。

「ほらみろ。やっぱ、あいつすげえじゃねえか。アルカディアのために命を賭けたっていうのは、本心だったってことだよ」

ルグロが満足そうに、うんうん、と頷く。

「上手く終戦できたら、最初からこうすることになってたってことだろ？　リーゼ殿たちも、これからはあんまりあいつのこと嫌わないでやってくれよ。自分の人生を全部捧げて、国に尽くしてくれたんだからさ」

「う……そうですね。でも、あの件がなぁ……」

「完全に綱渡りだったってことですもんね。リーゼ様が交渉の場にいなかったら、結婚どころかウズナさんを殺すつもりだったんですから」

「あ？　何だそれ？　何の話だ？」

事情を何も知らないルグロが、困惑顔になる。

ナルソンとジルコニアには一良（かずら）が話していたのだが、彼には伝えていなかったのだ。

「えっとね。アロンドさんがリスティルさんとバーラルに来た時の話なんだけど――」

一良が席に着き、一部始終を説明する。

ルグロは黙って聞いていたが、すべて聞き終わるとあからさまに顔をしかめた。

「おいおい、いくらなんでもそりゃひでえな。ウズナさん、完全に恋する乙女の顔つきだったぞ。そんな相手を手にかける気だったのかよ」

「うん。国のためには仕方がないって思ってたみたい。酷いことにならなくてよかったよ」

「はー。国への忠誠が強すぎるってのも、何だか怖えな……そういえば、ゲルドンさんたち、今朝俺たちに婚儀のこと言えばよかったのにな。忘れてたのかな」

「ルグロが帰る帰るって騒いだから、言うタイミングを逃しちゃったんじゃない？」

「ああ、そっか。悪いことしちまったな……でも、言ってくれれば、式に出ずに帰るなんて言わなかったのに」

そうしていると、エイラがアロンドを連れて部屋に入って来た。

アロンドは左頬が腫れているが、顎は大丈夫そうだ。

彼は一良たちの顔を見るなり、深々と腰を折った。

「皆様、おはようございます」

「おはようございます！　それと、おめでとうございます！」

「おめでとさん！」

一良とルグロがパチパチと拍手しながら言うと、皆が口々に「おめでとう」と祝いの言葉を投げかけた。

アロンドは顔を上げ、きょとんとした顔になる。

「え？　あの？」

「結婚だなんて、びっくりしたわよ。そういうのは、先に言ってくれない？」

ジルコニアが言うと、アロンドは怪訝な顔になった。

「結婚……ですか？」

「ウズナと結婚するんでしょ？　今日の夕方に」

「え、えっと、誰が、ですか？」

「誰がって、あなたしかいないでしょ」

「ええ⁉」

目玉をひん剝いて仰天するアロンドに、皆がきょとんとした顔になる。

「どど、どういうことですかっ⁉　どうして私が彼女と結婚することになっているんですか⁉」

「どういうことも何も、元からそういう話になってたんじゃないの？　カズラさんが言ってたわよ」

「カズラ様！　どういうことなのですか⁉」

「ええ……」

青天の霹靂といった様子のアロンドに、一良が困り顔になる。

「さっき、部族の人から連絡があったってマリーさんから聞いたんですけど」

「マリー！　どういうことだ!?」

「あ、アイザック様から、部族の人から連絡があったと言伝をいただきました。本日の夕方から、婚儀を執り行うので皆様に出席をお願いしたいと」

「なん……だと……」

アロンドは白い顔でふらつき、隣にいるエイラにぶつかりそうになる。

だが、エイラはとっさに身をかわしてしまい、アロンドはその場に転倒した。

ゴン、と床に後頭部をぶつけた音が響く。

「あっ！　も、申し訳ございません！」

エイラが慌てて、アロンドを抱え起こす。

「うう……どうして、どうしてこんなことに……」

半泣きになっているアロンドに、一良たちは顔を見合わせる。

どうやら、彼は結婚についてまったく知らなかったようだ。

「……えーと。こういう場合、どうすればいいんだろ」

「どうすればって、結婚するしかねえだろ」

ルグロが一良に答え、アロンドに目を向けた。

「アロンド。女をその気にさせたんだから、責任を取るのが筋だぞ。ウズナさん、お前にベタ惚れなんだろ？」

「い、いえ、そんなことは……」

「お前、ゲルドンさんに取り入るために、ウズナさんをたらし込んだんだろ。ことが済んだから『はい、さよなら』なんて、クソ外道の所業だぞ」

「地獄に落ちるわよ」

「責任は取らないとダメだって」

「ウズナさんがかわいそうです……」

ジルコニア、リーゼ、バレッタが追い打ちをかける。

アロンドは、「うっ」、と顔を引き攣らせた。

やれやれと、一良が彼に顔を向ける。

「アロンドさんは、ウズナさんが嫌いなんですか？」

「い、いえ。嫌いだなんてことは……」

「それはよかった。彼女、アロンドさんのことをとても大切に想っているように俺は感じました。部族側にいた時は、アロンドさんも思わせぶりな態度を取っていたんでしょう？」

「……はい。そういう策でしたので」

「じゃあ、死ぬまでその策は続けてください。でも、本心から彼女を一生愛してあげてください。仮面夫婦なんて許しません」

「ええ……」

「返事は？」

「……はい」

一良に言われてしまっては逆らうことなどできるはずもなく、アロンドはうなだれるように頷いた。

数時間後。

アロンドの結婚という突然の吉報に、一良たちやバルベール側の者たちは、てんやわんやの大騒ぎとなっていた。

カイレンとエイヴァーの両執政官、元老院議員たち、ラッカとラースをはじめとした将軍たち全員が婚儀に出席することになり、大慌てで祝いの品やら礼装やらをそろえに駆けずり回っている。

そんななか、バレッタとリーゼは、ティティスとフィレクシアと一緒に、宿屋の一室でドレスを選んでいた。

ティティスが持ってきた大量のドレスが、ベッドに広げられている。

「こちらなど、どうでしょうか。バレッタさんにお似合いかと思いますが」

ティティスが薄緑色のドレスを、バレッタに差し出す。

ワンピースタイプの可愛らしいドレスだ。

派手過ぎず地味過ぎず、結婚式の参列にはちょうどよく見える。

「すごくかわいいドレスですね……私、これにします」

「はー、すっごい。バルベールって、服飾も進んでるんだなぁ」

リーゼが物珍しそうに、あれこれとドレスを手にとっては体に当てて姿見で見ている。

「アルカディアのドレスとは、デザインがだいぶ違いますか？」

「違うっていうか、こう、がっつり『ドレスです！』みたいな感じのものが多いのよ。こういう、控えめだけど品があってかわいいデザインは少なくて」

戦争が終わって気が抜けたのか、普段の口調でリーゼが話す。

「でも、私たちまでめかし込まなくてもいいんじゃないの？　軍服で十分だと思うけど」

「せっかくの祝い事ですから、華やかにしたほうがいいかと。リーゼ様の美しさは我が国でも評判ですし、きっと参列者も期待しています」

「ひょ、評判って……えへへ」

ティティスに持ち上げられ、まんざらでもない様子のリーゼ。

実のところ、評判といっても、リーゼが議事堂に来てから議員たちが時たま話題に上げているくらいだ。

まだ未婚ということもあり、政略的にもあわよくば、と考えている者たちは少なからずいるのだが。

「ティティスさん、カイレン様はどの色が好きでしょうか？」

ベッド上のドレスとにらめっこしながら、フィレクシアが尋ねる。

「明るい黄色が好きですよ」

「そんなの、ないじゃないですか！」

「私たちは参列者ですから、あまり派手な色を着るわけにはいかないですよ。控えめにしないと」

「むうう……」

そうしてあれこれ皆で悩みつつも、それぞれ気に入ったドレスを着る。

リーゼは紺色のドレスを選び、ティティスはベージュ、フィレクシアは薄いピンクを選んだ。

どれも落ち着いたデザインだ。

バレッタは頬が緩んでおり、鏡に映った自分を見つめている。

「バレッタ、何か嬉しそうじゃない。そのドレス、そんなに気に入った？」

リーゼが聞くと、バレッタは嬉しそうに頷いた。

年越しの宴の折に、アロンドのゲロの件でドレス姿を一良(かずら)に見てもらえなかったことを悔やんでいたからだ。

褒めてもらえるといいな、とバレッタは緊張半分、期待半分といった感じだ。

「はい。すごくかわいくて、気に入っちゃいました」

「そっか。ティティスさん、このドレスって貰っちゃってもいい？」

「もちろんです。どうぞ、お持ち帰りください」

「だってさ。よかったね！」

「えっ、そんな、悪いですよ。こんな高そうなもの……」

遠慮するバレッタに、ティティスが微笑む。

「いえいえ、貴国にかけていただいたご慈悲のお礼の１つとさせてください」

「そうですよ！　国ごと滅ぼされてもおかしくなかったのに、こんな甘々な対応をしていただいたんですから！」

フィレクシアはそう言うと、バレッタの腕に自身の腕を絡めた。

「私たちは皆さんに感謝しきりなのです。これから、もっともっと仲良くさせてくださいね！」

「ふふ、そうですね」

そうして、皆でわいわいと話しながらドレスを着込むのだった。

バレッタたちが衣装を選んでいる頃。

一良はアイザックを自室に招いて、ワインを飲んでいた。

砂肝と焼き鳥の缶詰を摘まみながらの飲み会である。

「皆、怪我もなく無事で、本当によかったですよ。一時はどうなることかと思いました」

酒でほんのりと顔を赤くした一良が、ソファーに寄り掛かりながら言う。

「すべて、カズラ様のおかげです。国も救われましたし、これで一安心ですね」

「いやいや、皆で頑張ったからこその結果ですよ。全部が上手く転がって、本当によかった」

「はは、確かに。しかし、グレゴルン領で反乱が起きた時は、正直青ざめました」

「ですよねぇ。そういえば、あれからモルスさんたちってどうしてるんです？　生き残ってるんですかね？」

かつてニーベルの配下だった、モルスをはじめとしたグレゴルン領の者たちの扱いは、すべてナルソンに任せてしまっている。

一良としても彼らを気にしていられる状況ではなかったため、今まで完全に忘れていた。

「全員存命です。命を惜しまずに先頭に立ってバルベール軍と戦っていたと聞いています。今は、彼らの希望でバルベール兵や部族の野戦病院の手伝いをしています」

「おお、頑張ってるんですね」

「地獄行きになるのが、恐ろしくてたまらないようです。何か自分たちにできることはないかと、ことあるごとに指揮官に尋ねていると聞いていますよ」

モルスたちは自分たちの今までの行いを白状した際に、「このままだと動画内で八つ裂きにされていたデュクス氏のようになるよ」、と言われていた。

死後も永遠に責め苦を受けるなど恐ろしすぎて、その時点で保身や自分の財を増やそうなどという利己的な考えはすべて吹き飛んでしまっていたのだ。

国のために戦って戦死した場合は大きな徳になるとナルソンに言われていたため、戦闘の際には歴戦の兵士が目を見張るほどの働きを見せた。

幸いにも彼らは生き残ることができたので、「できれば天国に行きたい」、と必死で善行に励んでいるのだ。

何かをする前に、都度、ナルソンに「この行いは善行として数えてもらえるのか」、と確認しているのだが。

「おー、そりゃいいですね。後で声をかけておこうかな」

「きっと大喜びしますよ。カズラ様に認めてもらえたとなれば、さらに頑張るようになるかと」

「ですよね。今度、暇を見つけて会いに行ってみますよ」

そんな話をしながら、ワインを楽しむ。

飲みすぎるとアロンドの結婚式に酔っぱらった状態で出席することになってしまうので、とりあえず2杯まで、と初めに決めてある。

「カズラ様、お聞きしたいことがあるのですが」

「ん、何です？」

一良が2杯目のワインに口をつけながら言う。

「リーゼ様とは、添いとげられるのですか？」

「ぶっ⁉」

思わずむせる一良に、アイザックが慌てる。

「だ、大丈夫ですか⁉」

「げほっ、げほっ！　そ、添いとげるって？」

「あ、いや、語弊があったかもしれません。リーゼ様を傍に置かれるのかなと思いまして」

「傍に置くっていうか……今までどおりの付きあいができればとは、思ってますけど」

「あ！　す、すみません！　出過ぎたことを言ってしまいました！」

アイザックがはっとして、ペコペコと頭を下げる。

「あ、いや、謝らなくてもいいですって」

「いやいや、申し訳ございませんでした！」

水飲み鳥のように頭を下げ続けるアイザックを一良がなだめていると、コンコン、と部屋の扉がノックされた。

「マリーです」

「あ、はい！　どうぞ」

部屋に入ってきたマリーが、ペコペコしているアイザックを見てたじろぐ。

「失礼いたします」

「え、えええと、カイレン様が、結婚式の参列衣装を用意したほうがいいかと尋ねておりますが、いかがいたしますか？」

「ああ、俺はこの服のままでいいですよ。特にめかしこむ必要も、ないでしょうし」

「承知しました。そのようにお伝えいたします」

「おっ、おっ、す、すみませ、おっ」

「ちょ、アイザックさん、大丈夫ですか⁉」

ペコペコしながら急にえずきだしたアイザックの肩を、一良が掴む。

「ぎ、ぎぼぢわるいです」

「お酒飲んでるのに、そんなに勢いよく頭を振るからですよ！　ていうか、いい加減やめてください って！」

「おっ、おっ、おぶ」

「アイザック様！　堪えてください！」

今にも口から放出しそうになっているアイザックをマリーが腰から抱え上げ、猛ダッシュで部屋を出る。

一良はタンスからタオルを引っ張り出すと、慌ててその後を追うのだった。

空がオレンジ色に染まり始めた頃。

今朝まで部族の野営地があった場所の中央に、急遽用意された大量のテーブルが並べられていた。

バーラルの住民と部族の者たちが総出で調理に取り掛かり、半径数百メートルにもおよぶ野外宴会場にさまざまな料理が並べられている。

昨夜まで生きるか死ぬかという状況にあったことが嘘のようで、皆が楽しげな表情だ。

早く料理を食べさせろ、式はまだなのか、という声が、部族の者たちの間から漏れ出ていた。

「おー！　バレッタさん、めちゃくちゃかわいいじゃないですか！」

先にやって来ていた一良が、馬車から降りて来たバレッタに駆け寄った。

期待どおりの反応に、バレッタの頬が緩む。

一良は貴族服のままで、特にめかし込んではいない。

周囲にいる者たちの目が、一斉にバレッタに向けられる。

「そのドレス、すっごく似合ってますね！　借りてきたんですか？」

「ティティスさんが用意してくれたんです。しかも、プレゼントしてくれるって」

「へえ、それはよかった——」

「ねえねえ、私も見てよ」

続いて降りて来たリーゼが、一良の顔を掴んで自分に向ける。

マリーは馬車を降りるなり、先に来ていたリスティルに駆け寄って行った。

「おっ、リーゼもかわいいぞ。そういう控えめなドレスもいいよな」

「んふふ、ありがと。年越しの宴の時のと、どっちが好み？」

「甲乙つけがたいなぁ。どっちも似合ってるって」

「えー？　適当言ってるんじゃない？」

「そんなことないって。リーゼは素体が完璧だから、何着ても似合うんだよ」

「そ、そう？　えへへぇ……」

にへら、とリーゼの顔が緩む。

「カズラさんは、着替えなかったんですか？」

「ええ。というか、かわいいドレスを着てきたのは、バレッタさんたちだけですよ」

「えっ？」

近くにいるナルソンやジルコニアたちに、バレッタが目を向ける。

ナルソンは貴族服、ジルコニアは鎧下姿で、元老院議員たちも正装しているわけではない。

少し離れた場所でゲルドンと話しているカイレンやエイヴァーたちは鎧姿だ。

「あ、あれ？　どうして私たちだけ？」

「部族側が、堅苦しくしないでほしいとのことで。でも、カイレンさんが、綺麗どころには少しオシャレしてもらったほうが華になるからって、ティティスさんを寄こしたらしいですよ」

「すみません、お伝えし忘れていました」

ティティスがすまし顔で、バレッタに謝る。

フィレクシアはすでにその場にはおらず、カイレンの下へと駆け寄っていた。

話しているカイレンの腕を掴んでドレス姿を見せつけ、褒めてもらったのか頭を撫でられている。

カイレンたちが一良たちに振り向き、ぺこりと頭を下げる。

「ジルコニア様にもお願いしたのですが、断られてしまって」

「せっかくの式なんですから、ジルコニアさんも着ればよかったのに」

一良が残念そうに言うと、ジルコニアは苦笑した。

「一応、将軍っていう立場ですし。おめかしする必要はないですよ」

「えー。せっかく美人なのにもったいないなぁ」

「あら。それなら、今度何か着ましょうか？　カズラさん好みの服、何でも着ますよ？」

「いや、旦那がいる前で何言ってるんですか……」

一良が言うと、ジルコニアは「あ、そうだ」と、ぽん、と手を打ち、ナルソンに顔を向けた。

「ナルソン、私たちの結婚のことなんだけど」

「ああ。イステリアに戻ったら、手続きしておくよ。本当にイステール家を出るんだな？」

「えっ⁉」

近くにいたリーゼが驚いて目を剥く。

「お、お母様！　どういうことですか⁉」

「ごめんね。もともと、そういう約束だったから」

ジルコニアがリーゼの頭を撫でる。

「私には、貴族なんて向いてないの。これからは、平民として生きていこうと思って」

「そんな、離婚する必要なんてないじゃないですか！　それに、イステール家を出てどこにいくつもりなんですか⁉」

「カズラさんと一緒に、グリセア村で暮らそうかなって。イステリアにもちょくちょく行くようにするから、いつでも会えるわよ」

「……は？」

リーゼが一良（かずら）に目を向ける。

「どういうこと？　カズラ、やっぱりお母様と――」

「いろいろと誤解を生みそうだから、その話は後にしとけ」

一良（かずら）がリーゼの言葉をさえぎった時、ゲルドンが小走りでやって来た。

「いやはや、皆様。突然の誘いにもかかわらず来てくださり、ありがとうございます」

「あ、ゲルドンさん。このたびは娘さんのご結婚、おめでとうございます」

一良がぺこりと頭を下げると、ゲルドンは恐縮した様子で頭を下げた。

「ありがとうございます。ところで、アロンドが頬を腫らしていたのですが、何があったかご存知で？」

「ん？　アロンドさんから聞いてないんですか？」

「それが、奴に聞いても『いろいろあって』としか答えませんでな……アルカディアを裏切ったように見せる策の件をとがめられたのでしょうか？」

「違います。ただの兄妹喧嘩みたいなものなんで、気にしないでください」

一良が答えると、ゲルドンはきょとんとした顔になった。

「兄妹喧嘩？」

「ええ。マリーさんと昔いろいろあって。仲直りの印に、一発ビンタを食らっただけです」

一良が傍で控えているマリーに歩み寄り、その肩にぽん、と手を置く。

マリーは肩をすぼめ、「すみません……」と小さく漏らした。

リスティルは口を半開きにして、驚いた顔でマリーを見ている。

「そうでしたか！　いやぁ、これからおたくらの国の貴族と親戚になるってのに、あいつが罪人にでもされるのかと気が気ではありませんでしてな。よかった、よかった。うはは！」

ゲルドンがほっとした様子で、豪快に笑う。

「ところで、アロンドさんとウズナさんは？」

「先に東側にいる連中のところで式を始めていましてな。そろそろこっちにも来る頃かと」

「え？　式って、この場所でやるんじゃないんですか？」

「ん？　……ああ、我らの部族の婚儀は、バルベールやアルカディアとは違いまして。『夫婦2人で皆のところを回り、既婚者に婚姻の銀腕輪を撫でてもらう』、というものなんです」

「へえ、面白い風習ですね。腕輪を撫でることには、どんな意味が？」

「『不貞を働いたら二度と他の奴に手を出せないように、先輩の俺たちが利き手を切り落とすからな』という誓約ですな」

「不貞の罰が重すぎる……」

「皆さーん！　そろそろ新郎新婦が来るそうですよー！」

一良（かずら）とゲルドンが話していると、フィレクシアが大きな木の椀を持って駆け寄って来た。

椀には花びらがどっさりと載っている。

カイレンやエイヴァーたちも、こちらに歩いて来た。

「1人1握りずつ、取ってくださいね！」

「あ、もしかして、アロンドさんたちが来たら、これを投げかけるんですか？」

「はい！　『自然の精霊の祝福あれ』、という意味だそうですよ！」

フィレクシアが皆を回り、花びらを配る。

すると、遠くの方から歓声が聞こえて来た。

アロンドたちがやって来たようだ。

花びらを受け取ったルグロが、ニコニコしながら一良の隣にやって来る。

「いやぁ、いいねぇ。こういう堅苦しくない結婚式ってのはさ」

「ルグロの時は、かっちりした感じの式だったの？」

「ああ。何十人もあれこれ祝いの演説をしてよ。朝から晩までずっとそんなのだった。まったく楽しくなかったぞ」

「それは疲れるねぇ……」

「カズラ、アロンドたちが来たよ！」

リーゼが一良の腕を引く。

わあわあと皆に花びらをかけられながら、アロンドとウズナが腕を組み、ゆっくりと歩いて来た。

アロンドは毛皮で作られた豪奢な服を着ていて、腰に剣を差している。

ウズナは赤い刺繍の施された白い帽子に、同じく艶やかな赤色の刺繍が施された白いドレスを着ている。

以前、リーゼたちが着ていたようなものとは違い、落ち着いた印象のドレスだ。

「わあ。ウズナさん、素敵ですね！」

祝福の言葉を投げかける人々に笑顔を振りまくウズナを、バレッタがうっとりとした目で見つめる。

アロンドはさすがというか、完璧な笑顔と立ち振る舞いで皆に「ありがとうございます」、と答えていた。

左頬が少し腫れているが、化粧がされていて赤みは消されている。

「ですね。すごく幸せそうだ」

「よし。皆様、両脇に均等に並んでいただけますかな?」

ゲルドンに言われ、アロンドたちが通れるように、一良たちが均等に分かれて道を作る。

「アロンドさん、ウズナさん、おめでとうございます！」

「アロンド兄さん、おめでとうございます！」

「おめでとう！」

一良、マリー、リーゼが口々に祝福の言葉を投げかけ、花びらを2人の頭上に放る。

他の面々も同じように、最高の笑顔で花びらを放った。

ルグロ、ナルソン、ジルコニアが、アロンドとウズナの右腕に着けられた銀腕輪を撫でる。

「アロンド、我らの部族を頼んだぞ！　ウズナも、こいつをしっかり支えてやれ！」

「承知しました。生涯、部族の繁栄のために力を尽くします」

「私も頑張るね！」

拍手しながら言うゲルドンに、アロンドとウズナが答える。

アロンドは一良に言われたとおり、すでに腹を括ったようだ。

ウズナは頬を染めてニコニコ顔で、とても幸せそうだ。

「お二人とも、お幸せに！」

バレッタが大きな声で言うと、アロンドは彼女ににっこりと微笑んだ。

「ありがとう。キミも、幸せになるんだよ。困ったことがあったら、いつでも俺やウズナに相談してね」

アロンドの台詞に、バレッタが「はい！」と元気に頷く。

アロンドたちは一良たちの間を抜け、カイレンや元老院議員たちの作った道へと進んで行った。

ティティスとフィレクシアは、カイレンたちの傍でアロンドたちを待ち構えている。

「へえ、やっぱりあいつ、大人だね。バレッタの嫌味、完全に受け流してたじゃん」

「バレッタも言うわねぇ」

リーゼとジルコニアが言うと、バレッタは慌てて手を振った。

「ち、違いますよ！　嫌味じゃないです！　今朝、エイラさん伝いにアロンド様に呼ばれて、謝られたんです。それで私も、『分かりました』って答えて、仲直りできたんです」

「えっ。謝られたって、どんなふうに？」

リーゼが少し驚いて聞く。

「私がバルベールの間者なんじゃないかって疑ってたことと、その……えーと」

バレッタが隣にいる一良をちらりと見る。

「そ、そういうことで意地になって、酷いことを言ってしまったって。すごく失礼なことをしたって、頭を下げられました」

「大変でしたね。その時は気づいてあげられなくて、すみませんでした」

「いいえ、隠していた私が悪いので……」

「よし！　後はたらふく食って飲むだけだな！　皆様がた、今夜は盛大に酒盛りといきましょうぞ！　うはは！」

ゲルドンが笑いながら、ルグロの肩をばんばんと叩く。

「そうだな！　んじゃ、いただくとするか！　カズラ、ナルソンさん、行こうぜ！　ジルコニア殿、今日は飲みすぎて吐かないようにな！」

「そういえば腹ペコだ……あ、しまった。缶詰とか持ってきておけばよかった」

「む、それでしたら、マリーたちに用意させましょうか」

「カズラさん、チョコをたくさん持ってきてありますから、一緒に食べません？」

一良がルグロたちと一緒に、料理の並んでいるテーブルへと向かう。

すると、リーゼはバレッタに目を向けた。

「何でアロンドに言い寄られてたって言わなかったの？」

「う……その、そういうことがあったって知られるのが嫌で……」

「そうなの？　私なら、ヤキモチ焼いてもらえるかもって思って言っちゃうけどなぁ」

「うー……」

バレッタが口をへの字にして唸る。

リーゼの言うようにも少し考えたのだが、もしもそういうリアクションがなかったらものすごく凹むので、怖くて言えなかったのだ。

一良を試すような真似をするのは気が引ける、という理由もあったのだが。

「おーい！　バレッタさん、リーゼ！」

バレッタたちが来ないことに気づいた一良が、振り返って呼びかける。

「はいっ！　今行きます！」

バレッタがびくっと肩を跳ね上げ、慌てて一良の下へと駆けて行った。

「んー……ちょっといい子すぎるんじゃないかなぁ？」

「リーゼ、どうした？」

「今行くー！」

リーゼはぱっと笑顔になり、バレッタの後を追うのだった。

アロンドとウズナの婚儀に出席した一良たちは、翌朝の日の出と同時にバーラルを発った。

バイクとトラックのみの編成で、一直線に国境沿いの砦まで街道を爆走中だ。

トラックを運転しているのは一良である。

「おっ、おっ、おっ」

トラックの荷台に乗っているフィレクシアが荷台から身を乗り出し、振動に合わせて妙な声を漏らす。

どうしても付いて行きたい、という彼女の要望を受けて、カイレンの許可を得て同行することになったのだ。

お目付け役として、ラースとティティスも荷台に乗っている。

当初はティティスだけ同伴することになっていたのだが、ラースが「俺らが負けた国ってのがどうなってるのか自分の目で見てみたい」、というので便乗することになったのだ。

ラースは軍団長でもあるので、エルミア国王への謁見を任されたという側面もある。

粗暴なラースに謁見を任せるのはまずいのではとラッカが心配していたが、ティティスが「その時は私が代わりに話しますから」ということで落ち着いた。

「楽しいですね！　まるで風になったみたいですよ！」

「フィレクシアさん、座ってください！　危ないです！」

「そうだぞ。落っこちたらどうすんだ」

ティティスとラースがフィレクシアの両腕を掴んで引き戻す。

「いくらなんでも、はしゃぎすぎだろ。自分の国が負けたこと忘れてんじゃねえのか？」

「勝ち負けなんか、どうでもじゃないですか！」

フィレクシアがにこっと微笑む。

「長かった戦争が終わって、これから何十年、何百年も平和な時代になるんですよ？　神様が現れてくれたことに感謝すべきなのですよ。むしろ、喜ぶべき敗北なのです」

「フィレクシアさん、それを言うのはここだけにしてくださいね」

ティティスがやれやれと、額を押さえる。

「平和が嬉しいのは私も同じですけど、この戦いで死んでいった人たちは大勢います。負けてよかったなんて、言うべきではないですよ」

「むう。それはそうですけど、バルベールは覇権主義国家だったじゃないですか。もしもアルカディアとの戦争に勝っていたとしても、すぐまた戦争、その後も戦争、となっていたはずなのです」

フィレクシアが不満げな顔で言う。

「負けたからといって酷い扱いを受けるわけじゃありませんし、今を生きている人たちにとっては平和が何よりも尊いのですよ」

「ですから、それは分かっていますよ。人前で、負けてよかったなんて言うなと言っているんです」

「そ、それは分かっていますって！」

フィレクシアの返答に、窓を開けて運転していた一良が笑う。

「はは。フィレクシアさんも技師として、今までと違った仕事ができるのが楽しみなんじゃないですか？」

「そうなのです！　これからは、人の恨みを買わない仕事ができるのですよ！　手始めに、あのぐりぐりがついた釘の作りかたを教えてほしいです！」

「ぐりぐり？　ネジのことですか？」

「あれはネジというのですか？　あれは、本当にすごい発明なのですよ！　物作りに革命が起きますよ！」

「うーん。この世界で作るってなるとなぁ……」

「難しい、ですか？」

「俺も専門家じゃないんで、何とも言えないです。まあ、検討してみますね」

そんな話をしながら一行はひた走り、砦が見えてきた。

城門前では大勢の兵士や市民が待ち構えており、一行の姿を見て大きな歓声を上げている。

「ルグロ、おかえり！」

先頭で到着したルグロに、ルティーナが抱き着く。

ルグロはバイクに跨ったまま、彼女を受け止めた。

「おう、ただいま。遅くなってごめんな」

「ほんとだよ！　私、ルグロに何かあったらって、気が気じゃなかったんだから！」

笑顔のルティーナの瞳には、涙が浮かんでいた。

毎日無線で連絡を取っていたとはいえ、心配で仕方がなかったのだろう。

彼女の後ろから、ルルーナやローナたちがルグロに駆け寄る。

「お父様、おかえりなさい」

「戦争の完全終結、おめでとうございます」

「『おめでとうございます！』」

４人の子供たちが祝いの言葉を投げかける。

「おう、ありがとな。つっても、俺はただ突っ立ってただけだ。礼はカズラに言ってやってくれ」

ルグロが振り向き、トラックの運転席にいる一良(かずら)に笑顔を向ける。

子供たちは「ありがとうございます！」と声をそろえ、一良(かずら)に深々と頭を下げた。

いつもながら、礼儀正しくて大変よろしい。

「どういたしまして。あれから、変わりないですか？」

「はい。毎日楽しく過ごさせていただいております」

「ウリボウさんたちと一緒に、畑仕事をさせていただいておりました」

ルルーナとロローナが、城門の向こうを見やる。

そこにはたくさんのウリボウたちが、市民たちと一緒にこちらを見つめていた。

子供を背に乗せているもの、なぜか衣服を着用しているもの、大人たちにモフられまくっているものなど。

誰も怖がっている様子はなく、とても仲が良さそうだ。

「ウリボウさんたちが、荷物運びを手伝ってくれたんです。おかげで、麦の収穫がすごく早く済みましたよ」

ルティーナが一良に微笑む。

「へえ、そんなことまで。指示を出したわけじゃないんですよね？」

「はい。皆が畑仕事をしているのを見て、自分から動いていました。すごく賢いんですね」

「カズラ様！」

すると、1頭のウリボウに跨ったコルツが、後ろにミュラを乗せて駆け寄って来た。

その後ろから、彼らの両親もウリボウに乗って走って来た。

「おかえりなさい！」

「コルツ君、ただいま。元気そうだね」

「うん！　お姉ちゃん、オルマシオール様、おかえり！」

コルツがウリボウの背から飛び降り、トラックの横にちょこんと座っているティタニアとオルマシオールに駆け寄る。

勢いよくティタニアに飛びつき、その顔にぐりぐりと自分の顔を押し付けた。

ティタニアは嬉しそうに、彼の顔をペロペロと舐めている。

「カズラ様、私たちは村に帰れるんですか？」

トラックから降りた一良に、ミュラが歩み寄る。

「うん、帰れるよ。荷物の用意ができたら、いつでも帰っていいよ」

「よかった……カズラ様も、帰ってくるんですよね？」

「そのつもり。でも、いろいろとやらないといけないことがあると思うから、また一緒に暮らすのは少し後になるかも」

「ねえ、カズラ様。村長さんたちは？」

コルツがきょろきょろと辺りを見渡す。

バレッタと一良が、「あっ！」と声を漏らした。

バーラルからここまで一直線に向かってきたため、ムディアは経由していない。

イクシオスも、他の村人たちと一緒にムディアに置いてけぼりだ。

「お父さんたちを拾ってくるの、忘れちゃってましたね……」

「しまった、ムディアにも連絡してないですよね。リーゼ、アンテナ出してくれ」

「うん」

リーゼが携帯用アンテナを無線機に繋ぎ、アンテナをムディアの方角へと向けた。

バレッタが無線機を受け取り、スイッチを入れる。

「こちらバレッタ。ムディア応答せよ。どうぞ」

『あっ、バレッタ！　まだ戻って来ないの？　どうぞ』

若い女の声が無線機から響く。

今日の無線番はシルベストリアのようだ。

「ごめんなさい、私たちもう砦に来ちゃってて……バーラルから直行するって言い忘れてました。どうぞ」

『えー!?　連絡がないから、バリンさんたち酒盛りしちゃってるよ。軍の偉い人たちと、ずっと飲みまくってるの。どうぞ』

「そ、そうですか。準備ができたら、シルベストリア様たちもイステリアに戻ってもらえますか？　どうぞ」

『うん、分かった。バレッタたちは、すぐに村に戻るの？　どうぞ』

「いえ。たぶん、いろいろとやることがあると思うので……あ、カーネリアン様に、無線機とアンテナを渡しておいてもらえると」

　バレッタがあれこれとシルベストリアと話し、無線を切る。

　すると、それを見ていたルティーナが一良に目を向けた。

「そういえば、この砦なんですけど、いつまでも『国境沿いの砦』じゃ呼びにくいって皆さんが言ってるんですよ」

「ああ、確かにそうですね。何か名前を付けたほうがいいですよね」

「はい。それで、何がいいかっていろんな人に聞いて回ったのですが、『グレイシオール砦』がよいのではという意見が多くて。いいでしょうか？」

「ぐ、グレイシオール砦……」

　まさかそんな名前を付けられるとはと一良が唸っていると、リーゼがその背をぽん、と叩いた。

「いいじゃん、グレイシオール砦。ぴったりだと思うけど？」

「まあ、皆がそれがいいっていうならいいけど。ナルソンさん、いいですかね？」

「とてもよい名前ですな。そうしましょう」

　ナルソンの言葉に、周囲にいた者たちが、わっと歓声を上げる。

「それじゃ、イステリアに帰りましょ。あと、ナルソン」

　ジルコニアがナルソンに近寄り、顔を近づける。

「ニーベルは、イステリアに移送済みよね？」

「ああ。お前に言われたとおり、屋敷の地下牢に閉じ込めてある。好きにしていい」

「そ。ありがと」

ひそひそと話す2人に、一良たちが小首を傾げる。

ジルコニアは一良に顔を向け、にこっと微笑んだ。

「さあ、出発しましょう。休憩は別にいりませんよね？」

「んー、どうしようかな。ティティスさんたちは、疲れていませんか？」

トラックの荷台に座ったままのティティスたちに、一良が声をかける。

「フィレクシアさん、ラースさん。体調は？」

「めちゃ元気です！」

「秘薬を貰ってるからな。これっぽっちも疲れてねえよ」

3人にはリポDを与えているので、体調はすこぶるよさそうだ。

身体能力が強化されないように、リポDを与えるのはとりあえず今日までということになっている。

「とのことです。お気遣い、ありがとうございます」

「んじゃ、出発しますかね。腹が減ったらいつでも言ってください。停車して休憩にするんで」

「承知しました」

そうして、一良たちはコルツたち村人に村に帰っていいと申し付け、グレイシオール砦を発った。

オルマシオールはウリボウたちのまとめ役としてコルツたちと一緒に後で来るとのことで、ティタニアは念のための護衛として一良たちに同行することになった。

第2章　取り戻した日常

イステリアへと向け、トラックとバイクの集団が街道をひた走る。

イステール領内は平和そのもので、砦に向かう隊商や巡回の兵士たちと何度もすれ違った。

すでにバルベールとの戦争が終結したことは知れ渡っているようで、すれ違う者は皆、「アルカディア王国万歳！」「イステール領軍万歳！」と声を上げてくれた。

「皆、すごくいい顔してたね」

一良(かずら)のトラックの隣を並走しながら、リーゼが微笑む。

サイドカーにはルルーナが乗っており、楽しそうに景色を眺めている。

トラックを挟んで反対側には、バレッタが運転するバイクにロローナが乗っていた。

「バルベール相手に、まさかの完勝だからなぁ。そりゃあ喜ぶよ」

「だね！　あとは、北から来るっていう異民族の対処だけすればいいんだもんね」

「うん……って、これからかなり忙しくなるよな。万里の長城用にレンガを大量生産しないといけないし、戦費でカツカツになった財政もどうにかしないとだし」

「アルカディアは、金欠状態なんですか？」

荷台のフィレクシアが、話に加わる。

「俺は詳しくは知りませんけど、あれだけ大勢動員したんだから、そうじゃないかなって」

イステール領はもとより、アルカディア王国のすべての領地は総動員体制になっていた。食料は強制的に徴収されてイステール領以外では配給制となり、道具や衣類の工房の大半は軍需品の生産に置き換えられていた。

イステール領に限っては工房の機械化が進み、市民総出で軍需品の生産とはならなかったため、民需品の生産に影響は出ていない。

とはいえ、戦時ということもあって、高級食材の消費はかなり落ち込んでいた。

早期に戦争が終わったため、失業率が上がったり市民が困窮するといった事態にはなっていないので、これからイステール領は未曽有(みぞう)の好景気に沸くことになるかもしれない。

ちなみに、金銀細工のアクセサリーの需要は急増していたりする。

万が一イステール領軍が敗北した際に、少量でも換金や袖の下に使える品として、市民貴族問わず貯め込む者が多かったからだ。

「俺らの国から賠償金がしこたま手に入るんだから、別に心配する必要はねえだろ？」

ラースが砦で貰ってきたドライフルーツを摘まみながら言う。

「領地もだいぶ割譲するんだし、これからは儲かる一方じゃねえか。ほっといたって、そちらさんは金持ちになるさ」

「そうは言っても、賠償金の支払いは分割ですから。割譲地が安定するのも時間が必要でしょ

「そんなもんかねぇ？　ま、いざとなったらおたくら神様連中がどうにかするんだろ？」

「ラ、ア、ス、さ、ん！」

　ぞんざいな口の利きかたをするラースを、ティティスが睨みつける。

　ラースは「分かった、分かった」と両手を挙げて降参のポーズをした。

「カズラ様、イステリアが見えてきました！」

　ルルーナが前方を指差す。

　長い防壁の上には兵士たちが大勢上がっていて、一良たちの到着を待ち構えていた。

　砂埃を巻き上げて走る一行に気づいたようで、皆が歓声を上げながら手を振っている。

　時刻は昼過ぎで、半日かからずにバーラルからイステリアまで帰ってこれた。

「おー。あれがイステリアですか！」

　フィレクシアが荷台で立ち上がり、楽しそうにイステリアの防壁を眺める。

　すぐに、「座ってろ」、とラースに肩を掴まれて座らされていた。

　城門から騎兵の集団が出てきて、こちらに向かって来る。

　一行は速度を緩めて騎兵隊と合流し、彼らに守られながらイステリアへと向かった。

「アルカディア王国万歳！」

「グレイシオール様万歳！」

城門をくぐって街に入るなり、大通りに詰めかけた市民たちが大合唱する。

建物の2階から花びらを撒く者、さまざまな楽器を手に音楽を奏でる者、感極まって涙する者などで大変な騒ぎだ。

兵士たちは道の端から市民が飛び出してこないようにと、大声で注意しながら人々を押さえている。

「す、すごい騒ぎですね」

予想以上の騒ぎに、バレッタがバイクを走らせながら一良(かずら)に言う。

「皆、嬉しくてたまらないんですよ。しばらくの間は、お祭り騒ぎになりそうですね」

「ナルソン様ー！　グレイシオール様はどちらにおられるんですかー!?」

「我らの神を、どうか一目拝ませてください！」

先頭を走るナルソンに、市民たちが叫ぶ。

ナルソンは苦笑しながらも、片手を挙げて彼らに応えるにとどまっている。

「おー。グレイシオール様、すごい人気なのですね」

フィレクシアがトラックの荷台から身を乗り出し、運転席の窓をのぞき込む。

ラースとティティスが、彼女がおっこちないようにと慌てて服を掴んだ。

「まあ、わざと噂を流して煽ってた面もありますからね」

「彼らに宣言しないんですか？『俺が神様だぞ』って」

「いや、そんなことしてもいいことないでしょ」

「だ、か、ら！　フィレクシアさん！」

「お前、本当に18歳かよ……本当は12、13歳だったりするんじゃねえのか？」

怒るティティスと呆れるラース。

フィレクシアは意に介さず、楽しそうに一良にあれこれ話しかけている。

そうして大歓声を浴びながら大通りを進み、たっぷり1時間以上かけてナルソン邸外周の軍事区画へと到着した。

一行が城門をくぐると門が閉められ、やれやれ、と皆が息をつく。

そのままナルソン邸の庭園まで進み、ようやく乗り物から降りることができた。

「あー、疲れた！」

ジルコニアがバイクに寄り掛かり、ぐっと背伸びをする。

ナルソンも疲れた顔で、ため息をついた。

「本当に疲れたな……さて、陛下に連絡をせねばな」

「そんなの、少し休んでからでいいんじゃない？　すごく疲れた顔してるわよ？」

「いや、そうもいかんだろ……というか、陛下へのご報告を『そんなの』とか言うな」

顔をしかめるナルソンに、ルグロが笑う。

「いやいや、ジルコニア殿の言うとおりだって。父上への報告は俺が適当にやっておくから、ナルソンさんたちは風呂でも入って休憩しとけよ」

「し、しかし……」

「しかしも案山子（かかし）もねえって。つうか、立場的にその役目は俺じゃねーの？」

「た、確かにそうですが」

「お父様、殿下から『連絡は少し休んでから』と陛下に伝えていただいて、後ほどご一緒に陛下にご報告をしては？」

リーゼの意見に、一良（かずら）たちも「それがいい」と頷く。

「……では、そうするか。殿下、よろしくお願いいたします」

「おう。んじゃ、ぱぱっと済ますか。リーゼ殿、アンテナ頼むわ。屋上行こうぜ」

「はい！」

リーゼが携帯用アンテナを手に、ルグロと一緒に屋敷へと入っていく。

ナルソンはそれを見送り、一良（かずら）に顔を向けた。

「では、風呂にしますか。カズラ殿、ジル、バレッタ、先に入ってくれ」

「私はちょっと野暮用があるから、後で入るわ。ティティスたち、先に入っていいわよ」

ジルコニアがティティスたちに目を向ける。

ティティスは驚いた顔になった。

「えっ。お風呂を使わせていただけるのですか？」

「いいに決まってるでしょ。あなたたちは客人なんだから」

「ありがとうございます。フィレクシアさん、あまり時間を使ってはいけませんし、一緒に入ってしまいましょう」

「おっ、ティティスさんと初めて一緒にお風呂なのですよ！　バレッタさんも、一緒にどうですか？」

「ちょっ、何を言ってるんですか！　失礼ではないですか！」

慌てるティティスに、バレッタは苦笑しながらも頷いた。

「いえ、大丈夫ですよ。3人くらい十分入れる広さですし、一緒に入っちゃいましょうか」

「む……ナルソンさん、ラースさん、俺たちも一緒に入っちゃいます？」

「え、ええ……？」

「おま……別にいいけどよ」

一良（かずら）の誘いにナルソンが困惑し、ラースが呆れ顔になる。

「お風呂は3つありますから、ルティーナさんたちもお子さんたちと入っちゃってください。まとめて入って、時短といきましょう」

「ふふ、分かりました」

屋敷に入り、風呂場に直行して脱衣所に入る。

男3人というむさくるしいことこのうえない状態にもかかわらず、なぜか一良はニコニコしていた。

「カズラ様よ。どうして俺らみたいなのと一緒に入るなんて言い出したんだ？　リーゼ殿とかと、一緒に入ればいいじゃねえか」

ガチャガチャと鎧を外しながら、ラースが妙な物でも見るような目を一良に向ける。

「いや、せっかくラースさんが来てくれたんですし、ここはいっちょ裸の付きあいでもして、じっくり話そうかなって」

「別に風呂で話さなくても……うーん、3人でもまあ、大丈夫かな？」

開け放たれている浴室を、ラースがのぞき込む。

浴槽はそれなりに広いが、この3人で入ったら少々窮屈そうだ。

「一番大きな風呂を使わせてもらってますし、大丈夫ですって。うわ、すっごい筋肉ですね！」

鎧下を脱いで上半身裸になったラースを見て、一良が驚く。

ラースは筋骨隆々で、腹筋は6つに割れており、無駄なぜい肉などまったくない。

2メートルを超える高身長と相まって、すごい迫力だ。

「うむ。これは素晴らしい。毎日訓練をしているのか？」

ナルソンも服を脱ぎながら、ラースに聞く。

「いや、これは体質なんだ。訓練もしちゃいるが、そこまで根詰めてやっちゃいないよ。勝手にこうなっていくんだ」

「ほう、そうなのか。ラッカ将軍は兄弟なのだろう？　まるで似ていないように見えるが」

「よく言われるよ。でも、正真正銘血のつながった兄弟だぞ。あいつも、脱ぐと結構いい体してるんだけど、どうにも線が細くてさ」

「へえ、体質で筋肉が付くなんて、羨ましいなぁ。俺なんてヒョロヒョロですよ。腹筋だって割れてないし」

全裸になった一良が、自分の腹をさする。

「別に普通じゃねえか？　それに、筋肉なんてなくても、ジルコニアみたいな怪力があるんだから別にいいじゃねえか」

「ああ、まあ、そうですね。ナルソンさんも、結構引き締まってるんですね」

「私はただ痩せているだけですよ」

全裸になった男3人で、浴室に入る。

イスと桶は3つ用意されており、それぞれ座って湯舟の湯をすくって頭からかぶった。

「まずこれで髪を洗って、その後でこれです。体はこっちを使ってください」

一良がシャンプー、コンディショナー、ボディーソープを指差す。

ラースはシャンプーのボトルを手に取り、へえ、と声を漏らした。

「綺麗な入れ物だな。これも神の国のものかい？」

「そうです。すごくいい香りがするんで、気に入ると思いますよ。上の部分を押し込むと、先っちょから液体が出てきます」

「ほほう、どれどれ……」

ラースがボトルを押し込み、シャンプーを手に出す。

「こりゃあいい香りだ。女どもにくれてやったら、きっと大喜びするな」

「ティティスさんとフィレクシアさんも、今頃驚いてるかもですねぇ」

「バルベール上層部のご婦人にプレゼントすれば、今後あれこれと協力的になるかもしれませんな。カズラ殿、どうでしょうか？」

３人でくっちゃべりながら、ワシワシと頭と体を洗う。

そうしているうちにラースは気持ちがほぐれてきたようで、表情から硬さが取れて笑顔が出てきた。

「おっし、全身ピッカピカだ。湯に入ってもいいか？」

「どうぞどうぞ」

「んじゃ、お先に失礼して」

ラースが浴槽に入って肩まで浸かる。

ざばっ、と音を立てて湯があふれ出した。

「ああ、いい湯加減だ。湯に浸かるのなんて、ひさしぶりだ」

「そんなにか。ずっと出征していたのか?」

ナルソンも湯舟に入る。

湯舟は幅があるので、向かい合って入れば大丈夫そうだ。

3人とも足を伸ばして入れるだろう。

「ああ。あっちこっち行かされて、働きづめだったよ。たまにバーラルに戻った時は入っていたが、基本は野営地暮らしだったからさ」

「それじゃあ、久方ぶりのお風呂をしっかり楽しまないと。ラースさんはお酒は好きですか?」

「ん? 酒は大好きだが、風呂から出たら飲ませてくれるのかい?」

「ふふふ」

一良(かずら)はニヤリと笑うと、浴室の入口に行って顔を出した。

シャンパンボトルと氷の入ったステンレスのバケツ(※ワインクーラー)、シャンパングラスの3つ載ったおぼんを手にしたマリーと目が合う。

「おっ、準備万端ですね」

「お申しつけいただいた物は、こちらでよろしいでしょうか?」

「ええ、ばっちりです。ありがとうございます」

「あの……本当に1本頂いてしまってもよろしいのでしょうか？」

マリーが恐縮した様子で、床に置いてあるボトルを見る。

ずんぐりとしたガラスボトルのラベルには、フランス語で「ドンペリニョン2008」と書かれていた。

戦争が終結した後で皆に振る舞おうと、一良が日本でいくつか買ってきて隠しておいた酒の1つだ。

リーゼに言うと我慢できなくなってしまうかもと思い、マリーとエイラにだけ存在を明かしていた。

「もちろんですよ。ハベルさんやリスティルさんと、思い出話でもしながら楽しんでください」

「ありがとうございます！」

「おーい、何をコソコソやってんだ？」

ラースの声が背後から響く。

一良はマリーからそれらを受け取ると、浴室へと戻った。

「さあて、お湯に浸かりながら酒盛りといきますか！」

「うお、マジか……って、それは黒曜石のボトルか⁉　そのコップは、透明な黒曜石だよな⁉」

「カ、カズラ殿、湯に入りながらの飲酒は体に毒かと」

「まあまあ、脱衣所にはマリーさんが控えてくれてますし、大丈夫ですよ。ね、マリーさん？」

「あ、はい！　どういたしましたか？」

ひょこっと、マリーが顔をのぞかせる。

全裸の一良と目が合うが、ルーソン邸では入浴後のノールやアロンドの体拭きもしていたため、男の裸は見慣れているので動じない。

一良は慌てて、マリーに背を向ける。

「い、いや、何でもないです。あと、氷水も用意してきてもらっていいですか？」

「承知いたしました」

マリーが引っ込んだのを確認し、一良は気を取り直してグラスを2人に配った。

ボトルを握ってコルクの針金を外し、ぐりぐりとコルクをねじる。

ぽん、という小気味いい音とともに、コルクが抜けた。

「ささ、どうぞ。ぐいっとやってください」

「おお、ありがとう。神様にお酌してもらえるとは……シュワシュワしてて綺麗だな」

「すみません。お先にいただきます」

ラースとナルソンが、グラスを傾ける。

液体を口に流し込んだ途端、2人は目を見開いた。

「「美味い！」」

「それはよかった。んじゃ、俺もお湯に入りますかね」

一良が湯に入り、自分のグラスにもドンペリを注いで一口飲む。

「うお、ほんとだ。こりゃ美味いわ」

「カズラ様！ もう一杯くれ！ いや、ください！ めちゃくちゃ美味い！」

「何と美味な……こんな酒がこの世にあったとは」

「はは、気に入ってもらえてよかった。はい、どうぞ」

「あっ、いやいや！ 酌係は俺がやるから！ ナルソン殿、ほら！」

いきなり超上機嫌になったラースが、とろけそうな顔でナルソンに酌をする。

「おお、すまんな。というより、乾杯を忘れていたぞ。カズラ殿、改めて乾杯しましょう」

「それもそうですね。んじゃ、乾杯！」

カチン、と3人で乾杯をする。

そうして、美味い酒の力のおかげで、3人は楽しく風呂での酒盛りを楽しむのだった。

その頃、ジルコニアはハベルを連れて、ナルソン邸にある地下牢へと向かっていた。

ハベルは手に大きな木箱を持っており、歩くたびにガチャガチャと金属音が鳴り響く。

ジルコニアは機嫌がいいのか、鼻歌混じりだ。

ジルコニアは鎧下姿で丸めた紙を1枚持っており、ハベルは鎧姿である。

「ああ、楽しみ。あいつ、どんな顔をするかしら」

「あの、ジルコニア様。いったい何をするおつもりですか？」

ハベルが木箱を見つめ、額に脂汗を浮かべる。

木箱の中には、足枷付きの長い鎖と手足首切断用の切断機、ハンディカメラが入っていた。

切断機は、前に野盗の指を切り落とした物の手足用バージョンだ。

青銅の刃の片側は半固定されており、もう片側には木製の取っ手が付いている。

取っ手を持ち上げれば刃が上がり、下ろせば刃が台に接するという仕組みのものである。

イステリアでは、過去に重犯罪者への懲罰に用いられていた道具だ。

だが、犯罪者にただ苦痛を味わわせるよりも危険作業用の労働力として使ったほうが良いというナルソンの方針で、彼が領主になってからはこの道具は使われたことがない。

「ふふ、当ててごらんなさい？　もし当たったら、金一封出すわよ？」

にやり、と凄みのある笑みでハベルを見るジルコニア。

ハベルは背筋に悪寒を走らせながらも、口を開いた。

「……この切断機で、奴の手足を切り落とすのでしょうか？」

俺がその様子を撮影するんだろうなと考えながら、ハベルが言う。

ジルコニアは楽しそうに、にこっと微笑んだ。

「ざーんねん！　違うんだなぁ」

「で、では、足枷はともかく、切断機は何に使うのですか？」

「ふふっ。前にカズラさんに見せてもらった映画に、面白いものがあって。似たようなことをしてみようと思ってね」

いったい何が行われるのかとハベルは戦々恐々としながら、ジルコニアに続く。

廊下を進み、地下牢へと続く階段を下りた。

ジルコニアは鍵束を取り出して鍵を開け、扉を開けると、しんと静まり返った真っ暗な通路が現れた。

普段なら誰かしら犯罪者が投獄されていて灯りが点いているのだが、その者たちは別の場所に移送済みだ。

ジルコニアはポケットからサイリウムを取り出して、折り曲げた。

黄色い光が輝き、通路をぼんやりと照らす。

彼女は鍵を束ねる輪っかの部分に人差し指を入れて、くるくると回し始めた。

「行きましょ。薄暗いから、転ばないようにね？」

「は、はい」

じゃらじゃらと鍵の音を響かせて、ゆっくりと通路を進む。

途中、2つほど鍵のかかった扉を抜けて、最奥にある部屋の前にやって来た。

ジルコニアが、扉の鍵穴に鍵を刺し込む。

ガチャリという重い音とともに、鍵が開いた。

ギィィ、と分厚い木の扉が開く。

「っ！　ようやく来たか！　いつまでこんな場所に縛り付けておく気だ⁉」

石造りの広い独房の中央で、イスに縛り付けられたニーベルが怒りの形相で叫ぶ。

「ごめんなさいね。バルベールとの戦争が終わったから、いろいろと忙しくて」

ニーベルが怪訝な顔になる。

ジルコニアは楽しそうに彼の顔を眺めながら、ゆっくりと歩み寄る。

「……戦争が終わっただと？」

「ええ、そうよ。結果は同盟国の完勝。バルベールは、アルカディアの従属国になったわ」

ニーベルの正面に置かれていたイスに、ジルコニアが座る。

彼はすぐに、小馬鹿にしたような表情になった。

「見え透いた嘘を。そんなことを言って、私からもっと情報を引き出すつもりだろうが」

「嘘じゃないんだけど……信じてくれないの？」

「あのな、貴殿が私の立場だったら、簡単に信じるか？　……ところで、その光っているものは何なのだ？」

ニーベルがジルコニアの持つサイリウムを見る。

「これ？　グレイシオール様から貰った、光の精霊の力が入った照明道具よ。すごく便利なの」

「またその名か。まったく、国民を扇動するためとはいえ、よくもそんな嘘を言いふらす気になったものだ」

「もう。私は嘘なんか1つも言ってないのに」

ジルコニアが、ぷくっと頬を膨らます。

そして、持っていた紙を広げてニーベルに見せた。

「これ、アルカディアとバルベール、それと北の部族の講和合意書よ」

「ほほう。それはすごいな。こんなものまで作って、私を騙そうとするとは。いやはや、ご苦労痛み入る」

まったく信じないニーベルに、ジルコニアは「はあ」とため息をついた。

「あーもう。せっかく合意書の原本を持ってきたっていうのに、信じてくれないんじゃ何の意味もないじゃない。ハベル、カメラをちょうだい」

ジルコニアがハベルを振り返る。

彼は短く返事をして、木箱の布を捲り上げてハンディカメラを取り出し、ジルコニアに手渡した。

「それは何だ？」

「合意書を見ても信じてもらえないんだから、これを見てもらうしかないと思って」

ジルコニアがカメラを起動し、ルグロ、カイレン、ゲルドンたちが講和合意書にサインをしているシーンを再生した。

ニーベルが見られるように、画面をくるりと回す。

「な……に……？」

画面に映し出される動画と響き渡る彼らの話し声に、ニーベルの顔が驚愕に染まった。

「ね？　本当だったでしょ？」

ジルコニアが可愛らしく微笑む。

ニーベルは言葉が出ず、食い入るように画面を見つめ続けている。

やがて動画が終わり、ジルコニアはカメラと講和合意書をハベルに渡した。

「というわけで、戦争はおしまい。約束どおり、裏切り者の名前を全員教えてもらえるかしら？」

「ふ、ふざけるな！」

ニーベルが怒鳴り声を上げる。

「今のは幻覚だ！　何か私に、薬でも盛ったのだな⁉　あんな道具、存在してたまるかッ！」

「えー……」

ジルコニアが、酷く不満そうな顔で唸る。

「これ以上、証明のしようがないんだけどなぁ」

「いくら私を騙そうとしたって無駄だからな！　絶対に騙されんぞ！」

「ん、そっか。じゃあ、もういいや」

ジルコニアがにこりと微笑む。

「あなたはこれから、条件付きの監禁処分。情報は教えてもらえなかったけど、戦勝の恩赦ってことで、今までの罪は全部赦してあげる」

「……は？　ど、どういうことだ？」

ニーベルが額に脂汗を浮かべながら問う。

「そのままよ。殺さないって約束だったし、それは守る。でも、赦すっていっても、さすがに即解放っていうのは無理でしょ？」

ジルコニアはそう言うと立ち上がり、ハベルの持つ木箱から足枷付きの鎖を取り出した。

木箱の布は、中の切断機が見えないようにかけたままだ。

「だから、あなたには、ここで一生暮らしてもらう。ここにずっといてくれれば、それでいいから」

ジルコニアはニーベルに歩み寄り、左足に足枷を付けた。

鎖の端を手に、壁に取り付けてある金具へと向かう。

「ま、待て！　ここで一生だと⁉　こんな暗い地下牢で、死ぬまで過ごせというのか⁉」

嘘の苦手なジルコニアからまったく嘘の気配が感じられず、ニーベルが慌ててまくし立てる。

彼女の言っていることはすべて事実だと、論理ではなく本能で認めた。

「さっき、条件付きの監禁と言ったな⁉　それは何だ⁉」

「えっとね、あなたが頑張れるなら、解放してあげることにしたの」

金具に鎖を付け、ガチャリ、と鍵をかけながらジルコニアが言う。

「な、何でもする！　あれか、国のために内政に尽力しろというのだな⁉　やるとも！　どんな案件でも、私に任せてくれれば――」

「あ、違う違う。そんな小難しいことじゃないわ」

ジルコニアはニーベルの下に戻ると、腰から短剣を引き抜いた。

ニーベルが「ひっ！」と悲鳴を上げる。

「怖がらないでよ。傷つけたりしないから」

ニーベルを縛っている縄を、ジルコニアは短剣でぶちぶちと切った。

縛られていた腕を摩りながら困惑しているニーベルに彼女は微笑み、ハベルに手を差し出した。

「ハベル、木箱をちょうだい」

「はっ！」

ハベルが緊張した様子で、木箱を彼女に手渡す。

ジルコニアは「ありがと」、と木箱を受け取ると、それをニーベルの足元に置いた。

そのすぐ隣にサイリウムも置き、木箱の布を取り払う。

中に入っている切断機を見て、ニーベルの表情が引きつった。

切断機は長らく使われていなかったせいか、手入れ不足で刃が錆びきっており、ボロボロだ。

「ここで暮らしたくないのなら、いつでも出て行っていいわ。そしたら、無罪放免。自由の身よ。それじゃ、元気でね」

ジルコニアがニーベルの肩を、ぽん、と叩く。

「は？　それはどういう意味――」

「さてと。ハベル、帰りましょ」

ジルコニアはペンライトを取り出して灯りを点けると、ハベルの脇をすり抜けて出口へと向かった。

ハベルは「むごい……」、と小さく漏らし、憐れみの目をニーベルに向けた後、ジルコニアを追った。

「ま、待て！　無罪放免と言うのなら、足枷を外してくれ！」

「だから、『条件付きの監禁』って言ったじゃない」

ジルコニアが出口の扉に手をかけ、振り返る。

「ここから出たいなら、出て行けばいい。その切断機で足を切り落として、足枷から逃れて、ね」

「……な」

「ここにはもう、誰も来ないから。それじゃ、頑張ってね！」

ジルコニアは胸の前で両手の拳をぐっと握って微笑むと、扉を開けて出て行った。

ハベルはニーベルの顔を見ないように視線を前に向けたまま、その後に続く。

「ま、待て！　待ってくれえええ！」

ニーベルがイスから立ち上がり、ジルコニアに駆け寄ろうとする。

しかし、足枷の鎖がビンと伸びきり、彼は足を取られて転倒した。

ジルコニアが静かに扉を閉める。

ハベルは血の気が引いた顔で、ジルコニアを見た。

「……鍵は閉めますか？」

「そんなことしないわよ。かわいそうじゃない」

ご機嫌な様子で、地下牢の出口へと向かうジルコニア。

ハベルは黙って、その後を追う。

背後からは、ニーベルの悲痛な叫び声と、ガチャガチャという鎖の音が響き続けている。

ジルコニアはそれを気にする様子もなく歩き続け、地上へと繋がる扉を開けて外へ出た。

「もうここは使わないことになってるし、誰かが間違って入って事故でも起きたら大変ね。鍵は閉めておきましょ」

ガチャン、とジルコニアが鍵を閉める。

ハベルは無言で、その行為を見つめる。

先ほどの「かわいそう」のくだりは何だったのかと思ったが、口には出さない。

「私もお風呂に入ろっと！　ハベル、お疲れ様！」

ジルコニアはハベルの肩を、ぽん、と叩くと、足取りも軽く階段を駆け上って行った。

ハベルはその背を見送りながら、この先何があっても彼女にだけは逆らわないと固く誓うのだった。

ジルコニアが一仕事終えた頃。

バレッタたちが入る浴室では、きゃいきゃいと楽し気な声が響いていた。

「すっごくいい香りですね！　しかも、あわあわなのですよ！」

全身を泡だらけにしたフィレクシアが、ボディスポンジをこねくり回す。

その隣では、ティティスがこれまた髪の毛を泡だらけにして洗っている。

「こんなに気持ちのいい洗髪は初めてです。あ、あれ？」

ティティスが手探りで桶を探す。

「ふふ、流してあげます。いきますよー」

「あ、はい。お願いします」

バレッタがティティスの頭に、ざばざばとお湯をかけていく。

「次はコンディショナーですね。髪になじませるようにしてください」

「ええと、これですね」

ティティスがコンディショナーを手に出し、両手でわしわしと髪をこねる。

「おおっ！　何だかサラサラになってきました！」

「すごいでしょう？　乾かした後なんて、びっくりするくらいサラサラになりますよ。しかも、明日になっても香りが継続しますし」

「私も髪の毛洗います！」

フィレクシアがシャンプーで髪を洗う。

バレッタもイスに座り、同じように髪を洗い始めた。

シャンプーやらスポンジやらの感想をティティスとフィレクシアから聞きながら髪を洗い終え、続けて体を洗いにかかる。

「それにしても、お二人ともいい体してますね」

フィレクシアがコンディショナーを髪になじませながら、羨ましそうな目でバレッタとティティスの胸を見る。

「バレッタさんは隠れ巨乳だったのですね。なかなかの迫力なのですよ」

「ですね。服を着ていた時には、あまり分かりませんでした」

じっと胸を見つめられ、バレッタがたじろぐ。

「べ、別にそこまで大きくはないですよ」

「そんなことないです。結構な大きさなのですよ。ティティスさんよりは小さいですけど」

「最近大きくなってきちゃって……でも、ティティスさんはすごいですね」

「大きくてもいいことないですよ。肩は凝るし、セクハラされるし、散々です」

「ティティスさんにセクハラするなんて、命知らずですねぇ」

「カイレン様に言い付けると言うと、途端に皆さんペコペコし始めますね」

そんな話をしながら、３人とも髪と体を洗い終えた。

バレッタが、置いておいた発泡剤入りの固形入浴剤の袋を手に取る。

「それは？」

「お花の絵が描いてありますね。すさまじい画力なのです」

「お湯に入れる入浴剤です。お二人とも、湯舟へどうぞ」

髪をタオルでまとめたティティスとフィレクシアが湯舟に入ると、バレッタは袋を開けて入浴剤をフィレクシアの目の前に投げ入れた。

ぽちゃん、と湯に入った入浴剤が、シュワシュワと音を立てて気泡を発する。

「わわっ⁉　泡が出てきました！」

「おー。これは面白いですね。それに、いい香りです」

「でしょう？　すごく温まりますし、リラックスできるんです」

バレッタも湯に浸かり、３人で「はあ」と気持ちの良いため息を漏らす。

すると、入口が開いて全裸のリーゼが入って来た。

缶と氷水の入った桶を持っている。

「私も入る！　一杯ひっかけて、疲れ取っちゃおう！」

「あ、リーゼ様。それ、お酒ですか？」

「うん。ジュースも持ってきたよ」

はい、とリーゼが桶を湯舟に浮かべる。

そして、手慣れた様子で体を洗い始めた。

季節外れの氷を見て、ティティスとフィレクシアが「氷だ……」と声を漏らした。

「金属の入れ物に入ったお酒ですか」

「これも綺麗な果物の絵が描いてありますねー！」

ティティスとフィレクシアが、物珍しそうに缶を眺める。

レモンと梅のチューハイ、桃とつぶつぶオレンジのジュースの缶だ。

「これ、カズラさんがくれたんですか？」

「うん。エイラがカズラから頼まれたって、用意してくれてたの」

ゴシゴシと体を洗い、続けて髪を洗い始める。

缶を見ていたティティスとフィレクシアは、今度はリーゼを見つめ始めた。

「リーゼ様、お肌がものすごく綺麗ですね……」

フィレクシアがリーゼの体をじっと見つめながら漏らす。

「染みどころか、ホクロ1つ見当たりませんね。普段、どういうお手入れを？」

ティティスの問いに、リーゼは「んー」と唸る。

「特に何も。でも、前は太ももと二の腕に少し大きなホクロがあったんだけど、1年くらい前に消えちゃったんだよね」

「ホクロって消えるんですか!?」

驚くバレッタに、リーゼが頷く。

「消えたよ。たぶん、カズラがくれた食べ物のおかげだと思う。他にも小さいのがいくつかあったけど、全部消えちゃったし」

「えー。私も左の二の腕と右胸の下に少し目立つホクロが……あ、あれ？　ほとんど消えちゃってる」

バレッタが自分の腕を見た後、右胸を少し持ち上げてのぞき込む。

濃い色のホクロがあったはずなのだが、色がかなり薄くなって消えかかっていた。

「よかったじゃん。でも、どうして私はあっという間に消えちゃったんだろ？　バレッタ、1年くらいかかってるよね？」

「うーん……あっ！　もしかしたら、ワインの効果かも！」

バレッタが、ぽん、と手を打つ。

「ワインに入ってるポリフェノールの効果で、消えたのかもしれないです！」

「そのポリ何とかってのって、ホクロを消す効果があるものなの？」

「いえ、抗酸化作用があるだけで、ホクロを消す効果はないです。でも、リーゼ様はワインをよく飲んでいたじゃないですか。だから、それかなって」

戦争が始まる前、リーゼは一良（かずら）が持ってきた酒を、晩酌で時々飲んでいた。

一良（かずら）と会う前より飲酒頻度は減っていたのだが、単純にワインが美味かったので飲んでいたのだ。

がぶ飲みできるほどには貰っていなかったので、少しずつ大事に飲んでいたのだが。

「そっか。なら、バレッタもワインを飲めばいいんじゃない？」

「「私にもいただけませんか⁉」」

ティティスとフィレクシアが、浴槽から身を乗り出してリーゼに迫る。

「ホクロが消えるなんて、聞いたことがありません！　私、あちこちに小さいのがあるので消したいんです！」

「私もいくつかあるので消したいのですよ！」

「え、えーと……カズラに聞いてもらってもいい？　私が決められることじゃないから」

「聞いてきます！」」

ざばっと2人が立ち上がる。

「あっ、ちょっと待って！　せっかくお酒を持ってきたんだし、楽しんでからでもいいんじゃない？」

「そうですよ。カズラさんには、食事の時に聞けばいいですし」

「そ、そうですね」

「うう、カズラ様、ワインをくれるといいのですが」

ティティスとフィレクシアが再び座る。

リーゼはぱぱっと髪と体を洗うと、タオルを頭に巻いて湯舟に入った。

「ティティスさんとフィレクシアさんは、お酒飲めるのかな？」

「ええ、飲めますよ。酒豪とはいきませんが」

「私は少しくらいなら飲めるのですよ。甘いやつしか飲めませんが」

それなら、とリーゼがティティスにレモン、フィレクシアに梅のチューハイを渡した。

バレッタは桃のジュースで、リーゼはレモンのチューハイだ。

手本としてリーゼがプルタブを開けてみせ、ティティスとフィレクシアもプルタブを摘まんで持ち上げる。

「す、すごいですね、これ。完全に密閉されていたようですが、どうやって中にお酒を入れたのでしょうか」

「いい香りです。それに、キンッキンに冷えてますね！」

「ほらほら、感想は飲んでから！　かんぱーい！」

「「「かんぱーい！」」」

コツン、と缶を打ち合わせ、ぐいっと4人が酒とジュースをあおる。

リーゼはゴクゴクと喉を鳴らし、一気に半分ほど飲んだ。

「っかーっ！　美味しいねぇ！　生き返るねぇ！」

中年オヤジのような台詞をリーゼが吐く。

「この桃ジュースも美味しいです。お風呂で飲むなんて、すごく贅沢してる気分になりますね」

「こ、これは美味しいですね。しゅわしゅわする飲み物なんて、初めて飲みました」

「こっちもすごく美味しいです！　ティティスさん、そっちも一口ください！」

そうして大盛り上がりしていると、全裸のジルコニアが入って来た。

「お邪魔するわね……って、いいもの飲んでるじゃないの」

「あ、お母様。ご用事は済んだのですか？」

チューハイ

「うん。埃っぽいところに行って疲れちゃった」

ジルコニアがイスに腰掛け、桶で湯をすくって頭から被る。

湯には入浴剤が入ってしまっているが、気にしないようだ。

「何をしてきたのですか？」

「ゴミの片づけ。一応機密品だから、私が処理する必要があってね」

「ゴミですか。機密資料ですか？」

「まあ、似たようなものね。必要な情報が載ってればって思って見てきたんだけど、ダメそうだったから捨てちゃった」

ジルコニアがシャンプーを手に出し、わしわしと髪を洗い始める。

「ジルコニア様、ものすごいスタイルなのですよ……」

フィレクシアが、ジルコニアの体を舐め回すように見つめる。

「そのうち、リーゼ様もあのようなスタイルになるのですね。羨ましいです」

「あっ、フィレクシアさん」

ティティスがはっとして声をかける。

きょとんとした顔で小首を傾げるフィレクシアに、リーゼが苦笑した。

「私とお母様は、血が繋がってないの。顔も似てないでしょ？」

「そ、そうだったのですね。どうりで、お若いと思いました」

「お母様、お背中流しますね」

「あら、ありがと。そういえば、一緒にお風呂なんて久しぶりね」

リーゼが湯から出て、スポンジを手にジルコニアの背中を洗う。

「お母様、すごく肌が綺麗ですね。ホクロ1つありません」

「ありがと。でも、前は足とか胸にホクロがあったのよ？　捕虜になってる間に、全部消えちゃったけど」

「「えっ!?」」

フィレクシアとティティスが同時に声を上げる。

「あ、あの、ジルコニア様は倉庫にいる間、お酒は飲んでいませんでしたよね？」

ティティスがジルコニアに聞く。

「飲んでないけど？　お茶しか出なかったし」

「なら、どうしてホクロが消えたのですか？」

「たぶん、チョ……流木虫の効果じゃない？　あれの燻製、毎日食べてたし」

「そ、そうでしたか。そんな効果があったのですね」

「ホクロを消したいの？　流木虫の燻製、用意しましょうか？」

「いえ、大丈夫です。お気になさらず」

「遠慮しないでよ。前は、『興味深い味』って言って食べてたじゃない。今夜、山盛りで部屋に持っていってあげるから」

「い、いえ、本当に――」

「あれっ⁉」

するとフィレクシアが突然声を上げた。

「フィレクシアさん、急にどうしたのですか？」

「私のホクロ、薄くなってるのですよ！　それに、何年か前に工房で足を火傷した時の染みが消えちゃってます！」

フィレクシアが体を捻り、あちこち見回す。

以前はあったはずのホクロが薄灰色になっており、火傷の染みは綺麗さっぱり消えていた。

「ええっ⁉　どうしてフィレクシアさんだけ⁉」

ティティスが自分の体を見回す。

小さなホクロが、腕や腹に数個あった。

「むむう……あっ！　分かりました！　きっと、ジルコニア様にもらったチョコレートを食べたおかげなのですよ！　それくらいしか、思い当たらないです！」

フィレクシアが言うと、バレッタは「ああ」と声を漏らした。

「チョコレートにも、ポリフェノールはたくさん含まれていますからね。きっとそれですね」

「ちっ」

コンディショナーを髪になじませながら舌打ちをするジルコニアに、ティティスが「えっ」と目を向ける。

「そ、そういえば、エイラはそばかす消えてないよね？　エイラもチョコは食べてるのに、どうしてかな？」

察したリーゼが誤魔化そうと、バレッタに聞く。

「そばかすは遺伝的要因もあるので、そのせいかも。といっても、ポリフェノールを摂取しても、本来はホクロや染みは消えないと思いますけど」

「そうなんだ。カズラのくれる食べ物が、私たちには特別に効くってことなのかな？」

「たぶん、そうだと思いますよ」

「あの、ジルコニア様……先ほどの舌打ちは……」

ティティスの問いかけに、桶で湯をすくっていたジルコニアの手がピタリと止まる。

「何？　流木虫の燻製、食べたいの？」

「す、すみません。何でもないです」

びくっと肩を跳ねさせるティティスに、ジルコニアが笑う。

「ふふ、ごめんごめん。冗談よ。チョコレート、お風呂から出たら食べさせてあげるから」

「っ！　ありがとうございますっ！」

そうして、髪と体を洗い終えたジルコニアを加え、５人は再び飲み始めるのだった。

風呂で酒を満喫し、一良(かずら)、ナルソン、ラースの3人は一良(かずら)の部屋でくつろいでいた。

エアコンからそよぐ冷気を浴びながら、ソファーに座ったラースが表情をとろけさせている。

ナルソンはイスに腰掛け、切子グラスで氷の入ったウイスキーをちびりちびりと飲んでいる。

「あー、涼しい。最高だぁ……こんな贅沢、あっていいのか……」

「すべてカズラ殿のおかげだ。感謝するのだぞ」

「カズラ様、ありがとうございまっす！」

すっかりメロメロになったラースが、一良(かずら)ににこやかな笑みを向ける。

「いえいえ、これくらい。ナルソンさん、これを飲んでおいてください。二日酔いしないようにする薬です」

「おお、ありがとうございます」

一良(かずら)からウコンドリンクの小さな缶を、ナルソンが受け取る。

冷蔵庫に入れてあったため、キンキンに冷えている。

「ラースさんもどうぞ。これからもっと、お酒飲むでしょ？」

「いやぁ、かたじけない！　いただきます！」

「金ピカの缶とは、高級感がありますな」

ナルソンが缶のフタを捻って開ける。

ラースも見様見真似でフタを開け、口をつけた。

「うおっ、この薬、美味いっすね！」

「ですよねぇ。ちょっとクセがありますけど、美味しいですよね」

「最高っす！　マジで美味いっすよ！」

すっかりご機嫌になったラースが、満面の笑みで答える。

一良(かずら)もウコンドリンクを飲み、ナルソンの手元にあるウイスキーのボトルを掴んだ。

「んじゃ、酒盛りの続きといきますか。これ、けっこう強いお酒なんですけど、ラースさん大丈夫ですかね？」

「強いの大好きっす！」

「カズラ殿、チータラをいただけませんでしょうか？　遠征中、あれが食べたくて仕方がなくて」

「そこのダンボール箱に入ってますよ。そんなに好きだったんなら、言ってくれれば遠征先にも持っていったのに」

「いえ、さすがにそこまでわがままを言うわけには」

「水臭いなぁ。俺とナルソンさんの仲じゃないですか。食事前ですけど、おつまみもいくつか出しちゃいましょう」

チータラやアヒージョの缶詰などのおつまみを肴に、３人でウイスキーを楽しむ。

3人とも上機嫌で、戦争中の話題やこれからの互いの国の交流はどうすべきかなど、真面目な話もしながら酒をあおった。

そうしていると、部屋の扉がコンコンとノックされた。

「バレッタです」

「どうぞー」

一良が返事をしてすぐ、入浴を終えた女性陣が部屋に入ってきた。

「あー、涼しい！　……って、3人とも何を飲んでるの⁉」

赤い顔でグラスを手にしている3人に、リーゼが駆け寄る。

「ウイスキーだよ。リーゼも飲むか？」

「飲むっ！」

リーゼが一良のグラスをひったくり、ぐびぐびと喉を鳴らして一気飲みした。

「うわ、それかなり強いぞ？　一気飲みはやめたほうが……」

「うんまー！　もっとちょうだい！」

「お、おう」

一良にウイスキーを注がせているリーゼに、ティティスとフィレクシアが目を丸くした。

2人の視線は、彼女が持っている切子グラスに向いている。

「こ、これまたすさまじい品ですね……」

「すごい品ばかり見すぎて、感覚がおかしくなりそうなのですよ……」

「ふふ。ティティスさん、フィレクシアさん。髪の毛を乾かしちゃいましょう。こちらへ」

窓際にある鏡台へと向かうバレッタの後を、２人が追う。

バレッタは引き出しからドライヤーを取り出すと、壁の穴から飛び出ているコンセントに繋いでスイッチを入れた。

ゴオオ、と機械音を発するドライヤーに、ティティスとフィレクシアが驚いて肩を跳ねさせる。

「えっ、えっ？　それは何なのですか？」

見たことのない道具に、フィレクシアが瞳を輝かせて駆け寄った。

「ドライヤーといって、暖かい風を発生させる道具です。ここに座ってください」

「はい！」

イスに座ったフィレクシアの後ろにバレッタは回り、濡れた髪を乾かし始めた。

「おー。暖かいです！」

「すぐに乾きますから、少しだけ我慢してくださいね」

「お前らも座れよ！　飲もうぜ！」

がはは、とラースが笑いながら誘う。

かなり酔っているようで、顔が真っ赤だ。

「ラースさん、顔が真っ赤じゃないですか。どれだけ飲んだのですか?」

「あらあら、ご機嫌ねぇ」

ティティスとジルコニアがソファーに座る。

「カズラさん、ワインはあるかしら? あと、チョコも食べたいの」

「了解です。ワインは赤と白のどっちがいいですか? あと、ドンペリっていう、炭酸系のお酒もありますよ」

「んー、じゃあ、全部ください」

「私も手伝う!」

ダンボールに向かう一良(かずら)に、リーゼが駆け寄る。

「いやぁ、本当にここは最高だぜ。酒は美味い、部屋は涼しい、おまけに綺麗どころもそろってるときたもんだ」

「ラースさん、酔いすぎですよ」

笑いながら酒をあおるラースを、ティティスが窘める。

「すみません、ラースさん、完全に酔っぱらってしまったようで」

「はは。楽しんでもらえてよかったですよ。ティティスさんたちも、あんまり気を遣わないでもらえると嬉しいです」

「そーですよ! せっかく招いてもらったんですし、楽しまないと逆に失礼ですよ!」

バレッタに髪を乾かしてもらいながら、フィレクシアが言う。

「フィーちゃんの言うとおりだ！　っと、コップが足りないよな。カズラ様、そこの棚のを使ってもいいですかい？」

「あ、すみません。適当に使ってください」

「うっす！」

ラースが棚に向かい、４人分のグラスを手にソファーに戻る。

「ほれ、ジルコニア殿。ちょいと強い酒だが、飲めるかい？」

「貰うわ。ありがと」

ラースがテーブルに置かれている銀の器に入った氷をグラスにいくつか入れ、ジルコニアに渡す。

ジルコニアに酌をする彼を見て、ティティスは少し驚いた顔になった。

「ん？　ティティス、どうした？」

「いえ……」

「ラースさん、ジルコニア様と仲直りしたのですね！　よかったです！」

嬉しそうに言うフィレクシア。

ティティスは「ああ、もう」、と額を押さえる。

「あ？　仲直りって何だよ。喧嘩なんかしてねえぞ？」

「え？　アーシャさんのことで、怒ってたんじゃないんですか？」

「そのことは決闘で決着つけた話なんだから、今さら突っかかる必要はねえだろ。終わった話じゃねえか」

何言ってるんだ、と言った顔で言うラースに、ジルコニアがきょとんとした顔になる。

「あら、もう決闘は挑んでこないわけ？」

「挑むってお前、どうあがいても勝てるわけねえし。それに、一度負けて決着はついてんだぞ。もう一度なんて、恥ずかしい真似できるかよ」

「……そっか。分かったわ」

ジルコニアが柔らかく微笑む。

どこか、ほっとした様子だ。

「まあ、お互い事情はあったし、譲れないところもあったけどさ。それの決着はあの時ついたんだ。今さらどうこう言うつもりはねえよ。だから、あの話はもうしないことにしようぜ」

「あはは。ラースさんらしいですねぇ」

フィレクシアがケラケラと笑う。

「ワインとドンペリ、置いておきますね。チーズもどうぞ。あと、生チョコも」

一良(かずら)が栓を開けたワインボトルとチーズと生チョコの盛られた皿を、テーブルに置く。

「ありがとうございます」

「ジルコニアさん、よかったですね！」

「……うん」

にこっと笑う一良に、ジルコニアも笑顔で頷いた。

そうしていると、今度はルグロ一家が部屋に入って来た。

「うーっす！　風呂貰ってきたぜぇ！　コーヒーミルク、めっちゃ美味かった！　涼しいな、ここ！」

「カズラ様、差し入れありがとうございました。美味しかったです」

ほこほこと湯気を立てているルグロとルティーナ。

皆、新しい衣服に着替えている。

「リーゼ、お子さんたちにジュースを出してやってくれ」

「うん。皆様、こちらへ」

子供たちがリーゼに駆け寄り、冷蔵庫を開いて飲みたい缶ジュースを選ぶ。

ルグロとルティーナは、空いているイスに腰掛けた。

「2人とも、お酒飲む？」

「俺はやめとくわ。麦茶もらえるか？」

「私も麦茶で」

「はいよ」

グラスに注がれた麦茶を受け取り、ルグロが一息つく。

「父上と話したんだけどよ。やっぱカズラたちに王都に来てほしいって言っててさ。観光がてら、行ってもらうことはできるか？」

「うん、いいよ。一度、王都は見てみたいと思ってたし」

一良が答えると、ルグロは嬉しそうな顔になった。

「そっかそっか！　あっちに行ったら、俺が城下町を案内するからよ。あちこち食べ歩こうぜ」

「あ、でも、その前にいったんグリセア村には寄りたいな。調達してきたいものがあるからさ」

「なら、村に寄りがてら王都に向かうか。ナルソンさん、それでいいかな？」

「かまいませんが、いつ頃こちらを発つと陛下には伝えておいでで？」

「明日って伝えたけど、いつ王都に到着するかまでは言ってないや。ま、無線で都度連絡すりゃいいんじゃね？」

「そ、そうですか。明日ですか……」

苦笑するナルソンに、一良が笑う。

「はは。でもまあ、物資の調達には1日くらいかかるんで、ナルソンさんたちは明後日に村に来てくれればいいですよ」

「分かりました。そうさせていただきます」

「はい！　はい！　俺もカズラ様とグリセア村に先に行きたいっす！」

ラースが勢い良く手を上げる。

「神様発祥の地なんすよね？　どんな場所なのか、じっくり見てみたいっす！」

「別にいいですけど、ごく普通の村ですよ？」

「それでも見てみたいっす！」

「なら、明日の朝、一緒に行きましょうか。ティティスさんたちはどうします？」

「一応、私はお目付け役なので。フィレクシアさんも一緒に、同行させていただければと」

「お父様、私もグリセア村を見てみたいです」

「私も見てみたいです」

ルルーナとロローナがルグロにせがむ。

「おう、いいぞ。ルティ、子供らと先に行っててくれ。俺はナルソンさんの手伝いをしていくからさ」

「うん」

そうして、風呂で火照った体を冷やしながら雑談していると、コンコン、と扉がノックされた。

失礼します、とエイラが入って来る。

「お食事の用意ができました」

「おっ、もうできましたか」

「カズラさん、皆さんの髪を乾かし終わってからのほうがいいと思うんですが」

フィレクシアの髪を乾かし終えたバレッタが言う。

「なら、交代で乾かしながらここで食べることにしましょうか。エイラさん、俺も手伝いますから、運んじゃいましょう」

「承知いたしました」

「カズラ様、俺も運ぶっす！」

「俺も手伝うわ」

ラースとルグロが立ち上がる。

それを見て、リーゼが慌てて駆け寄った。

「殿下、私たちでやりますから、休んでいてください」

いつの間にか、ジルコニアの前に置いたはずのドンペリのボトルを握っている。

「いいって。運ぶのは俺らに任せて、リーゼ殿たちは子供らと遊んでやっててくれ。ナルソンさんも、手伝い頼むわ」

「は、はい。あ、カズラ、ドンペリもっとない？　空っぽになっちゃったんだけど」

「え？　もう全部飲んだのか⁉」

「コップで一口お飲みになるなり、瓶に口をつけて一気飲みしておられました」

「あっという間の出来事でした」

驚く一良に、缶ジュースを飲んでいるルーナとロローナが答える。

「あのなぁ、せめてジルコニアさんたちの分も残しておけよ。まだ何本かあるけどさ」

「美味しすぎてびっくりしちゃって、気が付いたら全部飲んじゃってた。ごめんね！」

えへ、とリーゼが可愛らしく笑う。

「まあ、酒はそこのダンボールにたくさんあるから、適当に飲んでていいよ。あと、ドライヤー係はバレッタさんと交代しながらやってくれ」

「はーい！」

そうして、一良たち男性陣はエイラに連れられ、食堂へと向かうのだった。


その日の深夜。

一良は調理場で、エイラとお茶をしていた。

もしかしたらいるかな、と寝る前に調理場をのぞいたところ、お手製のクッキーとともに待っていたエイラに出迎えられ、今に至る。

「へえ。弟さんたち、もう王都に戻るんですか」

「はい」

ローズヒップティーの淹れられたカップを手に、エイラが微笑む。

「夕方に実家に行ったら、ちょうど顔を合わせまして。守備隊が解散されたから、すぐに王都の大学に戻るって」

「ずいぶん急ぐんですね。少しくらい、ゆっくりしていけばいいのに」

「ただでさえ勉強が遅れてしまっているから、早く取り戻したいんだそうです。弟たちがこっちにいる間も、授業は続いているはずだからって」

「ああ、大学は休校ってわけじゃなかったのか。授業料って、その間は免除されたりするんですか？」

「あー、どうでしょう？　1年ごとの前払いでしたけど、私が一括で卒業までの3年分を支払い済みなんですよね」

「うお、すごいですね。かなりの額だったんじゃないですか？　よく払えましたね？」

「私は14歳から働いて貯金していたので、それを使って。それに、ナルソン様が口利きをしてくださったので、少し安くしてもらえたんです」

あれこれと話をしつつ、クッキーを摘まんではお茶を楽しむ。

すべての心配事がなくなったこともあって、エイラの表情はとても穏やかだ。

そうしてしばらく雑談をしていると、エイラが「そういえば」、と切り出した。

「王都から帰ってきたら、すぐにフライス領への旅行に向かうのですか？」

「んー、そうですね。他に予定が入らなければ……あ、その前に、エイラさんの家に遊びに行きたいかな。サウナ風呂に入ってみたいです」

一良が言うと、エイラはとても嬉しそうに微笑んだ。

「はい！　ぜひいらしてください。サウナ風呂、すごく気持ちがいいので、きっとお気に召しますよ！」

「大岩をくり貫いたお風呂でしたっけ。そんなすごいの見たことがないから、きっとバレッタさんたちも驚きますね」

「あ……えっと――」

「こん……ばん……わ……」

「「わあっ!?」」

突然テーブルの下から顔を出したティタニア（人の姿）に、一良とエイラが悲鳴を上げた。

「私のこと、忘れていたでしょう……？　一緒にイステリアに来ていることを、完全に忘れていましたよね……？」

ティタニアが虚ろな目で、ふふふ、と気味の悪い笑みを浮かべる。

「っ！　あ、いや、そんなことないですよ？　ねえ、エイラさん？」

「は、はい！　もちろんです！」

「私、人が嘘をついていると分かるんです……2人とも、嘘をついている人特有の魂の揺らぎが見えますよ……ふ、ふふ」

「う……そ、そんな特殊技能があったんですか」

「嘘ですよ……でも、間抜けは見つかったようですね……」

「「……」」

まんまとハメられてしまい、2人は口をつぐむ。

するとティタニアはぷくっと頬を膨らませた。

「酷いじゃないですか！　私、昼食も夕食も楽しみにしてたのに、何の調理もしていないミヤギの生肉の塊を昼夜連続で出されたんですよ⁉　しかも、持ってきた侍女さんは怯えてすぐにいなくなっちゃうし！　バイクの傍でずっと放置だし！」

ティタニアが顔を赤くして涙目で捲し立てる。

「本当にごめんなさい！　あれこれ忙しくて、気が回らなくて！　誰かが食事を出しているものだとばかり――」

「嘘だッ！　楽しそうにお風呂でお酒を飲んだり、部屋で皆でおつまみを食べながらジュースを飲んでいた声が聞こえてました！　私だけ呼ばれないって、忘れてたってことでしょう⁉」

「あ、はい！　そのとおりです！　ごめんなさい！」

迫力に気圧され、一良が即座に謝る。

「あの、それでしたら、一声お声がけいただければ……」

エイラが言うと、ティタニアはキッ、と彼女を睨みつけた。

エイラがビクッ、と肩を跳ねさせる。

「気を遣ったんですよ！　すごくたくさんの人が屋敷に出入りしていたから！　ただでさえ怖がられているのに、そんななかに私が入って行ったら大騒ぎになっちゃうでしょうが！」

「ご、ごめんなさい！」

「悪いと思っているなら、何か美味しいものを食べさせてください。何でもいいですから……」

ぺとっ、とテーブルに頬を付けたティタニアが、疲れた声で言う。

エイラは慌てて氷式冷蔵庫に走り、肉や魚を取り出して料理を作り始めた。

一良も別の冷蔵庫から野菜を取り出して、エイラの隣に並ぶ。

「はやくー、おなかすいたー」

「……ティタニアさんって、あんなキャラでしたっけ？」

「……最近、キャラが崩壊してきている気がしますよね」

こそこそと話しながら、大急ぎで料理をこしらえる。

一良とエイラは阿吽の呼吸で料理を進め、10分少々で肉野菜炒めと川魚の煮付けを作ってテーブルに置いた。

ティタニアは目の色を変え、貪るように料理を食べ始めた。

「んっ！　うまっ！　これですよこれ！　やっぱり人の手で作られた料理が一番ですっ！」

頬をぱんぱんに膨らませ、噛んでるんだか飲んでるんだか分からない勢いでティタニアが料理を胃に流し込む。

これは足らなそうだと一良とエイラは判断し、さらに別の料理を作り始めた。

作っては平らげ、作っては平らげの応酬が30分近く続き、ようやくティタニアは落ち着いた。

「ふう、満足です。ごちそうさまでした」

山と積まれた皿を前に、ティタニアが一息つく。

限界まで食べたのか、お腹がぽっこりしていた。

「こんなに急いで料理を作ったのは初めてだ……」

「まるで年越しの宴の時みたいでした……」

ぱぱっと皿洗いを終え、やれやれと一良とエイラがイスに座る。

「ところで、王都に行った後は、フライス領に旅行に行くのですか？」

勝手に一良のハーブティーを飲みながら、ティタニアが聞く。

「ええ。前にリーゼと約束していたんで」

「なるほど。ジルコニアさんやバレッタさんも、一緒に行くんですね？」

「ですね。あちこち観光して、帰ってこようかなって」

「ふむふむ」

ティタニアが、ちらりとエイラを見る。

「ティタニア様？　どうかなさいましたか？」

「あ、いえいえ……んー」

何やら考えているティタニアに、エイラが小首を傾げる。

「私、お風呂に入りたくなっちゃいました。入れますか？」

「はい。すぐにご用意いたします。準備、私も手伝いますね」

「ありがとうございます」

エイラとティタニアが立ち上がる。

「じゃあ、俺はそろそろ寝ますね。２人とも、また明日」

「はい、おやすみなさいませ」

「料理、ありがとうございました。またよろしくお願いしますね」

そうして、一良は部屋へと戻って行った。

しんと静まり返った屋敷の廊下を、エイラとティタニアは並んで歩く。

例のごとく、点々といる警備兵は槍にもたれて船を漕いでいた。

「私といて、眠気は感じませんか？」

足音も立てずに歩きながら、ティタニアが聞く。

「少しありますが、大丈夫です。慣れてきたようですね」

「そうでしたか。でも、さっき私が現れた時は、眠気を感じなかったでしょう？」

「あ、確かに。今は少しありますが……どうしてでしょうか？」

「ふふ、カズラ様とお話ししていたからですね」

「えっ？」

戸惑うエイラに、ティタニアが微笑む。

「おせっかいかとは思いますが、伝えたいことがあるなら伝えたほうがいいのではないでしょうか。あの時言っておけばよかった、と後から考えるのはつらいと思いますから」

「え、ええと、何をおっしゃっているのか……」

表情を曇らせるエイラにティタニアは苦笑した。

「私、ずっと悔やんでいることがあるんです。もう、１０００年以上も前のことですが」

「は、はあ。１０００年以上前ですか」

「ええ。私がまだ、普通の獣だった頃。崖から落ちて、大怪我をしたことがあるんです」

ティタニアが思い出すように、目を細める。

「その時、私を助けてくれた人間がいたのですが、彼らは私を彼らの家に連れ帰って、怪我を治療してくれて。傷が治った後に放してくれたのですが、私はお礼も言えなかったみたいで」

自身のことなのに、妙な言いかたをするティタニア。

エイラは内心首を傾げたが、「言い間違いかな？」と流すことにした。

「そんなことが……でも、普通の獣だったのなら、仕方がなかったのではないですか？」

ゆっくりと歩きながら、ティタニアが頷く。

「そうですね。でも、いくら言葉が通じなかったからといっても、どうにかして感謝を示すべきだったと思います。それがとても、残念で。彼らの顔すら、よく見れなかったようですし」

「えっ？　でも、家で治療を受けていたんですよね？　その時に見なかったんですか？」

エイラが小首を傾げる。

「その人たちはずっと頭巾のような物を被っていて、顔がよく見えなかったそうなんです」

「頭巾……盗賊か何かでしょうか」

「かもしれませんね。あの頃も、少数ですがそういう輩はいましたし。でも、全員が私をすごく丁寧に扱ってくれたようです」

「その人たちの気まぐれってことでしょうか」

「かもしれません。まあ、あまりにも昔すぎて、私はほとんど覚えていないんですけどね。ただ、感謝を伝えられなかったことの後悔が、ずっと胸に残っているんです」

風呂場の隣にある湯沸かし室に着き、2人で入る。

室内には大釜が置かれていて、水で満たされていた。

大釜の側面には穴が開いていて、今は栓がしてある。

穴のすぐ下には、隣の浴室へと繋がる木製の水路が設置されている。

大釜で湯を沸かしたら栓を抜き、水路を通じて浴室の湯舟にお湯が注がれる仕組みだ。

「なるほど。これは上手い仕組みですね」

ティタニアが感心した様子で、大釜を見つめる。

大釜への水の補充は、外の揚水水車から繋がっている水路を伝って行う構造になっている。

水車から繋がる水路には常時水が来ているが、水路の途中から外へと水を送り戻すための水路も繋がっている。

水路には板で仕切りができるようになっていて、仕切りを使って大釜に水を送るか、外に水を戻すかが選べるようになっていた。

「はい。以前はそこの扉から外に出て、水路から水桶で水を汲んでいたのですが、水車のおかげですごく楽になりました」

「これは、カズラ様が考えたのですか？」

「いえ、バレッタ様がお屋敷に来てすぐ、ぱぱっと作ってくださいました」

「そうなんですか。本当に、彼女はすごいですね」

「ええ、本当に」

エイラは炭壺の灰の中から燃えている炭を火箸で取り出し、大釜の下に入れて薪（たきぎ）をくべた。

ふうっと息を吹きかけると、パチパチと音を立てて薪が燃え出した。

　2人で薪を追加し、火力を強くする。

　それきり話が途切れ、2人で静かに火を見つめる。

　数分そうしていると、大釜から湯気が立ち上り始めた。

　エイラが湯に手を入れて温度を確かめ、大釜側面の栓を抜いて浴室へとお湯を送り出す。

「ティタニア様、すぐにお湯が貯まります。ここは私が見ていますので、浴室へどうぞ」

「はい。それと、エイラさん」

　ティタニアがエイラの目を、じっと見つめる。

「一番大切なのは、ご自身の気持ちです。それをお忘れなきよう」

「……はい」

　頷くエイラにティタニアは微笑み、部屋を出て行った。

　エイラは彼女の言葉を反芻しながら、じっと大釜を見つめていた。


　翌朝。

　朝食を済ませた一良たちは、グリセア村へとやって来た。

　いつものように守備隊の兵士たちと村人たちが、砂煙を上げて近づく一行に手を振って待ち構えている。

「おー、あれがグリセア村ですか！」

「全周を柵で覆って、堀と跳ね橋までかかってるのか。ずいぶんと厳重なんだな」

「村というより、要塞といった感じですね」

フィレクシア、ラース、ティティスが、トラックの荷台で立ち上がって村を眺める。

３人は腰に巻いた縄で繋がっていて、万が一フィレクシアとティティスがバランスを崩しても ラースが支えられるようにしてある。

何度注意してもフィレクシアが荷台で立ち上がってしまうので、ラースが「こうすりゃいい」と提案したのだ。

「グレイシオール様が現れたって、大々的に宣伝しちゃってるからね」

トラックを運転しているジルコニアが、窓越しに答える。

「重要設備がいくつもあるし、野盗に狙われたら厄介だから」

「そうなのですか。その施設というのは、何なのですか？」

ティティスが身を乗り出し、窓からジルコニアをのぞき込む。

「それが、残念だけどあなたたちには見せられないのよね。軍事機密ってやつだから」

「そうでしたか。では、私たちは村の外で待機というかたちでしょうか？」

「そうね。まあ、一日だけだから。天幕を張らせるから、適当に過ごして――」

「ええー!? 私も村に入りたいですよぉ！」

フィレクシアが身を乗り出し、反対側の窓からジルコニアをのぞき込む。

「村の中には、いろんな工作設備があるんですよね？ 見せてほしいです！」

「だから、ダメだって言ってるじゃないの。あなたは技師なんだから、なおさらダメよ」

「そ、そんなぁ。カズラ様、何とか言ってやってください！」

隣でバイクに乗っている一良に、フィレクシアが呼びかける。

「え？ 何ですって？」

サイドカーに乗っているマリーと都市開発談義に花を咲かせていた一良はまったく聞いておらず、フィレクシアを見て小首を傾げた。

「私もグリセア村に入りたいのです！ いろいろ見て回りたいのですよ！」

「あー。それはナルソンさんから禁止されちゃってるんで、我慢してください。他国の人は入っちゃダメとのことで」

「ううう！ あんまりですよ！ せっかく来たのに！」

きー、と怒るフィレクシア。

すると、はっとした様子で「あ！」、と声を上げた。

「なら、私がアルカディア人になってしまえばいいのではないですか⁉ アルカディアに移住してしまえばいいのですよ！」

「ちょ、ちょっと！ 何を言ってるんですか！」

ティティスが驚いて、フィレクシアを見る。

「そんなこと、できるわけがないでしょう！　カズラ様、申し訳ございません！」

「あはは、それはいいわねぇ。フィレクシア、あなた、アルカディアに国籍を変えちゃいなさいよ。私が許可してあげるから」

笑いながら、とんでもないことを言うジルコニア。

「ジルコニア様まで！　ラースさん、黙ってないで何か言ってください！」

「別にいいんじゃねえの？　フィーちゃんにとっては、そのほうがこの先楽しいだろうし、またとない機会だろ」

「で、でも、さすがにそれは……」

「あの、それだとフィレクシアさんは二度とバルベールに行けなくなっちゃうと思うんですが、それでいいんですか？」

一良(かずら)が言うと、フィレクシアが「えっ！」と驚いた。

「に、二度とってどういうことですかっ⁉」

「だって、フィレクシアさんは元バルベール人なんですから。あっちに戻って技術を漏らされたら大変ですし」

「そんなことできるわけがないのですよ！　神様を裏切るほど、根性据わってないです！　余計な罪を犯して地獄行きは嫌なのですよ！」

「あれ？　フィレクシアさん、何で地獄のことを知ってるんですか？」

彼女からの思わぬ言葉に、一良が驚く。

バルベール人たちには、天国と地獄の動画は一度も見せていないのだ。

「セイデンさんが、グリセア村の人から聞いたというのをラースさんから聞いたのですよ。アルカディアの神々に逆らうと、死んだ後に地獄に送られるのですよね？」

「めっちゃ話が漏れてる……」

一良がラースを見ると、彼はバツの悪そうな顔で口笛を吹いていた。

ティティスがこれでもかと、ラースを睨みつけている。

そうしているうちに、一行は村の入口にたどり着いた。

村人や兵士たちが、一良たちに駆け寄って来る。

一良たちは、いったん停車した。

「マリーさん、アンテナをイステリアに向けてください」

「はい」

マリーが携帯用アンテナを取り出し、イステリアの方角へと向ける。

一良が無線で話しかけると、すぐに応答があった。

無線番をしていたアイザックに指示し、ナルソンを呼び出す。

数分して、ナルソンが無線に出た。

『ナルソンです。グリセア村に到着したのですね？　どうぞ』

「ええ。今着いたところなんですが――」

一良がかくかくしかじかと、フィレクシアたちのことを話す。

「――というわけなんですけど、どうしましょう？　どうぞ」

『ふむ。そういうことでしたら、もし情報を漏らしたら即地獄行きになってもらうというのはどうでしょうか？　もちろん、カズラ殿がそうしていただけるのであれば、ですが。どうぞ』

「じゃあ、そうしましょっか。地獄についても、どんな場所か映像を見てもらっておきますね」

話がまとまり、一良が無線を切る。

「聞いてのとおり、ナルソンさんの許可が出ました。約束、守れますか？」

「守れます！」

フィレクシアが満面の笑みで頷く。

「ティティスさんとラースさんはどうします？」

「ええと……ラースさん、どうしましょうか」

「口外しなきゃいいだけの話なんだから、いいじゃねえか。行こうぜ」

「……ということですので、村に入れていただければと」

2人の返答に一良は頷いた。

「分かりました。それじゃ、バレッタさん、リーゼ。彼女たちに地獄のレクチャーをお願いします。俺はいったん、日本に行ってくるんで」

「分かりました」

「どれくらいで戻ってこれそう？」

「夜までには帰ってくるよ。遅くても、明日の朝には帰って……ティタニアさん、ちゃんと美味しいもの持ってきますから、そんな目で見ないでください。忘れてませんから」

「ワフ！」

彼女たちを皆に任せ、一良は雑木林へと向かうのだった。

いつものように石畳の通路を通り、一良は日本の屋敷へと戻ってきた。

スマホを取り出して時間を確認する。

今日は日曜日で、時刻は午前10時ちょうどだ。

「さて、スーパーにでも……お？」

スマホにメッセージ受信の通知が1件あった。

アプリを開いて見てみると、宮崎からのものだった。

『おひさしぶりです。動画アプリはあれで大丈夫でしたか？　何かあればすぐ修正するので、いつでも連絡ください！』

「あー。作ってもらっておいて、感想を伝えてなかったもんな。昼飯がてら、お礼言おう」

宮崎に電話をかけると、２コールで彼女が出た。

『志野さん、おひさしぶりですっ！』

「ご無沙汰してます。メール貰ってたのに、長いこと確認できなくてすみません。電波の届かないとこにずっといて」

『いえいえ！　志野さんがいつもそういう場所でお仕事をしてるのは分かっていますから、気にしないでください！』

「はは、ありがとうございます。もしよかったら、これから一緒に食事でもどうですか？　動画アプリの感想を、伝えられればと思って」

『ぜぜ、ぜひお願いしますっ！　どこに向かえばいいですかっ⁉』

「今いる場所に迎えに行きますよ。どこにいます？」

『家にいます！』

というわけで、彼女のアパートに迎えに行くことになった。

屋敷を出て車に乗り込み、山を下る。

季節は秋に差し掛かっているが、まだまだ暑く気温は31度もあった。

湿度の低い異世界とは違い、こちらはうだるような暑さを感じる。

エアコンを全開にして涼みながら、のどかな田舎の風景を楽しみつつ車を走らせる。

道の脇のところどころに、選挙ポスターが貼られているのが目に入った。

「おっ、市長選挙があるのか……って、カーネリアンさんと政治の話をしないといけないんだった」

彼に「今より優れた国家運営の方法を教えてほしい」、と頼まれていたことを思い出し、どうすべきかと頭を捻る。

「どれが正解かって、正直分かんないからなぁ。日本と同じ議会制民主主義ってやつでいいのだろうか」

一良は日本で暮らしていて、特に不満を感じたことはない。

他の国に住んだことがないので、どの国のものがいいと比較のしようがないのだが。

「いくつか本を買っていって、バレッタさんに相談するか。うん、そうしよう」

銀行に寄り道して現金を下ろし、宮崎のアパートの近くにまでやって来た。

アパートの前で待っていた宮崎が、一良の車に気づいて大きく手を振る。

ばっちりメイクしていて、服装もかなり気合が入ったものだ。

彼女の前に停車し、窓を開けた。

「お待たせしました。乗ってください」

「はい！」

宮崎が助手席側に回り込み、車に乗り込む。

「家の中で待っててよかったのに。暑かったでしょう？」

「いえ、そろそろ来るかなって思って、出てきたばかりでしたから」

宮崎が照れ笑いしながら、頭をかく。

実のところ、一良と会うのが楽しみすぎて、ずっと外で待っていたのだ。

「志野さんは、事業のほうは順調ですか？」

「ええ、おかげさまで。宮崎さんは、あれから生活のほうはどうです？」

「人並みの生活が送れるようになりました。事務所のマネージャーも、一応は見つかりました」

「あ、お金を持ち逃げしたマネージャーさん、見つかったんですか！　返してもらえそうなんですか？」

「それが、オンラインカジノで全部スッたらしくて……これから裁判なんですよね」

「ええっ⁉　それじゃあ、取り返せないってことですか？」

「たぶん……少し前から事務所とも連絡が取れなくなっちゃって。警察の話だと同じような感じで、会社ぐるみで契約していた配信者に詐欺行為をしてたみたいです」

「組織的犯行だったってことですか？」

「みたいです。社長と他の社員はフィリピンに出国済みで行方知れずになってるって警察が言ってました。テレビでもニュースになってましたよ」

「酷い話だ……」

「私って、疫病神にでも取り憑かれてるんでしょうかね……元彼の件といい、こんなのあんまりですよ……」

そんな話をしながら車を走らせ、駅前の大きなドラッグストアへとやって来た。

駐車場に車を停め、2人で店内へと入る。

「えっとですね、宮崎さんに、化粧品を見てもらいたくて」

「け、化粧品ですか？」

ピシッ、と宮崎が固まる。

「ええ。ちょっと事情があって、若い人から年配の人まで、大勢に配ることになっちゃって。俺、そういうのまったく分からないんで、見てもらえたらなって」

「あ、ああ、そういうことですか！　了解です！」

ほっとした様子の宮崎を連れ、カゴを手に化粧品コーナーへと進む。

若い子に人気のあるのはこれ、お肌の調子に不安を感じ始めたらこういうの、というふうに、流行りのもの中心に解説を受ける。

一良はふむふむと話を聞いていたが、何が何やらさっぱりなので、かたちだけ頷いている状態だ。

陳列されている商品を、片っ端から説明してもらう。

「――こんな感じですね。どうします？」

「んー。どれも特徴があるんですね。これが一番いい、みたいなのはないというか」

「その人に合う合わないもありますからね」

「そっか。じゃあ、今説明してもらったものをひととおり買っていこうかな」

宮崎が説明してくれたメイクアップ化粧品やらスキンケア化粧品を、1つずつカゴに入れた。

その数、40品を超えている。

近くで品出しをしていた若い女性店員を、一良が呼ぶ。

「どうなされましたか?」

「あの、このカゴに入ってるものを、店にある在庫全部買いたいんですが」

「「えっ」」

宮崎と女性店員の声が重なる。

「在庫を全部……ですか?」

「はい。全部ください。支払いはカードで」

「は、はあ……あっ! もしかして、噂の……」

「え?」

「あ、いえ! 少々お待ちください!」

女性店員は慌てた様子で、レジにいた年配の男性店員に駆け寄った。

彼女が何やら話すと、「マジで!?」と男性店員の驚いた声が聞こえてきた。

「何の話をしてるんだろ？」

「そんなに大量に買う人なんて普通いませんから、驚いてるんじゃないですか？　でも、在庫全部はさすがに多すぎるんじゃ？」

「それが、百人単位になるかもしれなくて。数はあるに越したことはないかなって」

「ひゃ、百人単位？」

一良と宮崎が話していると、中年の男性店員が女性店員を連れて小走りでやって来た。

「お待たせしました。あの、カゴに入っている品を、在庫全部お買い上げいただけるとか？」

「はい、お願いします。全部ください」

「承知しました。金額が膨大になりますので、失礼ですが先に身分証明書をご提示いただけますでしょうか？」

「いいですよ。免許証でいいですかね？」

一良が財布から免許証を取り出し、彼に渡す。

彼は免許証の名前を見て、目を見開いた。

「せ、石油王……」

「え？」

「あ、いえ！　何でもありません！　ご提示、ありがとうございました！　在庫を確認してまいります！」

男性店員は一良に免許証を返すと、バックヤードへと走って行ってしまった。

残された女性店員が、一良を「おお……」と謎の声を漏らしながら見つめている。

「え、ええと……あ、そうだ。シャンプーとコンディショナーとボディーソープも、ついでに買いたいです」

「は、はい。どちらの商品でしょうか？」

「あー、えっと……」

遠目に見える商品棚に一良は目を向けて少し考え、もういいや、と思考を放棄した。

「あそこの棚にあるやつ、全部ください。で、指定する住所まで即日送ってほしいんですが」

「「マジで言ってます⁉」」

宮崎まで女性店員と一緒になって、一良に突っ込む。

「マジです。お願いします」

「は、はい！」

女性店員もバックヤードへと駆けていく。

宮崎は唖然とした顔で、一良を見た。

「志野さん、そんなに必要なら、問屋に連絡して買ったほうがいいんじゃないですか？　現地まで運送してもらえますし」

「いや、それがそうもいかなくて。秘境みたいなところに運ばないとなんで、業者に運送してもらうのはちょっと厳しいかなって」

「えっ。で、でも、国内の話なんですよね？　県内にそんな場所ってあるんですか？」

「えーっと……地図にも載ってない、知る人ぞ知る外界から隔絶された場所というか。そんな感じなんです」

「は、はあ」

宮崎は「なんじゃそりゃ」と内心いぶかしんだが、あえて突っ込むメリットもないので、それ以上聞くのは諦めた。

その後、支払いと発送の手続きを済ませ、2人は店を出たのだった。


車を走らせ、前回薬を買った「葵薬局」へとやって来た。

「そこの薬局で、たくさん漢方薬を注文してあって。受け取りだけなんで、すぐ終わりますよ」

「お薬ですか。すぐそこに大きな漢方薬局がありましたけど、こっちを使ってるんですね」

「ええ。すごく親身になってくれるんで、気に入ってるんです」

小さな駐車場に車を停め、2人で店に入る。

「いらっしゃいま……あっ、志野さん！」

「あら、お兄さん！」

イスに腰掛けて話していた白衣の若い女性――葵――と老婆が、一良を見て表情を綻ばせる。

「お二人とも、おひさしぶりです。この前お願いした薬を取りに来たんですが、入ってますか？」

「はい。ご注文分、取り置きしてありますよ。今、出しますね」

葵が薬を取りに、奥に引っ込む。

「ねえ、そこの人って、もしかして志野さんの彼女？」

老婆が宮崎を見ながら言う。

「えっ⁉　い、いやぁ、そんな――」

「友達ですよ。ちょっと買い物に付きあってもらってるんです」

一良が答えると、その後ろで宮崎がうなだれた。

「あら、そうなの？　ふーん」

ニヤつく老婆に、一良が小首を傾げる。

葵が大きなダンボール箱を抱え、よたよたと奥から出てきた。

「よっと。これ、軟膏類が入ってます。他のもすぐにお持ちしますね」

「あ、俺も手伝いますよ。奥に入ってもいいですか？」

葵からダンボール箱を受け取りながら、一良が申し出る。

「あ、いえいえ！　これくらい、大丈夫ですから。車まで運びますよ」

「けっこう重そうですし、腰を痛めたら大変ですよ。葵さんは、軽い物だけ運んでくれればいいんで」

「う……それじゃあ、お言葉に甘えて」

「わ、私も手伝いますから！」

そうして、若者3人で薬の運搬を行った。

すべてを車に積み終え、皆で店内へと戻る。

「あれから、お店の調子はどうですか？」

一良が聞くと、葵は嬉しそうに微笑んだ。

「すごく順調です。在宅医療サービスを始めたんですけど、けっこう需要があったみたいで、予約の電話がひっきりなしで」

「在宅医療？　どんなことをするんです？」

「個人のクリニックと提携して、私が直接患者さんの家に行ってお薬の説明と受け渡しをするんです」

「へえ、お年寄りのウケがよさそうなサービスですね」

「ええ。患者さんのご家族にヒアリングもできますし、生活スタイルに合わせたお薬に変更の提案もできますから。定期訪問させていただいて、飲み残しや副作用の確認もしています」

「おー。すごいですね！　定期訪問なら、固定客になりますね！」

「ふふ、そうですね。でも、独居のかたで健康不安を感じているご老人がすごく多かったみたいで。定期訪問で安心できるようになったって、感謝していただけるのが一番嬉しいです」

前回訪れた時とは違い、葵の表情は生き生きとしている。

「それもこれも、志野さんのおかげです。たくさんお買い上げいただいて、まとまったお金が入ったおかげで余裕ができたからこそ、新規事業に手を出せたので」

「お役に立てて良かった。だからってわけじゃないんですけど、今回受け取ったのと同じ量の薬を、もう一度注文したいんですが、大丈夫ですか？」

「えっ⁉ そ、それは大丈夫ですが……」

驚く葵と、「おー」と嬉しそうな声を漏らす老婆。

「じゃあ、お願いします。お金は先払いしますから、次に取りに来るまで取り置きしておいてもらえると」

一良がバッグから分厚い封筒を取り出し、葵に差し出す。

葵は戸惑いながらも、封筒を受け取った。

「で、では、すぐにお会計を」

「あ、少し余分に入ってるんで、おつりはお茶代にでもしてください。といっても、端数の数千円ですけど」

「ええっ⁉ それはダメですよ！」

「長いこと取り置きしてもらっちゃってますし、保管料とでも思ってください。またお願いしちゃいましたし」

「うー……分かりました」

　葵が封筒から札束を出し、レジを打つ。

　かなりの長さのレシートが出てきた。

「領収書にしたほうがいいですよね？」

「いや、レシートで大丈夫です」

「そ、そうですか。あ、薬の試供品があるので、お持ちになってください」

　葵が「試供品」と書かれた栄養ドリンクや錠剤の小袋を棚から大量に取り出し、紙袋に入れて一良に渡す。

「葵ちゃん、志野さんの電話番号聞いておいたら？　これからもお世話になるんだし」

　老婆がニヤつきながら、葵に言う。

「あっ、そうですね。志野さん、よろしいでしょうか？」

「そのほうがいいですね。訪問サービスで留守の時に来ちゃってもいけないですし」

　そうして、葵と電話番号を教え合い、一良と宮崎は店を出た。

　店の外で駐車場へ向かう2人を葵と見送りながら、老婆が葵の脇腹を肘で小突く。

「やったじゃない。彼、フリーみたいよ？　今度、食事にでも誘ったら？」

「で、ですから、そういうのはいいですから。どう考えても、ご迷惑じゃないですか」

「そうかしら？　さっき一緒にいた女の子、彼を狙ってるみたいだし、ほっといたら取られちゃうわよ？　玉の輿よ？」

「あのですね、お客さんを食事に誘うなんて、できるわけないですって。それに、玉の輿だなんて、お金目てじゃないですか」

葵の言葉に、老婆が呆れ顔になる。

「財力だって、立派なステータスの1つよ。顔、性格、肩書、身長だってステータスでしょ？　お金持ちだってことを魅力と捉えることの、どこがおかしいわけ？」

「う……」

もっともな指摘を受け、葵が言葉に詰まる。

「彼だって、それくらい理解してると思うけど。いいじゃない、お金目当てでも。それに彼、性格もよさそうだし、かわいい顔してるじゃない。今夜にでも、電話かけてみなさいよ」

「で、でも……って、さっきから何の話をしてるんですか！　そういうの、私はいいですから！」

葵が顔を赤くして捲し立てる。

「さっきから、志野さんに失礼ですよ！　もうやめてください！」

「あら、口出ししすぎたかしら」

悪びれもせず、老婆がケラケラと笑う。

「まあ、お金のことは置いておいても、優しそうでいい感じじゃない？　とりあえずは、お友達になってもらえば？」

「ですから……はぁ」

葵が疲れたため息を漏らす。

そうしていると、一良が車を運転して葵たちの前にやって来た。

運転席の窓を開け、一良が葵に微笑む。

「ではまた！　葵さん、お店頑張ってくださいね！　応援してますから！」

「は、はい！　ありがとうございます！」

葵が、深々と腰を折る。

一良は葵に手を振り、去って行った。

「狙い目だと思うんだけど。ねえ、葵ちゃん？」

車を見送りながら言う老婆に、葵は頭を下げたまま、顔を赤くして唸っていた。

薬局を後にし、一良たちはショッピングモール内にあるバイキングレストランにやって来た。

お互い好きな物を皿に取り、席に着く。

「それにしても、志野さん、本当にすごいですね。化粧品とかお薬とか、集落1つまるごと面倒を見てる感じなんですか？」

料理を頬張りながら、宮崎が聞く。

「まあ、そんな感じですね。俺もお世話になってるんで、お互い様って感じですけど」

「あの……もしよければ、その事業のお手伝い、私にもさせてもらえませんか？」

宮崎が意を決した様子で、一良に申し出る。

「アプリ開発だけじゃなくて、今日みたいな品物の手配とか、何でもやりますから！　お願いします！」

「いや、お気持ちは嬉しいんですが……あ、そうだ」

1つ大切な仕事が残っていたことを一良は思い出した。

「政治の形式について、調べないといけなくなっちゃって。それをお願いできれば」

「政治ですか？　どんなものです？」

「国家運営のシミュレーションみたいなのを趣味でやってるんですけど――」

現在のクレイラッツの状況を噛み砕いて、一良が説明する。

宮崎は頷きながらひととおり聞くと、やる気に満ちた顔になった。

「なるほど。政治的に行き詰まった国の舵取りを、どうすれば上手くできるかですね」

「ええ。資本主義とか社会主義とか、名前は知ってるけど詳しくは分からなくて。それの解説資料を作ってもらえたらなって」

「分かりました！　任せてください！」

宮崎が、どん、と自身の胸を叩く。

「きっと、満足してもらえるものに仕上げます！」

「すみません、お願いします。納期なんですけど、取りに来れる日取りがちょっと分からなくて。でも、10日くらいで連絡はできると思います」

「はい！　それまでに、動画付きの分かりやすいものを作っておきますね！」

「よろしくお願いします。資料の本とかたくさん必要でしょうし、この後本屋さんに行きましょっか。あと、報酬なんですが、えーと……」

「あ、報酬はいいですよ！　志野さんのお手伝いができるだけで、私は嬉しいので！」

とびきりの笑顔で言う宮崎に、一良が「いやいや」と苦笑する。

「そうはいきませんって。相応の対価は出させてください」

「いえ、本当にいらないですよ！」

「俺は宮崎さんを信頼しているからこそ、きちんと報酬は出したいんですよ。お仕事をお願いするからには、当然なことですから」

「う……はい」

そこまで言われては断れず、宮崎がしぶしぶ頷く。

そうして、あれこれと話しながら、2人は食事を続けたのだった。

時間を少し戻し、一良が日本に向かったすぐ後。

ラース、ティティス、フィレクシアの3人は、バレッタに案内されて村の中を見て回っていた。

「これが高炉です。アルカディアでは、これを使って精鉄を行っています」

レンガ造りの、高さ3メートルほどの小型木炭高炉の前にバレッタが立つ。

高炉はいくつも並んでおり、現在は未稼働だ。

へー、とラースたちが、高炉を見上げる。

「ずいぶんと大きいのですね！　レン炉とは、どう違うのですか？」

フィレクシアが質問する。

「使いかたがまったく違いますよ。材料となる鉄鉱石を、上の穴から――」

バレッタの説明を、ふむふむ、と3人は聞く。

そんな彼女たちから離れた場所では、リーゼたちが子供たち相手に鬼ごっこをしている。

完全に人外の速度で走り回るちびっ子たちを、リーゼとジルコニアが必死に追いかけていた。

リーゼたちは速度こそ負けていないが、子供たちは小回りが利くためまったく捕まらない。

前回、リーゼが追いかけっこをした時よりも、子供たちのテクニックが格段に向上していた。

この日に備えて、どう動けば捕まらないかを皆で研究していたのだ。

ちなみに、エイラ、マリー、ティタニアは、守備隊兵士たちに野菜を貰いに行っている。

そんなことをしなくても村の中にある畑のものを使えばいいのだが、子供たちに捕まって遊び相手にされるのを回避したのだ。

「あああもう！　何で捕まらないの⁉」

「捕まえ、ああ⁉」

完全に翻弄されてイライラしているリーゼ。

捕まえる直前に、真横から飛び出してきた別の子供に捕まえようとしていた子供を抱きかかえられて逃げられるジルコニア。

子供たちは速いだけでなく筋力まですごいことになっており、連係プレーで互いを助けながら逃げ続ける。

その様子をバレッタの説明を聞きながら、「なんだありゃ……」と戦慄して見ていたラースは、リーゼと目が合いそうになって慌てて顔を背けた。

あんなのに巻き込まれたら、たまったものではない。

「――という具合に、このふいごから高炉に空気を送るんです」

水車に連結されたふいごの仕組みをバレッタが説明する。

「なるほどー！　これは効率的ですね！」

「私たちの国のものとは、生産量が段違いなわけですね……」

フィレクシアとティティスが感心する。

「ねえ、おじさん！」

「ん？」

足元から声をかけられてラースが目を向けると、８歳くらいの男の子がラースを見上げていた。

「おじさんって、力がありそうだね！」

「ああ。まあ、普通よりはあるだろうな」

「俺と腕相撲しようよ！」

くいっ、と腕を曲げる仕草をする男の子に、ラースが苦笑する。

「腕相撲って、腕の長さが違いすぎて組めねえよ」

「あ、そっか……じゃあ、棒引きしようよ！」

「棒引き？　何だそれ？」

「棒を引っ張り合って、たくさん引っ張ったほうが勝ちってやつ」

「あー……」

めんどくせえな、と思いながら、バレッタへと目を向ける。

「ふふ、遊んであげてください」

「へいへい」

バレッタに言われては断るわけにもいかず、ラースが子供に目を戻す。

「いいぜ。棒を持ってきな」

「うん！」

男の子が風のような速さで家に戻って行き、2メートルほどの長さの棒を手に戻ってきた。

見たところ、古くなった槍の穂先を外したもののようだ。

「はい。そっち持って」

「おう」

差し出された棒の端を、ラースが両手で持つ。

――きっと、こいつも怪力持ちだな。まあ、こんなに小さいなら、そこまでじゃないだろ。

念のためにと、ラースが腹に力を入れる。

「ラースさん、怪我だけはさせないようにしてくださいね」

ティティスがそわそわしながら言う。

「分かってるって。ほら、いつでもいいぜ」

「じゃあ、この石が地面に落ちたらね！」

男の子が小石を拾い、ぽい、と空に投げて棒を両手でしっかり掴む。

こつん、と石が地面に落ちた瞬間、ラースは、ぐいっと棒を引っ張った。

「それっ！」

「わあっ⁉」

ぐんっ、と強い力で引かれた棒に、男の子はあっという間に前につんのめった。

「ラースさんの勝ちー！」

フィレクシアがぱちぱちと手を叩き、勝者を宣言する。

予想よりもあっけない結果に、ラースは内心「こんなもんか」と拍子抜けした。

「おい、怪我してねえか？」

つんのめった拍子に地面に手をついた男の子の腕を掴み、ラースが立ち上がらせる。

「うー！　もう一回！」

「はいはい」

ラースが苦笑し、もう一度両手で棒を握る。

すると、男の子は地面を見つめ、ドン！　とかかとを叩きつけた。

ゴッ、と鈍い音がして、彼の足がくるぶしまで地面に埋まる。

「……は？」

とんでもない光景に、ラースが目を丸くする。

男の子はもう片方の足も同じように地面に叩きつけ、両足がくるぶしまで埋まった。

「いくよ！」

男の子が小石を空に投げる。

唖然としていたラースは、慌てて腰を落とし、腹筋に力を入れた。

「だあああ！」

「ぬっ、おおお！」

男の子が雄叫びを上げながら棒を引き、ラースもこめかみに血管を浮き上がらせて渾身の力で棒を引く。

男の子の足がボコボコと音を立てて地面にめり込む。

そのまま10秒が経過した時、ぐん、と子供側に棒が動いた。

「おおっと！」

ラースがつんのめり、力を抜く。

「やったあ！　俺の勝ち！」

男の子が飛び上がって喜ぶ。

「いやぁ、強えな。完敗だぜ」

「えへへー！　またやろうね！」

男の子は満足そうに笑い、リーゼたちの下へと駆け戻って行った。

「あらら。ラースさん、負けちゃいましたねー」

「フィレクシアさん。ラースさんは、わざと負けたんですよ」

「えっ、そうなのですか？」

ティティスの指摘に、フィレクシアがラースを見る。

「仕方ねえだろ。あのまま無理に引っ張ったら、地面にもぐってる足首が折れちまうしさ」

実のところ、男の子の力よりもラースのほうがだいぶ上回っており、勝とうと思えば勝てたのだ。

だが、今言ったように無理に引くと大怪我をしかねない状況だったため、わざと負けたのである。

本気を出して引いているように見えたのは、演技だったのだ。

「ああ、なるほど！　それは危ないですね！」

「にしても、あんなにちっこいのにすげえ力だよ。大人になったら、ジルコニアみたいになっちまうのかな？」

やれやれと腰に手を置くラースに、バレッタが微笑む。

「ふふ、お疲れ様でした。次は、何が見たいですか？」

「んー、そうだなぁ」

ラースが村を見渡す。

もくもくと煙が上がっている小さな小屋や、ざばざばと音を立てて回転している水車が併設されている小屋が見える。

他には物置のような小屋と、やたらと巨大な葉を茂らせた畑が見えるくらいだ。

「そこにある水路は、川に繋がってるのか？」

「はい。川から揚水水車で水を汲み上げて、ここまで流しているんです」

「で、2本あるのは、また川に水を戻すためか」

「ですね。揚水水車を見に行きますか？　カズラさんが持ってきた水車なので、ここにある水車よりも立派ですよ」

「ラースさん、それ見に行きましょう！　神様の水車なのですよ！」

フィレクシアが瞳を輝かせる。

「んじゃ、そうすっか。汗かいちまったから、水浴びもしたいしな」

「なら、タオルを持ってきますね」

そうして、バレッタたちは川へと向かうことにしたのだった。


数十分後。

川にやって来たバレッタたちは、川べりに腰掛けてのんびりと過ごしていた。

ラースは腰巻一丁で川に飛び込んで、流れに逆らって泳いでいる。

「ひゅー！　冷たくていいな！」

ラースが川の中で立ち上がる。

水深は胸元くらいの場所のようだが、流れにもものともせずにその場に留まっている。

「山が近いですからね。雪解け水がそのまま流れてきていますから」

「なるほど、どうりで美味い水なわけだ」

ラースは顔を水につけ、ごくごくと飲む。

「カイレンたち、こっちに来れなくて残念だな。俺だけ楽しい思いをさせてもらってるわ」

「本当ですよ。今頃、カイレン様もラッカさんも、忙しくて大変でしょう」

ティティスが素足を川に浸しながら言う。

フィレクシアは先ほどから、水車の周りをうろちょろしている。

「この水車、素晴らしい精度ですね！　この軸と軸受けの部分、鉄だと思うんですけど、まったく錆びていないのはなぜなのでしょうか？」

綺麗な銀色の光沢を放っている軸と軸受けを指で触りながら、不思議そうにフィレクシアが首を傾げる。

「それは鉄じゃないですよ。ステンレスっていう、ほとんど錆びが発生しない部材を使っているんです」

バレッタが言うと、彼女以外の全員がぎょっとした顔になった。

「さ、錆びない金属ですか!?　それは、どんな鉱石から採れるんですか!?」

「銀とか金とは違うのでしょうか？」

フィレクシアとティティスが、続けて質問する。

「銀や金とは違います。ステンレスは鉱石から精製するんじゃなくて、いくつかの素材を混ぜて作るものなんです。銀や金とはまったく違う、人工物ですね」

バレッタの説明に、は－、と2人の声が重なる。

「その素材とは、何なのですか？」

「フィレクシアさん」

ティティスがフィレクシアを睨む。

「う……で、でも、知りたいのですよ」

「聞きすぎはダメです。バレッタさん、申し訳ありません」

「いえ。でも、今の私たちの技術力じゃ製造は難しいです。作るのは、諦めたほうがいいですよ」

「そうですか……残念です」

「武器とか鎧をそれで作れれば、手入れが楽でいいな。……おっ？」

ラースが水中に目を落とし、もぐった。

数秒して、ざばっと顔を出して手を上げた。

彼の手には、小ぶりな魚が1匹握られている。

「はっはっは！　どうだ！」

「わっ、すごいですね！　よく捕まえられましたね！」

バレッタが、ぱちぱち、と拍手をする。

「この間抜けが、えぐれてる岩の下に入って行ったんだ。逃げ場なしだったぜ」

ふふん、とラースが胸を張る。

「さて、例の地獄と天国ってやつを見せてくれや。別世界の戦いの様子を見せてくれた時と、同じように見せてくれるんだろ?」

「はい。それじゃあ、戻りましょうか」

そうして、川から上がったラースが着替えるのを待ち、村へと戻ったのだった。

バレッタの家に戻った4人は、さっそく地獄の動画鑑賞会を行っていた。

囲炉裏ではラースが捕まえた魚が串焼きにされていて、ジュウジュウ、といい音を立てている。

『死とは、すべての始まりにすぎない』

『正しく生きた者には、死の先の喜びを』

『悪事に手を染め続けた者には、死の先の絶望を』

『死の先にある世界の一片を、ここに記す』

バレッタにとってはもう見慣れた動画が、スクリーンに映し出される。

ラースたちは興味津々といった様子で、動画に見入っている。

なぜか、ティティスとフィレクシアは正座になっていた。

「な、何なんですか、あの怪物は」

焼け焦げた建物の残骸の中から現れた、全身が灰色で頭が半分欠けた人間のような生き物の群れに、ティティスが驚いた顔になる。

「地獄にいる怪物です。地獄に落ちた人は、ああいう怪物に襲われるんです」

「そうなのですか……恐ろしいですね」

「すげえな。おとぎ話で出てきそうな怪物だ」

「ラースさんなら、ばったばったと切り倒せるんじゃないですか？」

フィレクシアが楽しそうに、ラースを見る。

彼女は驚いているというよりも、わくわくしている様子だ。

「無茶言うなよ。どうせ、アレもジルコニアみたいな強さなんだぜ？　ジルコニアの集団に囲まれたら、秒で肉塊にされちまうよ。見たところ、20匹はいるぞ」

「20ジルコニアですね！　それは厳しそうです！」

「1ジルコニアでも無理だっつうの」

本人のいないところで、勝手に単位にされているジルコニア。

すると、土間の引き戸が開いてジルコニアとリーゼが戻ってきた。

２人とも、汗だくだ。

「うー、疲れた……」

「ここ最近で、一番しんどかったわ……」

2人が居間に上がり、腰を下ろす。

「あ、動画見てるんだ」

「はい。村の見学も、ひととおり終わったので。エイラさんたちは、まだ駐屯地にいるんですか？」

「え？　あ、そういえば、ずっといないね」

「私たちに子供の相手を押し付けて逃げたのよ。まったくもう」

ジルコニアがバッグを漁り、ウーロン茶の缶を取り出す。

「ティティスたちも飲む？　お茶だけど」

「はい。いただきます」

「飲みたいです！」

「俺も貰うわ」

ジルコニアが、缶を皆に投げて渡す。

お茶を飲みながら、動画の鑑賞を続ける。

地獄編はショッキングな映像が多いためか、3人とも時折声を上げて驚いていた。

ティティスは真剣な顔で何やら考えていたが、フィレクシアは「すごいですね！」と大興奮だ。

ラースは「はー」だの「ほー」だの言いながら、ウーロン茶を飲みつつ興味深そうにしていた。

やがて地獄編が終わり、天国の映像が流れ始めた。

美しい海の上に建つ水上コテージやら、アロマオイルマッサージを楽しむ女性やらの映像が流れた。

「な、何か、想像してた天国とはだいぶイメージが違うのですよ」

困惑顔で言うフィレクシアに、バレッタが苦笑する。

「そうですね。でも、こんな感じで、ずっと楽しく過ごせる場所らしいですよ。最高じゃないですか」

「はい。でも、あまり刺激がなさそうな生活ですね……」

なぜか不満そうに、フィレクシアが言う。

「フィレクシアさんには、天国は魅力的に見えないですか？」

「そんなことはないですけど、今のこの世界のほうが楽しそうかなと。あれこれ考えて問題に立ち向かうようなことができたほうが、人間張り合いが出るのですよ」

何ともストイックなことを言うフィレクシア。

バレッタも彼女の言うことは分かる気がするので、「なるほど」と頷いた。

困難に立ち向かって成功を収めた時の達成感が格別であるのも確かだ。

そうして動画が終わり、スクリーンが真っ暗になった。

「以上です。何か質問はありますか？」

バレッタがパソコンの電源を切り、皆に聞く。

「戦争でお前らと戦ったことは、悪事になるのか？」

ラースが片手を挙げて質問する。

「それは自国のためにやったことですから、問題ないはずですよ」

リーゼが横から答える。

「悪事というのは、犯罪行為のことです。詐欺、強盗、放火、殺人などですね。戦争犯罪も、それに含まれるとカズラは言っていました」

「ああ、なるほど。てことは、法律と同じようなもんか。逮捕されるようなことが悪事って考えりゃいいわけだな？」

「はい、その認識で大丈夫です」

リーゼがにこりと微笑む。

――てことは、カイレンは地獄行きじゃねえか。どうにかしてやらねえとな。

ラースは頷きながらそんなことを考えたが、表情には出さない。

彼自身は今まで正々堂々の戦いしかしてきていないため、犯罪に当たるようなことは1つもしていない。

弟のラッカも、きっと大丈夫だろう。

「おっと。魚が焦げちまう」

ラースが囲炉裏から魚の串焼きを取る。

「ほら、ティティス。やるよ」

「え？」

黙って考え込んでいたティティスが、はっとしてラースを見る。

「そんな難しい顔してねえで、美味いもん食って元気出しとけ。な？」

「……はい。そうですね。ありがとうございます」

ティティスがにこりと微笑み、串焼きを受け取る。

「いいなぁ。私も食べたいです」

「フィレクシアさん、半分こしましょうか。お先にどうぞ」

「ありがとうございます！」

フィレクシアが魚にかぶりついた時、土間の引き戸が開き、マリーとエイラが入ってきた。

2人とも、たくさんの野菜が入ったカゴを抱えている。

彼女たちの後ろから、ティタニアも顔をのぞかせている。

「遅くなり申し訳ございません」

「駐屯地のかたと話し込んでしまって……」

聞かれてもいないのに、エイラがいいわけをする。

「本当に？　子供たちに絡まれないように、避難してたんじゃないの？」

ジト目のジルコニアに、２人が「違います！」とぶんぶんと首を振る。

「まあ、いいけど。何か適当に作ってくれない？　走り回って、お腹空いちゃった」

「「すぐに用意します！」」

「バレッタさん、地獄のやつ、もう一回見せてもらってもいいですか？」

半分食べた串焼きをティティスに渡し、フィレクシアが手を上げる。

「いいですけど、何か気になるところでもありましたか？」

「面白かったので、また見たいのです！」

「そ、そうですか」

そんなわけで、２人に料理を作ってもらっている間、再び地獄動画を皆で見ることになった。

動画を見ながらティティスは串焼きをかじっていたのだが、真横に来たティタニアが涎を垂らしてガン見してくるので、結局彼女とさらに半分こするはめになったのだった。


その日の夜。

22時近くになって、一良は日本の屋敷へと戻ってきた。

あれから宮崎と本を選び、カフェでお茶をしながら資料を見て内容を詰め、焼き肉屋で夕食を食べた。

夕食の後、宮崎に「居酒屋にでも行きませんか？」と誘われたのだが、さすがにもう遅いからと断って帰ってきたのだ。

庭に車を停め、リアカーに荷物を積み込んだ。

屋敷に入り、石畳の通路に繋がる敷居をまたぐ。

えっちらおっちらと、リアカーを引いて真っ暗な雑木林を村へと向かう。

「残りは明日の朝でいいか。何だかんだで、今日も疲れ――」

「ばあ！」

「ぎゃあああ！」

突然目の前に逆さまの女の顔が現れ、一良は悲鳴を上げて腰を抜かした。

ガタガタと震えながら頭上を見ると、木の枝に足をかけて逆さまになっているティタニアと目が合った。

「なっ、何をしてるんですかっ⁉」

「ごめんなさい、驚かすつもりはなかったのですが」

「『ばあ！』とか叫んでおいて、何言ってんだあんた⁉」

ティタニアは軽やかに地面に着地し、満足そうな顔をしている。

一良は尻もちをついたままだ。

「まったくもう……いてて、腰を打っちゃった」

「あっ、ごめんなさい！　大丈夫ですか？」

「ダメです。リアカーはティタニアさんが引いてください」

「はい……」

ティタニアは取っ手を掴んでリアカーを除けると、一良の手を取った。

「よっと……おぶっ！」

ぐいと手を引かれた拍子に、一良は勢い余ってティタニアの胸に倒れ込むように顔をうずめてしまった。

「あら」

「すす、すみません！」

「ん？　……うーん？」

慌てて離れようとした一良の頭をティタニアは抱き締め、くんくん、と匂いを嗅ぎ始めた。

一良は彼女の胸に顔をうずめたままだ。

「ちょちょ、ちょっと！　ねえ!?」

「あ、ごめんなさい」

ティタニアが手を放すと、一良は慌てて彼女から離れた。

「こんな森の中ですけど、私でよければお相手しましょうか？」

「だから、わざとじゃないんですって！」

「はいはい。ふふ」

ティタニアは楽しそうに笑うと、身をかがめてリアカーの持ち手の内側に入った。

リアカーを引く彼女に並んで、一良も歩き始める。

「ずっと俺を待ってたんですか？」

「ついさっき、来たばかりですよ。今日はもう帰ってこないのかなと思ったのですが、気になってしまって」

「あっちで夕食を食べてたら遅くなっちゃって。皆はもう、寝てますか？」

「はい。皆さん、ぐっすりです。ところで……」

ティタニアが足を止め、一良を見る。

「もう一度、カズラ様の匂いを嗅がせていただいてもよろしいでしょうか？」

「え？　匂い？」

きょとんとする一良の首筋に、ティタニアが顔を寄せる。

くんくん、と鼻を鳴らして再び匂いを嗅ぐ。

「うーん……子供の頃に、カズラ様と似た匂いを嗅いだことがある気がするんですよね」

「子供の頃って、１０００年以上前ってことですか？」

「はい。私が子供の頃に崖から落ちて死にかけていたところを、人に助けられたという話は覚えていますか?」

「ああ、そんなこと言ってましたね。『人に助けてもらったらしい』って話してましたね」

「ええ。その時に、カズラ様と似たような匂いを嗅いだ気がするんです。さっき、ふとそう感じて」

うーん、とティタニアが考える。

「気のせいかもしれませんけどね。何しろ昔すぎて、匂いの記憶が曖昧で」

「ふーん……あれ？　助けてもらった『らしい』って、ティタニアさんは覚えてないんですか?」

「はい。私はかなり幼かったので、ほとんど覚えていませんね」

「ということは、その話は誰かから聞いた話ですか?」

「私の母から聞きました。大怪我をした私を母はどうすることもできなくて、人里に助けを求めに行こうとした時に彼らを見つけて声をかけたそうで。でも、彼らには言葉が通じず、身振り手振りでどうにか察してもらって、連れてきたって言っていました」

「言葉って……ティタニアさんのお母さんもウリボウですよね？　言葉なんて、元から人には通じないんじゃないですか?」

「大昔は会話ができましたよ。獣の姿の私が子供たちと話すのと同じように、大人の人間とも話せました。話すことのできない人もいましたけどね」

「ああ！　そういえば、オルマシオールさんがそんな話をしてましたね」

以前、グリセア村の雑木林の入口で、一良のご先祖様（仮）の魂を、ティタニアとオルマシオールが彼の恋人の魂と引き合わせて天に送ったことがあった。

その時オルマシオールが、「昔はこうして、互いに言葉を交わすことができた」と言っていた。

「あの時、天に送ってもらった骸骨の人って、俺の匂いと同じだったんですよね？」

「はい。かなり似ていました。おそらく、同じ血筋のかただと思います」

「ということは、ティタニアさんが子供の頃に助けてもらった人も、俺のご先祖様かもしれないですね」

「ええ。といっても、記憶がかなり曖昧ですが」

「その人たち以外には、ティタニアさんは俺と似た匂いの人には今まで会いませんでした？」

「だいたいはこの辺りにいましたが、それらしい人は見ませんでしたね」

「そっか……うーん」

日本の屋敷の床に敷かれていた鉄板の目的が分からず、一良が頭を捻る。

匂いで判別がつく彼女なら、両親ではなく一良の親戚がこちらにやって来ていれば気づいていたかもと思ったが、アテが外れた。

母親が年齢に対して異常に若い理由も分からないし、何が何やらさっぱりだ。

「あの、どうかなさいましたか？」

「うーん……実はですね」

その後、村へと戻りながら、一良はティタニアに屋敷のことや両親のことをすべて話して聞かせた。

どういうことか分からないかと聞いてもみたのだが、当然のごとく「さっぱり分かりません」、と答えられてしまった。

2人は話しながら数分歩き、バレッタの家の前に戻ってきた。

村人たちは寝静まっているようで、灯りが点いている家は皆無だ。

リアカーからティタニアへのお土産を下ろし、皆を起こさないようにと、そっと戸を開けて中に入る。

すると、真っ暗ななかでノートパソコンの画面を見ているバレッタがいた。

居間にいるのは彼女とラース、エイラ、マリーだ。

ラースは壁にもたれて、腕組みをして眠っている。

エイラとマリーは、部屋の隅に布団を敷いて眠っていた。

「カズラさん、おかえりなさい。ティタニア様も一緒だったんですね」

皆を起こさないように、バレッタが小声で言う。

「ただいまです。そんな暗いなかでパソコンなんて、目が悪くなりますよ？」

「あはは。でも、火を点けたままだと皆さんが眠りにくいですし」

バレッタが立ち上がり、一良たちに歩み寄って荷物を受け取る。

「他の皆は？」

「部屋で寝ていますよ。どの部屋もいっぱいになっちゃったんで、私たちは居間で寝ることにしました」

「カズラ様、ちゅるる！　ちゅるるください！」

「はいはい。バレッタさん、出してあげてください」

「ふふ、はい」

バレッタが袋からちゅるるの大袋を取り出し、ティタニアに渡す。

彼女は居間に上がって勢いよく袋を開けると、ちゅるるを何本も取り出してちゅーちゅーと吸い始めた。

「んー！　美味しいです！」

「慌てなくていいですから、ゆっくり食べてください。山ほどありますから」

「カズラさん、お風呂はどうします？」

「ネットカフェでシャワー浴びてきたんで、大丈夫です。皆、寝てると思ってたんで」

「分かりました。それじゃ、お布団敷きますね」

隅に置かれていた布団を、バレッタが敷く。

「パソコンで何をしてたんですか？」

「写真を見てたんです。イステリアを発つ前に、ハベルさんのカメラからデータを落としておいたので」

「へえ、どれどれ」

一良がノートパソコンの画面を見ると、一良とバレッタが調理場で皿洗いをしている後ろ姿が映っていた。

２人とも楽しげな表情で、何やら話している場面だ。

いつ撮られたものなのか、一良にはさっぱり分からない。

「へえ、ハベルさん、こんな写真まで撮ってたのか……おっ、侍女さんたちと警備兵さんたちの写真もある」

「お屋敷で働いてるすべての人の写真がありますよ」

「そりゃすごい。うお、２０００枚超えてる」

「別のフォルダに、戦闘とかモノづくりしてる職人さんの画像もありますよ」

布団を敷き終えたバレッタが、水筒からハーブティーをコップに淹れ、一良の隣に座った。

「カズラさんは、日本で何を買ってきたんですか？」

「薬とか化粧品とかですね。王都でご婦人がたに配ろうと思って」

写真を1枚ずつ眺めながら、一良が答える。

「ラースさんとお風呂に入った時に、シャンプーとかを女性にあげたら大喜びするだろうって言われて。重鎮の奥さんたちにあげてみようかなと思って」

「あ、なるほど。偉い人たちの奥さんにあげれば、きっと旦那さんに『しっかりやれ』って発破をかけてくれますね」

「ええ。なので、たくさん買ってきちゃいました」

「でも、お買い物だけなのに、ずいぶんと時間がかかりましたね？」

「カーネリアンさんに話す時に使う政治の仕組みの資料について、宮崎さんに相談してたら遅くなっちゃって。丸一日、付きあってもらっちゃいましたよ」

宮崎と聞いて、バレッタの表情が少し強張る。

「そ、そうですか……お昼ご飯とお夕飯も、宮崎さんと食べたんですか？」

「うん。昼はバイキングレストランで夜は――」

「カズラ様、その『政治の仕組みの資料』は、本などですか？」

ちゅるるを吸いながら、ティタニアが口を挟む。

「あ、はい。宮崎さんにいくつか渡してあって、自分で読む用にも買ってきました」

「なら、資料はバレッタさんに読んでもらったほうがいいのでは？　彼女なら、きっと良い案を出してくれそうですし」

「そう、それは俺も思ってたんです。バレッタさん、ちょっと時間がかかるかもなんですけど、一緒に政治の勉強をしてもらえませんか？」

「は、はい！　喜んで！」

バレッタが勢い込んで頷く。

「じゃあ、王都に行ったら夜に勉強会しましょう。夜更かしできるように、エナジードリンクも買ってきたんです」

「任せてください！　夜更かしは慣れてます！」

途端に元気になったバレッタを、ティタニアはちゅるるを吸いつつ、「ふふふ」と微笑んで見つめる。

——フィーちゃんの言うとおり、こいつらに支配されるってのなら悪くなさそうだ。俺たちは幸運なのかもな。

薄く片目を開けて一良たちの様子を窺っていたラースがそんなことを考えていると、ふと視線を感じた。

じゅるるる、と音を立ててちゅるるを吸っているティタニアが、にこりとラースに微笑んだ。

まさか人の姿に化けることができるとは驚いたが、神なら何でもありなのだろうと納得している。

ラースは、ふっと口元に笑みを浮かべると、先ほどから感じ続けていた眠気に身をゆだねたのだった。

第3章　王都へ

翌朝。

日の出と同時に身支度を整えた一良たちは、村の外にある守備隊陣地に集まっていた。

材木置き場の丸太に皆で座り、ナルソンたちを待ちながら雑談に興じている。

「はあ、息子さんたちを村に移住ですか」

「ええ。イステリアでの生活もいいものなのですが、今後はこの村を一大生産拠点にすると小耳に挟んだもので」

真っ白な頭髪の老兵が、村で採れたミントのお茶を飲みながら話す。

「我が家は小さな商家なのですが、店の場所がイマイチでして。今後のことを考えると、物流拠点になるここで宿屋を開ければ繁盛するかなと思うのです」

彼の話に、別の老兵が頷く。

「うむ。イステリアは競争が激しくてなぁ。私の家は小料理屋をやっているのですが、近所に大きな店ができてしまって大変で。ここで守備隊や輸送隊相手に商売したほうが、安定して稼げそうです」

「それなりに宿屋や飲食店があれば、グレゴルン領から来る商人も立ち寄ってくれそうだよな」

「ワシはここが心底気に入ったよ。村の子供らと遊びながら、のんびりと野菜を育てて余生を過ごしたい」

「こんなに楽しい軍の仕事は、なかなかないよなぁ。村の人らも優しいし、空気も綺麗だ。『兵隊さん兵隊さん』って、子供たちも寄って来てくれるしな」

他の老兵たちも、口々に語る。

慌ただしい都会暮らしとは違い、彼らにとってこの村での守備隊生活は実に充実したものだったのだ。

イステリアでは住居によっては汚物の臭いや鍛冶場の煙が漂ってくることもあるため、空気が綺麗というのもそのとおりである。

「へえ、そんなに気に入ってくれたんですか」

「はい。よろしければ、カズラ様からナルソン様に話していただけませんか？」

最初に移住の話をした老兵が、一良に頭を下げる。

「いいじゃない。この村はグレゴルン領との間にあるし、宿場町にしちゃってもいいかもしれないわね。リーゼはどう思う？」

ジルコニアがリーゼに話を振る。

「イステリアも人口過密気味でしたし、ちょうどいい話だと思います。新しく町を作るなら、しっかりと計画しないといけないと思いますが」

「決まりね。ナルソンには私から話しておくから。移住の件は任せておいて」

一良の代わりに許可を出したジルコニアに、老兵たちが「やった！」と大喜びする。

「ジルコニアさん、ナルソンさんに話す前にそんなこと言っていいんですか？」

一良が聞くと、ジルコニアはにこりと微笑んだ。

「大丈夫ですよ。私も、似たような提案をナルソンにしようと思っていたところですし」

「はあ、そうだったんですか」

一良がそう答えた時、遠くからエンジン音が響いてきた。

ナルソンとルグロが、護衛の兵士たちとともにバイクで一良たちの前までやって来る。

「カズラ殿、お待たせしました」

「よっ！　お待たせ！」

アイザックとハベルのバイクのサイドカーに乗っている2人が、立ち上がろうとする。

「あ、乗ったままで。すぐに出発し……ん？　あれは、イクシオスさんたちか」

遠くから砂埃を上げながら、バイクの集団が猛スピードでやって来た。

イクシオスをはじめ、ミクレムたち軍団長と、シルベストリア、セレットもいる。

「はあ、間に合ってよかった……うう、吐きそうだ」

イクシオスが青い顔で、口元を押さえる。

ミクレムのバイクのサイドカーにはカーネリアンが乗っており、手にした厚手の布袋に口を当ててえずいていた。

「はあ、はあ……カ、カズラ様。おはようございます」

ミクレムが青を越して白みがかった顔で、一良に笑顔を向ける。

「ど、どうしたんですか？　死にそうな顔してますけど」

「いえ、ちょっと……はは」

ミクレムたちの後に続いて、バリンやグリセア村の若者たちも走ってやって来た。

皆の下にたどり着くなり、その場にへたり込んで荒い息を吐く。

皆、顔色がかなり悪い。

「お父さん、どうしたの？　大丈夫？」

バレッタがバリンに駆け寄り、背中をさする。

「はあ、はあ……酒を飲みすぎた……うぇ」

「えっ？　酔っぱらった状態で走って来たの!?」

「い、いや、酒は抜けてると……うっぷ！」

「お、俺、ちょっと吐いてくるわ」

「ぎぼぢわるい……」

バリンと若者たちは小走りで皆から離れると、ゲエゲエと嘔吐し始めた。

バイクから降りたシルベストリアとセレットが、呆れ顔で彼らを見る。

「昨日の夜まで、ずっと宴会してたんだよ。宴会場で飲んで酔いつぶれてまた飲んでって、ずっとやってたの」

「ええ⁉ そ、そんな状態で走って来たんですか⁉」

「うん。王都に行くんだからそろそろやめとけって言ったんだけど、大丈夫って言って聞かなくて。毎日、バカみたいに大騒ぎしててさ」

「イクシオス。いくらなんでも、ハメを外しすぎだぞ」

「おいおい、嬉しいのは分かるけど、ちったあ立場を考えろよ。アホか、お前らは」

ナルソンとルグロが、げんなりした顔でイクシオスたちを叱る。

彼らはそれどころではないようで、バイクにもたれかかって肩で息をしている。

「申し訳ございません……うっぷ」

「だらしないなぁ。私だったらいくら飲んでも、2時間もあれば完全に抜けるよ」

「リーゼの肝臓は奇跡の産物だよ。他の人と一緒にすんな」

呆れるリーゼに一良(かずら)がツッコミを入れる。

「あはは！ アルカディアの人たちは愉快でいいですね！」

フィレクシアが楽しそうにイクシオスに駆け寄り、ぽんぽん、と背中を叩く。

イクシオスは相手をするのもしんどいようで、されるがままだ。

「何というか、面白い人たちですね」

「俺らの軍団より気が抜けてる連中だな」

ティティスとラースは苦笑すると、彼らを介抱しに歩み寄るのだった。

その後、二日酔い集団に酔い覚ましのハーブティーを飲ませ、一良たちは王都へと向かっていた。

バリンや若者たちはグリセア村で留守番となり、二日酔い集団はトラックの荷台とサイドカーに乗せている。

時刻は17時を回っており、日が落ち始めていた。

「ルグロ、まだ着かないの？　もうすぐ夜になっちゃうよ」

トラックを運転している一良が、隣を走るルグロに声をかける。

あれから休憩を挟みつつ、10時間近く走っている。

王都へと向けて一直線に進んでおり、途中にあった村や街には立ち寄っていない。

一良たちが王都に向かうことは周知されているようで、街道のあちこちを多数の騎兵が巡回していた。

「もうすぐだから、心配すんな。ロン、リーネ、疲れたか？」

サイドカーに乗っている子供たちに、ルグロが声をかける。

「大丈夫です！」

「すごく楽しいです！」

チョコがサンドされているビスケットをかじりながら、２人が笑顔を向ける。

かなり揺れているはずなのだが、２人とも寝たりお菓子を食べたりおもちゃ（知恵の輪）で遊んだりと、退屈していない様子だ。

「あっ、ルグロ！　見えてきたよ！」

背後でシルベストリアのバイクのサイドカーに乗っているルティーナが、前方を指差した。

かなり遠目だが、巨大な王都の街並みがうっすらと見えている。

そのなかに、一際目立つ巨大な建物の影が浮かんでいた。

「相変わらず、大きいわねぇ。よくあんな大きな城を作ったわよね」

イクシオスのスポーツバイクに跨ったジルコニアが、城の影を見つめる。

当の持ち主のイクシオスは、トラックの荷台でイビキをかいている。

「へえ、城ですか。ジルコニアさんは、行ったことがあるんですか？」

「何度か行きましたよ。それはもう大きくて、圧倒されちゃいました」

「確かに、かなりでかいですね……モルタルも使わないで、どうやって作ったんだろ」

「石を積み上げては、粘土で接合したらしいです。すごいですよね」

「粘土か……地震がきたら、一発で壊れそうだ」

「この地域では地震はありませんから、大丈夫ですよ。ねえ、ナルソン？」

ジルコニアが背後を走るナルソンに話を振る。

サイドカーには、爆睡しているマクレガーが乗っている。

「ああ。記録にも、大きな地震があったなどとは1つも残っていないからな。数百年前に微かに揺れたことがあって、大騒ぎにはなったようだが」

「あら、そうなの？　知らなかったわ」

「すごい騒ぎになったらしいぞ。天変地異の前触れだとか、地面から怪物が飛び出してくるだとか、変な噂が広まって大変だったそうだ。王家は神の怒りを鎮めようと、呪術師を集めて何日も祈りを捧げさせたらしい」

「すごい話ですね……って、ナルソンさんたちは、その揺れが地震だって知ってたんですか？」

一良が聞くと、ナルソンは少し恥ずかしそうに笑った。

「カズラ殿が留守中に映画を見たのですが、巨大円盤が現れた時に地面が揺れるシーンで、『地震だ！』と騒いでいるものがありまして。それで初めて、地震というものを知りました」

「あったわねぇ。エイラに百科事典で調べてもらったのよね」

「なるほど。まあ、何も知らなくていきなり地面が揺れたら、超常現象って考えてもおかしくないですよね」

「ええ、地面の中に断層というものがあるとは想像も……おっと。到着前に、無線で連絡をせねば。マクレガー、起きろ！」

ナルソンが手を伸ばし、マクレガーの頭を小突く。

「んがっ？」

「無線で王都に連絡してくれ。もうすぐ着くとな」

「無銭で嘔吐？　私は吐いておりませんが」

「何を言ってるんだお前は……」

そんなこんなで一行は進み続け、穀倉地帯を通って王都まであと数キロのところにやって来た。

イステリアよりも大きな防壁と防御塔を備えた、巨大な街並みが眼前に広がる。

迎えの到着まで離れた場所で待機してほしいとのことで、一良たちは停車した。

街から、馬車を伴った騎兵隊がこちらに駆けて来るのが見える。

「おっし、着いた！　皆、ご苦労さん！」

ルグロがバイクから降り、一良たちに振り向く。

「ようこそ王都へ！　たっぷり楽しんでいってくれ！」

王都を背後に、ルグロは満面の笑みで両手を広げた。

「カズラ様、ようこそおいでくださいました！」

豪奢な客室馬車から降りてきたエルミア国王が、一良に駆け寄る。

肌艶がとてもよく張りがあり、前回見た時よりもかなり元気な様子だ。

「エルミアさん、おひさしぶりです。元気そうですね」

「それはもう！　頂いた秘薬を毎日飲むようにしてから、嘘のように体の調子が良くなりました」

エルミアが満面の笑みで、自身の胸をぽんぽんと叩く。

「最近では、昔のように槍術訓練をするようになりまして。軍の腕利きをも打ち負かせるようになって、まるで体が若返ったかのようですよ」

「おお、それはすごいですね！　グレイシオール様も、それを聞いたら喜びますよ」

周囲の兵士の目を気にして一良が言うと、エルミアは一瞬きょとんとした顔になった。

だが、すぐにその意味に気づき、「ええ」、と笑顔で頷いた。

「おー、父上もそんな感じか」

ルグロがエルミアに歩み寄る。

「俺もほら、このとおりだよ」

ルグロはポケットから1アル銅貨を取り出すと、片手の指でつまんでぐにゃりと折り曲げた。

それを見て、周囲の兵士たちとエルミアがぎょっとした顔になる。

「こ、このとおりって、お前、カ……グレイシオール様に祝福を授けてもらったのか？」

「おうよ。ほら、父上」

ルグロが折れた銅貨をエルミアに手渡す。

「元の形に戻してみ」

「う、うむ」

エルミアが銅貨を両手で摘まみ、ぐっと力を込めた。

銅貨はいとも簡単に開き、少し歪んではいるが、平べったい形に戻った。

兵士たちが、「おー」、と声を上げて拍手をする。

「おお!? こ、こんな力が備わっていたのか！」

「兵士相手に楽勝だったのに、気づかなかったのかよ？」

「うむ。槍術に過剰な力は必要ないしな。ただ体が若返っただけかと……」

「抜けてんなぁ。ほら、とっとと城へ行こうぜ」

「ああ。ナルソンが来ると聞いた市民たちが大盛り上がりしていて、すごい騒ぎに……っと、カーネリアン殿！」

エルミアがカーネリアンの姿に気づいて歩み寄り、両手で握手をした。

「此度の勝利は、貴国の協力あってこそだ。心より感謝申し上げる」

「我が国こそ、アルカディアのおかげで救われました。プロティアとエルタイルが日和見に徹していると知った時は、どうなることかと思いましたが――」

２人があれこれと立ち話を始める。

やれやれ、とルグロが頭をかいた。

「父上！　話は後にしてくんねえか？　俺たちクタクタなんだよ」

「おっ、すまんすまん。カーネリアン殿、続きは馬車で話そう」

「承知しました。ご一緒させていただきます」

エルミアたちが馬車に乗り込み、王都の城門へと進み出す。

一良たちもエンジンをかけ、その後に続いた。

「なあ、リーゼ。ラースさんたちに、地獄の動画は見せたのか？」

先に進んで行くサイドカーのラースたちを見ながら、一良がリーゼに話しかける。

彼らは特に騒ぐでもなく、遠目に見える王都を眺めている。

「うん、見せたよ。すごく驚いてたよ」

「そっか。何か言ってたか？」

「戦争で戦ったことは悪事になるのかって聞いてきたよ。自分の国のためにやったことだから大丈夫って言っておいたけど、いいんだよね？　犯罪行為は別とも言っておいたよ」

「うん、それでいいよ。それ以外には、何か言ってた？」

「んとね、フィレクシアさんは大興奮してたけど、ティティスさんは何か考え込んでたかな。

ラース将軍は、『死んだ後の世界ってすごいんだな』って、興味津々みたいな感じだった」

「へえ、皆、怯えたりとかはしてなかったのか」

「今までもいろいろと見てるしさ、今さらって感じなんじゃないかな？」

「おーい、何やってんだ？　早く行こうぜ！」

一良とリーゼが付いてこないことに気づいたルグロが、2人に呼びかける。

「ああ、ごめん。今行くよ」

そうして、一良たちも城門へと向かうのだった。


「ナルソン様ー！　こっち向いてー！」

「アルカディアの盾、軍神ナルソンばんざーい！」

「ジルコニア様ー！」

「うわ、何だあの乗り物⁉　すげえな⁉」

「グレイシオール様降臨の噂は本当なんですかー⁉」

「本当にでっかいウリボウがいる！」

「真っ黒でかっこいい！」

一行が城門をくぐるなり、すさまじい数の群衆が一斉に歓声を上げた。

バイクとトラックに驚く者。

グレイシオールはいるのかと騒ぎながら一人一人の顔を見る者。

駆け寄ろうとして、道の両脇に並んでいる兵士に押さえつけられる者などで、大変な騒ぎだ。

しかし、圧倒的に多いのは、バルベールを撃破したナルソンを讃える声だ。

耳が痛くなるほどの大歓声は、やがてナルソンの名を唱和するものに変わっていった。

ハベルはいつの間にかバイクから降りており、一行に並走しながら皆の姿の写真を撮りまくっている。

「うわ、ナルソンさん、大人気じゃないですか」

「そ、そうですな。これはいったい、どういうことでしょうか……」

嬉しそうにしている一良と困惑するナルソンに、ルグロが、にっと笑みを向ける。

「こっちじゃ、バルベールを撃破したのは全部ナルソンさんの戦術指揮のおかげだってなってるらしいぜ」

「ええ⁉　ど、どうしてそのようなことに⁉」

「父上が、そう宣伝させたんだとさ。でもまあ、実際そのとおりだし、おかしくはねえだろ？」

「いや、戦いに勝てたのは道具のおかげですよ。私の功績など、ほとんどありません」

「そう！　そういうところがいいんだよ、あんたは！」

ルグロがハンドル片手に、ビシッ、とナルソンを指差す。

「その謙虚さを見込んで英雄になってもらうらしいんで、よろしくな！」

「えー……」

困り顔のナルソンに、ルグロが大声で笑う。

「ナルソン、よかったじゃない。大人気よ？」

ジルコニアがバイクを運転しつつ市民たちに手を振りながら、ナルソンに笑いかける。

「よくない。本当なら、この役目はお前だったんだぞ。どうして私がそんな面倒な立場にならねばならんのだ」

「まあまあ。それだけ、陛下に信頼されてるってことなんだから」

「人ごとだと思いおって……」

「あの2人を見てみなさいよ。あれくらい、堂々としていてもいいんじゃないの？」

不満顔のナルソンに、ジルコニアが背後を振り返る。

ミクレムとサッコルトがサイドカーで立ち上がり、実に誇らしげに市民たちに手を振っていた。

「我々は、見事バルベールを打ち破ってみせたぞ！」

「我らにかかれば、バルベール軍など物の数ではない！　はっはっは！」

「ほら、あの真似をすればいいのよ」

「む、むむう……」

ナルソンは唸りながらも、無理矢理笑顔を作って市民たちに大きく手を振った。

市民たちからの歓声がさらに大きくなり、凱旋は大盛り上がりだ。

そうして一行は、王城へ向かってゆっくりと市民たちの間を進んで行った。


数時間後。

完全に日が落ちて空に月が輝くなか、ようやく一良たちは王城に到着した。

閉じられた城門の外からは、いまだにナルソンコールが響き続けている。

王城の入口では、武官、文官、そして彼らの妻や子息が大勢待っていた。

フライス領の領主、ヘイシェル・フライスと、彼の妻、そしてグレゴルン領も含めた国内の重鎮たちが勢ぞろいしている。

今は亡きダイアスの妻、フィオナはここにはおらず、王都領内の別の街の保養所で療養中だ。

ニーベル反乱の一件以来、彼女は酷く精神を病んでしまっているとのことだ。

ふとしたきっかけで錯乱することもあるので、当面の間は保養所で過ごさせることになっている。

「おー。こりゃすごいや」

「大きいですねぇ」

目の前にそびえたつ王城を、一良とバレッタが見上げる。

石造りのそれは7階建てであり、大きな石材を積み上げて建てられているようだ。

「よくもまあ、あんな高いところにまで石を積み上げたなぁ。どうやって持ち上げたんだろ？」

「荷揚げ装置なんてなかったはずですし、どうにかして人力で上げたんじゃないですか？」

「ううむ。建築工程がさっぱり想像できない」

2人が並んで口を半開きにして上を見ていると、武官や文官たちがナルソンに駆け寄った。

「ナルソン殿、このたびは対バルベール戦の勝利、誠におめでとうございます！」

「いやはや、さすがは我が国が誇る『アルカディアの盾』だ！」

「ナルソン殿がいる限り、どんな外敵が来ようとも我が国は安泰だな！」

皆が我先にと、ナルソンに握手を求める。

「ジルコニアさん！　今回の戦でも、獅子奮迅のご活躍だったようで！」

「あら！　以前にも増してお美しくなられたのでは？」

「同じ女として、憧れてしまいます！」

続けて、彼らの妻や娘たちがジルコニアに群がり、これでもかと彼女を褒め称え始めた。

リーゼにも彼らの息子や娘たちが駆け寄って、戦地での活躍やら彼女の美貌やらをひたすら褒める。

国王であるエルミアがイステール家の功績をこれでもかと讃える方針を取ったため、皆がナルソンたちに取り入ろうと必死なのだ。

そんな彼らをよそに、すでに動画を見て一良を神と認識している者たちは、そそくさと一良に歩み寄ってきた。

「カズラ様、おひさしぶりでございます」

真っ先に歩み寄ったヘイシェルが、眩しいほどの笑顔で一良に両手で握手を求める。

バレッタは邪魔にならないように、少し下がった。

「ヘイシェルさん、おひさしぶりです。皆さんのご尽力のおかげで、戦争を終わらせることができました」

一良が彼の手をしっかりと握り返して微笑むと、彼は「いやいや」と微笑んだ。

「すべてはカズラ様や、他の神々のご助力のおかげです。この国を救っていただき、感謝しております」

ヘイシェルが一歩後ろに控えている老婦人に目を向ける。

白髪を結い上げた、品のある女性だ。

「これは妻のモナです」

「カズラ様、お初にお目にかかります。モナと申します。よろしくお願いいたします」

「よろしくお願いします。今までのイステール領への支援の数々――」

今までのヘイシェルからの支援の感謝を、一良がモナに語る。

彼女は実に品のある受け答えで一良に感謝を述べ、一礼してヘイシェルの隣へと下がった。

それを見計らったかのように、そわそわした様子で順番待ちしていた者たちが、一斉に一良に群がった。

王族も貴族もごちゃまぜで、先を争うように一良に迫る。

「カズラ様、遠路はるばるご足労いただき、ありがとうございます！」

「カズラ様！　私、一族を挙げて貧民層に無料で職業斡旋の事業を立ち上げまして！」

「私は孤児院への資金提供を毎月始めました！」

皆があれこれと、自分のやった善行を捲し立てる。

王に直言して市民の税負担を減らす許諾を得ただの、私財を投じて格安の治療院を開設しただの、毎朝街の清掃活動を使用人たちと一緒にやっているだのと、すごい勢いだ。

「おお、それは素晴らしいですね！　皆さんの徳は、ちゃんと上がっていますよ！」

「ありがとうございます！　今後も頑張らせていただきます！」

「何か私どもの手が必要な時は、いつでもお声がけください！」

「カズラ様、私は――」

「ちょ、ちょっと、ここで立ち話もなんですから、いったん中に入りましょう。おーい、ルグロ！」

少し離れた場所でエルミアと話しているルグロを、一良が呼ぶ。

ルグロを呼び捨てにした一良に、一良が神だと知らない者たちは、ぎょっとした顔になった。

「おう、どうした？」

「そろそろ城に入ろう。俺のことを知らない人たちに、今から動画を見せたいんだ」

「あいよ！　皆、大広間に移動するぞー！」

ルグロが皆に呼びかけると、一部の者たち以外は困惑した様子でその後に続いた。

「皆、えらく必死だな」

一良に群がる人々を見ながら、ラースが小声でティティスとフィレクシアに言う。

「それだけ、悪い行いを彼らはしてきたのでしょう。徳を積むのに必死なんですよ」

「あんなものを見せられたら、必死にもなるのですよ。その点、私たちはゼロからのスタートらしいですし、お得ですね！」

フィレクシアが言うと、ティティスは「うーん」と首を傾げた。

「でも、盗みを働いたとか、人を陥れたといった行いをしていたら、ゼロとはいかないのでは？」

「う……バレッタさん！　そこのところ、どうなんですか？」

皆に群がられながら城へと向かう一良の背を見ていたバレッタに、フィレクシアが声をかける。

「そういう行いは悪行ですね。いい行いをして、失った徳を取り返さないと」

「むむっ。食料庫からこっそり干し肉を貰ってきたことが、何度もあるのです。つまみ食いも、たくさんしてしまっています……」

フィレクシアが白状すると、ティティスとラースは呆れた顔になった。

「フィレクシアさん、いつもそんなことをしていたんですか」

「そのくらい別に……いや、厳密に言えば窃盗か？」

「そうですね、窃盗ですね」

ラースの言葉をバレッタが肯定すると、フィレクシアは頭を抱えた。

「うあー、困りました。何か善行を積まないと……」

「なら、これからはアルカディアのために道具の開発をすればいいと思いますよ。この国への貢献は、善行とみなされますから」

「あ、そうですね！　私、バレッタさんの部下になるのですよ！　よろしくお願いします！」

「えっ？　そ、それはちょっと……」

突然の申し出に困るバレッタに、フィレクシアが迫る。

「お願いします！　バレッタさんとは、すごく気が合うと思うのです！」

「え、ええと……まあ、その件については追々ということで。私たちも、城に入りましょう」

「ぜひお願いするのですよ！　バレッタさんからは、天才の匂いがするのです！」

「匂いって……」

フィレクシアにへばりつかれながら、バレッタも一良たちの後を追うのだった。

それから約1時間後。

すべての王族と貴族たちに、一良主導で地獄と天国の動画上映会を行った。

今は上映後の質問タイム中だ。

動画を見た者たちは、青い顔をしていたり、困惑していたり、歓喜で興奮していたりと、それぞれの今までの行いが顔に出ていた。

要職に就いていない彼らの妻や子供たちは、別室で親睦会という名のお茶会中である。

「なるほど！　不正を働かず、民のため、国のために尽くすことが大切なのですね！」

以前行ったイステリアでの上映会に参加していなかった文官が、興奮した様子で言う。

彼はフライス領の徴税長官だ。

「はい。一番大切なことは、悪い行いに手を染めないことです。でないと、先ほどのデュクスさんみたいな目に遭うことになります」

一良の台詞に合わせ、バレッタがデュクス氏（そっくりさん）が怪物に首を引き千切られているシーンを再生する。

見ている者たちから悲鳴が上がり、何人かは頭を抱えたり失禁したり泣き始めたりしてしまった。

失禁した王族の中年男性２名が、エイラとマリーに連れられて部屋を出て行く。

皆、その背中を「いったいどんな悪事を働いていたんだ」といった目で見送った。

「あ、あの！　彼はいつまであの責め苦を受け続けるのですか⁉」

王都の裁判官の老人が、手を挙げて質問する。

「私の管轄外なので分かりませんが、おそらく永遠にですね。そのうち解放されるかもしれませんが」

「そ、そんな……ひぃぃ」

老人が失禁し、泡を吹いて倒れる。

ゴン、と床に頭を打って気絶してしまった彼を、リーゼが慌てて抱えて部屋を出て行った。

「おい、カズラ、お漏らし大会になっちまうぞ。デュクスさんをこれ以上いじめるなって」

ルグロが真面目な顔で意見する。

「そ、そうだね。じゃあ、怖い話はこれくらいにして、勲功の褒美の授与に移ります。エルミアさん、名簿の読み上げをお願いします」

「承知しました」

エルミア国王が立ち上がり、一良(かずら)の隣に来る。

紙を取り出し、目を細めながら顔を引いた。

「ええと、まずは……むむ」

「あ、もしかして、文字が見えませんか？」

「も、申し訳ございません。年々、目が悪くなってしまって……」

「バレッタさん、老眼鏡を」

「はい」

バレッタが一良のバッグから老眼鏡の入った紙袋を取り出し、一良に渡す。

「これ、老眼鏡っていうんですけど、小さい文字でもよく見えるようになるんです。視力ごとに種類があるんで、ご自身に合うものを選んでみてください。こうやって、顔に付けるんです」

一良がお手本に、老眼鏡を１つかける。

当然ながら、一良の目にはまったく合わない。

「ほほう、そんなものがあるのですか。どれ……」

エルミアが老眼鏡を付け、紙を見る。

「おお見えるようになりました。少々ぼやけていますが」

「なら、それは合わないやつですね。他のを試してみてください」

そうしていくつか老眼鏡をかけ、ちょうどいい度のものが見つかった。

「おほん。このたび、グレイシオール様に代わり、私が善行を積んだ者を何人か選定した。褒美の品を与えるゆえ、名前を呼ばれたら前に来るように。イーレア・アルカディアン」

「はっ！」

先ほど城の前で一良に善行アピールをしていた中年男が、エルミアの下へと駆け寄る。

「私財からの継続的な孤児院への資金提供を善行とみなす。報告書に違いはないな？」

「はい！　子供たちが不自由ない暮らしができるよう、必要額を都度精査して提供しております！」

「うむ。見事である。バレッタ、彼に褒美を」

「はい」

バレッタが足元に積まれている紙包みを拾い、イーレア氏に手渡した。

彼は深々と頭を下げてそれを受け取ると、ホクホク顔で席に戻って行った。

中身は、オパールガラスのコップ、化粧品、シャンプーなどの洗髪剤と、その使いかたを記した説明書だ。

一良の意向で、妻帯者には化粧品を、独身者には万年筆を包んである。

「これからも頑張ってくださいね！」

「承知しました！」

流れでバレッタにまで敬語で彼が答える。

パチパチ、と皆の拍手を受けながら彼が席に戻り、エルミアは次の者の名を呼んだ。

そうしてしばらくの間、授与式は続いたのだった。

授与式後、一良は老眼が始まっている王族と貴族を集めて老眼鏡の試用をさせていた。

他の者は帰宅を命じられたため、この場にはいない。

皆が一良に話しかけたくて仕方がなかったのだが、それを許すといくら時間があっても足りないので帰らせたのだ。

後日、質問内容を書面にまとめて提出してもらうことになっている。

「ほほう。これは便利ですな」

老眼鏡をかけたマクレガーが、自身の手のひらを近づけたり遠ざけたりする。

「マクレガーさんって、おいくつなんですか？」

「今年で52になります。目が悪くなってしまって、困っていたので助かりました」

マクレガーは半分以上が白髪のため、一良は60歳近いのかと思っていた。

地球では一般的に頭髪の半分が白くなるのが約55歳との統計があるのだが、もちろんそれは人による。

日頃から、彼も苦労しているのだろう。

「む。近くが見えるようになるのはいいが、遠くはぼやけてしまうのか」

老眼鏡をかけたサッコルトが、部屋を見渡してつぶやく。

「近くを見る時だけに使うものですからね」

「なるほど。付けっぱなしというわけにはいかないのですな」

「あー、確かに不便ですよね。遠近両用のもあるんですけど、人によって合う合わないがあるんですよねぇ」

「あ、いや、これでじゅうぶんです！　お気遣い、ありがとうございます！」

「あの、カズラ様。先ほどの地獄と天国についてなのですが……」

サッコルトと話している一良に、王族の中年男がおずおず声をかける。

「こら、その質問はなしだと言っただろうが」

「し、しかしミクレム殿。どうしても気になってしまって……」

彼に続いて、他の王族や貴族たちも控えめに賛同の声を上げた。

皆、大なり小なり悪いことをしてきたようだ。

フライス領の者たちは、皆が穏やかな顔で老眼鏡を選んでいる。

誰一人として地獄行きの懸念がないのかと、一良は内心驚いていた。

「カズラ、私に答えられる範囲で、別室で話を聞いておこうか？」

赤い伊達メガネをかけたリーゼが提案する。

バレッタやティティスたちも伊達メガネを選んでおり、きゃいきゃいと楽しそうにしている。

部屋の隅では、獣の姿のティタニアがへそ天状態で眠りこけていた。

「ぜ、ぜひお願いいたします！」

「カズラ様、どうかお願いいたします！」

「このままでは、気になって眠れませぬ！」

ここぞとばかりに、彼らが必死の形相で訴える。

「うーん……リーゼ、疲れてるだろ？　やっぱり後で書面回答のほうがいいんじゃないか？」

「ううん、私は大丈夫。皆様の気持ちは分かるし、安心させてあげたいの」

天使のような台詞を吐くリーゼに、皆が「さすがリーゼ殿！」と褒めたたえた。

こうなっては断るわけにもいかず、一良は渋々頷いたのだった。


それから、約2時間後。

風呂に入ってさっぱりした一良は、用意されていた客室でベッドに座っていた。

部屋はいつも一良が使っている部屋の2倍近くの広さがあり、謎の絵画やら壺やらの調度品がいくつも飾られている。

ベッドはキングサイズで、ふかふかの布団に天蓋まで付いていた。

「あー、疲れた。ようやく休めるよ」

クーラーボックスから冷えたサイダーの缶を取り出し、プシュッとフタを開けて一口飲む。

すると、コンコン、と扉がノックされた。

「エイラです」

「どうぞ」

失礼します、とエイラが部屋に入ってきた。

「あの、カズラ様。リーゼ様が、いまだに王族の方々の質問に答えているのですが……」

「えっ⁉　まだやってるんですか⁉」

「はい。どなたかが、先にお帰りいただいたかたにも質疑の場が設けられたことを伝えてしまったようで、大勢押しかけてしまって」

「むう。そりゃあ、他の人に言うなとは言ってないけどさ……今日はもう帰ってもらうようには、リーゼは言わなかったんですか？」

「それが、『皆様が納得するまできちんと説明する』、とおっしゃっていて。カズラ様には、今日は言わないようにと申し付けられたのですが」

「いや、さすがに帰ってもらわないと。俺が注意してきますよ」

「申し訳ございません、お願いします」

部屋を出て、質疑が行われているという会議室にエイラと向かう。

廊下はしんと静まり返っており、点々と配置されている壁掛け燭台（しょくだい）のおかげで足元ははっきり見える。

ナルソン邸よりも、かなり豪勢に蝋燭（ろうそく）が使われているようだ。

「ナルソンさんたちは、もう休んだんですか？」

コツコツと石造りの廊下を歩きながら、一良が尋ねる。

「はい。皆様、かなりお疲れのようでして、何があっても明日の朝までは起こさないようにとナルソン様には申し付けられました」

「はは。今日はずっと移動しっぱなしでしたもんね。エイラさんも疲れてるんじゃ？」

「ですね……カズラ様とお茶会ができないと、疲れが取れません」

「俺もですよ。エイラさんとお茶しないと、1日が終わった気がしなくって」

「……はあ」

一拍置き、エイラがため息をつく。

「だ、だいぶお疲れですね。リポD、後で飲みます？」

「いらないです……」

はあ、とエイラが再びため息をつく。

急にため息をつき始めたエイラに一良が困惑していると、廊下の先にある部屋の扉が開いた。

中からぞろぞろと王族と貴族たちが出てきて、一良たちには気づかずに反対側の廊下へと去って行った。

「ちょうど終わったのかな？」

「そのようですね……あ、リーゼ様」

ひょこっとリーゼが顔を出し、こちらに顔を向けた。

一良とエイラが、彼女に駆け寄る。

「お疲れ。ようやく終わったのか」

「うん。エイラ、カズラには言わないでって言ったよね？」

「申し訳ございません。ですが、あまりにも遅くなっていたので心配で」

むう、と不満顔になるリーゼに、エイラが謝る。

「まあ、いいけどさ。あー、疲れた」

「皆、納得してくれたか？」

「一応ね。どれだけ悪いことをしてたとしても、これから頑張れば挽回できるって言ったらほっとしてた。徳を積むには何をすればいいのかってずっと聞かれて、本当に困ったよ」

「そっか。俺がやらないといけないことなのに、ごめんな」

「あ、気にしなくていいって！　私が手伝いたかっただけなんだから」

にこっとリーゼが微笑む。

「エイラ、今からでもお風呂に入れるか確認してくれる？　私、一良の部屋で休んでるからさ」

「承知しました」

エイラと別れ、一良はリーゼと部屋に向かう。

「ほんと、ありがとな。大変だったろ？」

「これくらい平気だよ。まあ、大変だったけどさ」

あはは、とリーゼが笑う。

「明日は、皆でこれからについての会議だよね？　カズラも出るの？」

「まあ、出ないわけにはいかないだろうな。ご意見番みたいになっちゃってるし」

「そうだね。カズラの言うことは絶対みたいな感じになってるもんね」

「正直、この立場はしんどいんだよなぁ。俺、ただの一般人だしさ。エルミアさんたちで適当にやってほしいよ」

「なら、途中で一緒に、こっそり抜け出しちゃわない？」

急にそんなことを言うリーゼに、一良が苦笑する。

「いや、さすがにそれはダメだろ」

「そう？　疲れたから先に失礼するって言えば、誰も反対しないと思うけど。後のことはお父様に任せちゃえばいいよ」

「おま、ナルソンさんが聞いたら怒られるぞ」

「えー、絶対に怒られないと思うけどなぁ」

そんな話をしながら、部屋に戻ってきた。

ぽすん、とソファーに座って背伸びをするリーゼに、一良がクーラーボックスからレモングラスティーのペットボトルを取り出して手渡す。

「ありがと……って、お酒がいいんだけど」

「疲れてるところに酒はやめとけ。どうせ、明日の夜あたりは戦勝会とかやるんだろうし。その時にいくらでも飲めるって」

「ん、分かった。ほら、カズラも座りなよ」

リーゼが隣を、ぽんぽん、と叩く。

「ん、そうだな」

一良（かずら）がフタを開けたペットボトルを手に、リーゼの隣に座る。

「とうっ！」

「おわっ⁉」

隣に一良（かずら）が座ると同時に、リーゼが一良（かずら）に抱き着いた。

その勢いでペットボトルの口から、お茶が盛大に2人にかかった。

「冷たっ⁉　お茶被っちゃっただろうが！」

「んふふー。癒してー。おじさんたちに囲まれっぱなしで疲れたー」

リーゼはニヤつきながら、一良（かずら）にしがみついている。

「あーもう、ズボンまでびしょびしょだよ……」

「私もだ。ねえ、これ、いやらしくない？　エロエロじゃない？」

自身の濡れた服の襟を少しひっぱりながら、リーゼが上目遣いで言う。

「……そうだけど、台詞がおっさんすぎて残念なことになってる」

「もー！　そこは『確かに！』とか言いながら、ケダモノみたいに襲いかからなきゃダメじゃないの！」

「何で俺は叱られてるんですかね!?」

ツッコミを入れながら一良がリーゼを引き剥がし、「あーあ」と自分を見る。

上着もズボンもびっしょりだ。

「ねね、さっきの話なんだけど」

「さっきのって？」

一良がシャツを脱ぎながら小首を傾げる。

「会議を途中で抜け出すって話。あれ、やりたいなって」

「うーん。そりゃあ、俺だって抜け出したいけどさ……」

「じゃあ、行けそうだったら行くって感じでどうかな？」

「まあ、それならいいけど、無理じゃないかなぁ」

「やった！　絶対に抜け出せるって！」

「分かったから、タオル取ってくれ。棚に入ってたりしないかな」

「はーい！」

そうしていると、コンコン、と扉がノックされてエイラが入って来た。

「失礼しま……えっ、お二人とも、何でびしょびしょなんですか？」

「リーゼのせいでお茶を被りました」

リーゼがご機嫌な様子で、一良を真似て言う。

「は、はあ。カズラ様も、もう一度お風呂に入られますか？　いつでも使える状態にしてあるとのことですが」

「そうします……」

「カズラ、一緒に入ろうよー。ぐへへ」

「わざと残念ポイント稼ぎにいってないか？」

そんなこんなで、一良は本日二度目の風呂に入り、ようやく休むことができたのだった。

翌朝。

爆睡していたところをマリーに優しく起こされた一良は、彼女と一緒に食堂へと向かっていた。

「へえ、マリーさんの部屋も豪華だったんですか」

「はい。カズラ様の泊まられている部屋と同じくらい豪華で……何だか、落ち着きませんでした」

「はは、普段と勝手が違うと、緊張しちゃいますよね」

「はい……それに、皆さんが私を様付けで呼ぶんです。リブラシオール様の件が、どういうわけか伝わってしまっているみたいで」

「あー、そんなこともありましたね。たぶん、ルグロかミクレムさんあたりが話しちゃったんでしょうね」

「お仕事をしようとしても止められてしまって……でも、お願いして普通に振る舞っていただくことを陛下に了承していただけました」

そんな話をしながら廊下を進み、食堂へとやって来た。

すると、食堂の扉の前でバレッタが待っていた。

「カズラさん、おはようございます」

「おはようございます。中に入らないんですか？」

「その、カズラさんに先に謝っておきたいことがあって……」

「謝る？　俺に？」

きょとんとする一良(かずら)に、バレッタがため息をつく。

「はい。今日の会議なんですけど、私は欠席することになってしまって」

「えっ、欠席ですか？　どうして？」

「フィレクシアさんが、一緒に王都の工房巡りをしたいって言いだして。会議があるから無理って断ったんですけど、彼女がルグロ殿下に直談判しに行ったみたいで。『おう、楽しんでこい！』って二つ返事で許可が出ちゃったみたいなんです」

「ええ……まあ、ルグロならそう言いそうだけども」

苦笑する一良に、バレッタがしゅんとする。

「なので、今日はずっとフィレクシアさんと王都巡りをすることになっちゃいました……ごめんなさい」

「ああ、別にかまわないですよ。せっかくですし、あちこち見学して楽しんできてください」

「うう、本当なら明日、カズラさんと一緒に見て回りたかったです……」

「時間はあるんだし、後でまた一緒に見に行きましょうよ。今日だけで全部の工房なんて、見尽くせるわけがないんですから」

「はい……」

話が終わり、バレッタが食堂の扉を開ける。

「うわ、こりゃすごい」

目に飛び込んで来た光景に、一良は思わず声を漏らした。

宴会でも開けそうなほどに広い室内には、数十種類もの料理が並んだ大きなテーブルが鎮座していた。

イステリアでは見たことのない料理がいくつも並んでおり、魚や貝を使ったものが多い。

この場所は海に面していることもあり、海産物が豊富なようだ。

侍女はエイラが壁際に立っているだけだ。

込み入った話も出るだろうとの配慮で、エルミアが下がらせたのである。

ティティスたちは別室での食事とのことで、この場にはいない。

マリーが一良(かずら)から離れ、エイラの下へと向かう。

「カズラ、バレッタ、マリー、おはよーさん！」

先に席に着いていたルグロが片手を挙げ、エルミアが軽く会釈する。

ルティーナや子供たち、ナルソンたちやカーネリアンも、席に着いていた。

マリーは自分まで挨拶されるとは思っておらず、「お、おはようございます！」と驚きながらも頭を下げた。

「おはようございます。朝からずいぶんと豪勢ですね」

一良(かずら)とバレッタが席に着く。

一良(かずら)をリーゼとバレッタが挟むかたちの席だ。

「せっかくおいでいただいたので、昨夜のお詫びも込めて用意させていただきました」

昨夜は上映会を夜遅くまでやっていたため、皆が疲れていたので食事は各部屋で軽く済ませていた。

れた。

一良の分はマリーとエイラが作ったものだったが、他の者たちの分は城の料理人が作ってく

「あれ？　ヘイシェルご夫妻は？」

昨日会ったフライス領の領主夫妻の姿が見えないことに気づき、一良がエルミアに尋ねる。

「それが、カズラ様にご挨拶したかっただけとのことで。今朝早く、フライス領に帰りました」

「えっ。そんな、もっとゆっくりしていけばいいのに」

「私もそう言ったのですが、『ナルソンがいるなら私の仕事はないので』と言い張りまして」

「……ナルソンさん、戦後処理を丸投げされましたね」

「はい。上手いこと逃げられました」

ナルソンが苦笑する。

とはいえ、今まで散々世話になった相手なので、責めるつもりはない。

あちらとて戦後の負傷兵たちへの補償やら、今まで輸出に極振りしていた内政状態の転換やらで忙しいはずなのだ。

「まあ、仕方がないですね。それじゃ、食べましょっか」

いただきます、と食事を始める。

「うわ、これものすごく美味しいですね！」

魚と野菜のテリーヌのようなゼリー状の料理を食べながら、一良が驚く。程よい塩加減とまろやかな口当たりで臭みはまったくなく、かなり美味い。

「だろ？　それ、俺が作ったんだぜ！」

ルグロが嬉しそうに一良に言う。

「えっ！　ルグロって、こんなに料理上手だったの⁉」

「これでも、元料理人だからな！」

「下働きの分際で何言ってるのよ。それに、料理長に手伝ってもらいながら作ってたじゃない。手柄を横取りしちゃダメでしょ」

ルティーナが苦笑しながら言うと、ルグロが、がはは、と笑った。

「今日はこれから夜まで会議だし、俺らは頑張らないとだからな！　皆、しっかり食べておいてくれよな」

「夜までかぁ。バルベールのほうは、割譲とかの話はまとまってるのかな？」

「父上、どうなんだ？」

ルグロがエルミアに話を振る。

「昨夜に無線で連絡を取ったが、あちら側の意見はすでにまとまっているようだ。部族の新族長が、バルベール内のことまであれこれと見てくれたそうでな」

「新族長？　アロンドさんのことですか？」

一良（かずら）の問いに、エルミアが頷く。

「ええ、その男です。元老院議員の半数近くが戦死したので、バルベールは戦後処理の手が足りないそうで」

エルミアの話では、アロンドは結婚式の翌日の朝から元老院議員や街の有力者たちに挨拶回りをし、部族の族長や戦士長を紹介して回ったらしい。

その際、領地の割譲で治めていた土地を無くしてしまうことになって落ち込んでいる議員には、部族を相手にした新たな商売の提案と、商売の優先権をその場で族長たちに確約させた。

賠償金支払いのための富裕層への税率引き上げを懸念する有力者には、元ムディア住人が内地に移住してくることを引き合いに出し、新たな都市の立ち上げに加わることを提案した。

新都市の立ち上げに加わる代わりに税負担の一部免除を元老院に提案する代行をする、と持ちかけたのである。

その他、戦死した多数の議員たちと懇意にしていたうえに、彼らの内情を書面にまとめたうえで把握していたアロンドは、「彼らが抜けた穴を自分が埋める」と申し出た。

現在、アロンドはバーラルに住み込みで内政の手伝いをしている状況であり、部族同盟の族長たちと連携して、バルベールと部族同盟の2つの政治に関わっているらしい。

「――というわけでして」

「す、すごいですね。アロンドさん、めちゃくちゃ働くじゃないですか」

「アルカディアとカズラ様に心配をかけた罪滅ぼし、と言っておりましたな」

「陛下、アロンドのそれは方便ですよ。きっと、地獄行きになりたくないから必死になっているだけです」

もぐもぐと料理を頬張りながら、ジルコニアが口を挟む。

「ああ、それも言っていたぞ。カズラ様には、よろしく伝えてほしいとのことだ」

「ま、悪いことしたら地獄行きってのは分かってるんだから、悪いことはしねえって。有能なんだし、頑張ってもらおうぜ」

ルグロがガツガツと料理を食べながら言う。

「そうそう。プロティアとエルタイルの軍が、ムディアに着いたらしいぜ。無線で会議に参加するとさ」

「ああ、そういえば彼らも動いてたんだっけ。完全に忘れてたよ」

一良が言うと、ルグロが「俺も」と笑った。

「で、あいつらをどう扱うのかなんだけど、ナルソンさんに丸投げするから、いい感じに頼むわ」

「うむ。バルベールと部族関連も、ナルソン主導で頼む。骨子は、この間打ち合わせた内容でかまわん。他はお前の裁量で進めてくれ」

「ええ!?」

突然全権を委任され、ナルソンが目を剥く。

「し、しかし、プロティアとエルタイルの扱いまで私の判断でとは、さすがに……」

「お前に任せておけば間違いないことは、私はよく分かっているぞ。他の者から意見は出るだろうが、基本的に私は文句は言わん。上手くやってくれ」

「いやいや、それでは他の者たちから反発が――」

あーだこーだと言い合うナルソンたち。

結局、食事を終える頃にはすべてナルソン主導でまとまってしまったのだった。

食後。

一良たちが食堂から出ると、フィレクシアが待っていた。

「バレッタさん、行きましょう！」

「えっ、も、もう行くんですか!?」

「時間は有限ですよ！　ほらほら！」

バレッタがフィレクシアに引っ張られ、廊下を駆けていく。

「あー、いいなぁ。俺も遊びに行きたかったな」

一良がぼやくと、後ろから来たルグロが「ん？」、と一良を見た。

「どうしたの？」

「カズラ、会議には出ないでリーゼ殿と遊びに行くんだろ？」

「え？」

「昨日の夜、リーゼ殿が言いに来たぞ。てか、バレッタたちも一緒に行くんじゃなかったのか？」

「いや、そんな話、初耳なんだけど」

一良がそう言った時、リーゼがジルコニアと傍に来た。

「何かバレッタが引っ張られて行ったけど、どうしたの？」

「ええと……」

かくかくしかじかと、一良が説明する。

「えっ、そうだったんだ。知らなかったよ」

「あら、いいわねぇ。私も会議に出ないで、遊びに行っちゃおうかしら」

「ジルコニア殿にはいてもらわないと困るぞ。カイレン執政官が、報告したいことがあるって言ってたし」

「むー」

ジルコニアがむくれる。

「まあ、今までカズラには世話になりっぱなしだったしさ。堅苦しいことは俺らに任せて、楽しんでこいよ」

「なら、お言葉に甘えるかな。バレッタさんたちがどこに行ったのかは聞いてる？」

「ああ、行き先は――」

ルグロが一良に答えようとすると、一良の後ろでリーゼが「しー！」と口元に人差し指を立てていた。

「え、えぇと……あー、どこだっけなぁ。聞いたんだけど忘れちまったなぁ」

「ええ？　そんな、無責任な。行った先で何かあったらどうするんだよ」

「そ、それは大丈夫だ。アイザックを連れていくように言っておいたからさ」

「ナルソン！」

席に着いたままエルミアと話しているナルソンに、ジルコニアが声をかける。

「ダメだ」

「まだ何も言ってないでしょ⁉」

「話は聞こえてたぞ。最後の仕事なんだから、ちゃんとこなしていけ」

「ぶー」

こうして、むくれるジルコニアを残して、一良とリーゼは街に繰り出すことになったのだった。

第４章　楽しい休日

「やったね！　大成功！」

　城の裏口から街に出るなり、リーゼが満面の笑みで言う。

「殿下なら、いいよって言ってくれると思ったんだよね。あー、よかった」

「うーん。でも、バレッタさんたちも一緒に行ければよかったのに。リーゼは、本当に知らなかったのか？」

「もう、そんなに疑わないでよ。本当に知らなかったんだって」

　むう、とリーゼがむくれる。

「昨日の夜に殿下に言いに行った時は、『おう、分かってるって。楽しんでこい！』って二つ返事だったし。お礼を言ってすぐに部屋に帰ったから、他のことは話さなかったんだよ」

「あー、なるほど。先にフィレクシアさんから話を聞いてて、リーゼも同じようなことを言ったから『分かってる』、か」

「だね。私、初めから自由時間にさせてくれるつもりだったのかなって思ってた」

　リーゼが一良（かずら）の右腕に、自身の腕を絡める。

「ちょ、ちょっと」

「嫌？」

リーゼが不安そうな顔になる。

「い、いや、別に嫌じゃ……って、かなり前に同じやりとりをした気が」

「おっ。覚えてたんだ！　嬉しいなぁ」

「……えーと、ところで」

一良がちらりと、後ろを見る。

10メートルほど離れた場所にある木の陰から、私服のハベルが布を巻いたハンディカメラで一良たちを撮影していた。

「ハベルさん。護衛なんですから、そんな離れたところで撮影してないでくださいよ」

一良が言うと、ハベルはカメラを下ろし、にっと笑った。

「いえいえ。お二人のお邪魔にならないよう、遠くから見守らせていただきます」

「ハベル様、上手に撮ってくださいね！」

一良の腕に抱き着いたまま、リーゼが弾けるような笑顔で言う。

「もちろんです。お任せください」

「うう、落ち着かないなぁ」

ハベルにすべてを撮影されながら、一良とリーゼは歩き出した。

城の周囲は広い公園になっていて、建物は1つも建っていない。

「それにしても、でっかい公園だなぁ」

公園の中を進みながら、一良が人々を見渡す。

公園は王家が管理しているもので、木々とベンチがあるだけの草地になっている。

城の周囲に建物がないのは、軍の集結地としても用いられるのと、万が一外敵が街なかにまで攻め込んできて城にまで達した際に、遮蔽物となる建物を敵に使わせないためだ。

街の中心部でこれほどの広い公園を作るとは、かなり贅沢な土地の使いかたである。

「だね。皆、すごく楽しそう」

公園にはいくつも屋台が出ていて、たくさんの市民たちの姿があった。

屋台で食べ物を買う若者、蹴鞠のようなもので遊ぶ子供、軽快な足取りでランニングをしている女性、ベンチに座って井戸端会議をしている老人など、さまざまだ。

「こういう土地の使いかたっていいよな。イステリアはごちゃごちゃしすぎな気がするよ」

「そうだね。これだけ大きな公園があれば、何かイベントをする時にも使えるし」

楽しむ人々を眺めながら、公園を進む。

「あっ、カズラ！　揚げパンだって！」

看板に「揚げパン・甘ダレ味・3種の果物味・タコ味」と書かれた屋台を見つけ、リーゼが指差す。

荷馬車を改造して作られた屋台では、青銅製のコンロに載せた鍋で揚げパンが作られていた。

いる。

1つ5アルと書いてある上からバツ印が付けられ、「戦勝記念。1つ3アル！」と書かれている。

繁盛しているようで、10人近い行列ができていた。

「へえ、揚げパンの屋台なんて初めて見るな。食べるか？」

「食べる！」

2人して行列の最後尾に並ぶ。

商品を受け取る人を見ると、揚げパンの大きさは拳大より一回り小さいくらいで、串に挿さっていた。

パンは素揚げなために短時間でできるようで、すぐに注文の順番が回ってきた。

「リーゼは何味にする？」

「んー。おじさん、この『タコ味』って何？」

リーゼが屋台の店主に、看板を指差しながら聞く。

「中に特製ソースを絡めたタコが入ってるよ！　うち一番のお勧めだよ！」

「そうなんだ！　私、それにする！」

「じゃあ、俺は甘ダレ味で。ハベルさんはどうしますか？」

2メートルほど離れてカメラを回しているハベルに、一良が聞く。

「では、3種の果物味でお願いいたします」

「了解です。おじさん、全部1つずつください」

「あいよっ！」

店主が3つの木箱からパンを1つずつ取り出して、鍋に入れる。

一良たちが待っている間に、前の客の若い女性が商品を受け取った。

「ありがと。ねえ、お兄さん。それってなあに？」

ハベルの持っているカメラを、女性が物珍しそうに見る。

「一種のまじない道具ですよ」

「まじない？　何のおまじないなの？」

「仲の良い男女にこれを丸1日向けていられれば、その2人は結ばれる、というクレイラッツの郷土品です」

「まあ！　そんなものがあるの？　そのツヤツヤしてるのって何？　もしかして……黒曜石？」

女性がレンズを見つめる。

「いえ、野菜の薄皮に水を入れたものですよ。日に当てると乾いて破れてしまうので、こうして布を巻いているんです」

「そうなのね！　それって、どこで手に入るの？」

「クレイラッツの行商人から買ったので、何人か当たれば手に入るかもしれませんね。野菜の皮は、自分で用意しないといけませんが」

スラスラと適当な嘘を吐くハベル。

あまりにも普通に話す彼に、女性はすっかり信じてしまっているようだ。

そうしていると、揚げパンが出来上がった。

「へい、おまち！」

「ありがとうございます。ハベルさん、行きましょう」

「はい。では、失礼します」

ハベルが女性に笑顔で会釈し、3人でその場を離れる。

ハベルは果物味揚げパンを受け取ると、ささっと一良たちから離れた。

「ハベルさん、すごいな……アロンドさんばりに、口が上手いや」

「さすが兄弟って感じだよね。ほら、カズラ、一口どうぞ」

歩きながら、リーゼがタコ味の揚げパンを差し出す。

「お、ありがと。いただきます」

カリッ、と音を立てて、一良が揚げパンをかじる。

中には小さく刻んだタコと魚のすり身が入っていた。

揚げパンの中にタコとつくねが入っているような、不思議な食感と味わいだ。

「ぬあ、何だこれ……何とも形容しがたいな」

「そうなの？　私もっと……んん？」

リーゼも一口かじり、何だこれ、といった表情になる。

美味いは美味いのだが、パンを食べているんだか練り物を食べているんだか、よく分からない感じになる。

「美味しいんだけど……何だろ、これ？　カズラのも食べてみようよ」

「そうだな」

甘ダレ味の揚げパンを、一良がかじる。

「おっ、こっちは普通の揚げパンだ」

「一口ちょーだい！」

あーん、とリーゼが口を開ける。

一良は苦笑しながらも、食べかけの揚げパンをリーゼに食べさせた。

公園を抜けて家々が建ち並ぶ商業区画に入ると、大勢の人が通りを行き交っていた。

点々とある商店は「戦勝セール」をしているようで、たくさんのお客で賑わっている。

「おー！　すっごーい！」

大通りに並ぶ商店の数々に、リーゼが興奮した様子で声を上げた。

建ち並ぶ店は大型店舗ばかりで、外壁には美しい装飾や模様が描かれている。

4階、5階建ての建物が多く、窓やベランダには花が飾られていた。

一目見て、高級店と分かるようなたたずまいだ。

「すごいね、カズラ！　大きなお店ばっかりだよ！」

「これはすごい……昨日、城に行った時は、暗くて分からなかったな」

「あっ！　あそこ、香油屋さんだよ！　入ろっ！」

リーゼが一良の手を引き、香油店へと入る。

木製の上品な扉を開けると、チリンチリン、とベルが鳴った。

いらっしゃいませ、と商品を陳列している若い女性店員が、にこりと2人に微笑む。

店内には木編みのカゴを手にした女性客が何人もおり、買い物を楽しんでいた。

清潔感のある店内にはたくさんの棚が並んでいて、香油の小瓶が無数に陳列されていた。

「わあ、こんなにたくさん……あっ、『試香用』だって！」

手直にあった棚にリーゼが歩み寄り、小瓶を手に取る。

「それは何の香りだ？」

「んと、『春の訪れ』だって。リミロラとアッカにユユ草を冬マメ油に混ぜたものって書いてあるよ」

「冬マメ以外分からねぇ……」

「リミロラとアッカは春の花だね。ユユ草はミントみたいな香りがする草だよ」

思えば、一良はこちらの世界の植物についてほとんど知らないことに気が付いた。

税として納められる作物についての知識は少しはあるが、その辺に生えている草や花についてはまったく調べていない。

まだまだ、この世界について知らないことは山ほどある。

リーゼが試香用の瓶の木栓を開け、手で扇いで香りを嗅ぐ。

「わあ、すごくいい匂い！」

「どれどれ……おっ、これはいいな。爽やかな香りだ」

「でしょ？　こっちも試してみよ！」

あれこれと小瓶を手に取っては、香りを試していく。

店員が言うには店には百種類近くの香油があるようで、1階は香油店、2階は雑貨屋、3階は飲食店になっているらしい。

「リーゼ、いろいろ匂いを嗅ぎすぎて鼻がバカになってきたんだけど」

「あはは。そうだね、これくらいにしておこっか」

「気に入ったのがあったなら、買ってやるぞ」

「ほんと⁉　えっとね、最初に試したやつと、こっちにあったやつが――」

香油の小瓶を2つ購入し、2階に上がった。

さまざまな小物やバッグ、靴や帽子が並んでいる店内を、のんびりと見て歩く。

「俺はこれ買おうかな」

一良が布製のワンショルダーバッグを手に取る。

「えっ、それ？　今着てる服には、ちょっと合わないんじゃない？」

「そうかな？　俺、美的センスゼロなんだよなぁ……リーゼ、選んでくれないか？」

「いいよ！　香油のお返しに、私が買ってあげる！」

いくつもあるバッグを見て回り、リーゼは手に取っては一良に背負わせた。

数分そうして選び、革製バッグを手に取った。

少し小さ目だが、なかなかに洗練されたデザインに見える。

「これとか、いいんじゃないかな？　かけてみてよ」

「うん」

一良がバッグを背負い、青銅製の姿見の前に立つ。

「おお、何かいい感じがする。さすがリーゼだ」

「気に入った？」

「うん、これにするよ。リーゼは、欲しいものはないのか？」

「んとね。靴が欲しい！」

「なら、それも選ぼうか」

「階段を上がってきたところにあったやつなんだけど、すごくかわいいの！」

その後、リーゼの靴を1足購入し、一良（かずら）たちは店を出た。

「えへへ。買ってもらっちゃった」

靴の入った無料サービスの布袋を手に、リーゼがにやける。

「ほら、俺が持つよ」

「あ、いいよ！　男なんだから荷物持ちするとか、そういうのはなしで！」

「でも、こういう時って男が持つものなんじゃないか？」

「私がそういうのは嫌なのー。それに、カズラには香油を持ってもらっちゃってるし」

「せっかく買ったバッグなんだから、使わないとだしな。で、次はどこへ行こうか？」

一良（かずら）が通りを見渡す。

広々とした大通りには数えきれないほどの商店があり、1つ1つを見ていてはいくら時間があっても足りなさそうだ。

「少し離れてるけど、港に行かない？　海を眺めながら、お昼ご飯食べたい！」

「おっ、いいねぇ。そうしようか」

「乗合馬車があるって殿下が言ってたの。停留所があちこちにあるらしいんだけど……」

「あそこに案内看板があるぞ。見てみよう」

道の脇にある、大きな看板へと向かう。

看板には街の簡略化した地図が描かれていた。

乗合馬車の行き先と料金も書かれていて、この看板が停留所もかねているようだ。

「ここが停留所なのか。いつ来るのかが書いてないな」

「時計なんてないんだし、きっちり時刻どおりなんて無理だもん。日本のバスとか電車とは違うって」

「それもそうか。まあ、のんびり待とうか」

「少し喉が渇いちゃったなぁ……あ！　あそこ、立ち飲み屋だって！」

リーゼが指差す先に、道側にカウンターを備えた立ち飲み屋があった。

看板に、「馬車を待つ間に一杯いかが？」と書かれている。

「よし、呑むか！」

「呑むっ！」

そうして、2人は馬車を待ちながら、一杯ひっかけたのだった。

「んー、いい風。気持ちいい」

乗合馬車に揺られながら、リーゼがご機嫌な様子で目を細める。

あれから、ちょうど1杯飲み終えたところで馬車がやってきた。

2人は最前列に並んで座り、街並みを楽しんでいる。

馬車は1頭引きの４シート８人乗りで、屋根付きの立派なものだ。

イステール領の技術が導入されており、車体が懸架式になっていて振動が少ない。

「1区画1アルって、ずいぶん安いよな。屋根があって雨の日でも使えるし、便利でいいや」

「うちの馬車組合は、オズボンド家の援助を受けていますからね。『すべての人々が気軽に使えるようにしてほしい』、と言っておられて、こんなに安くご利用いただけているというわけです」

一良たちの前で手綱を握る中年男が、少し振り向いて笑顔を見せる。

「オズボンド家……あ、昨日、その話聞いたかも。『市民のために頑張ってます！』って言ってたかな」

「おや、お嬢さん。オズボンド家のかたとお知り合いで？」

「はい、当主様と何回かお会いしたことがあります」

「おお、ということは、いいところのお嬢さんですか。最近は私たち市民のために支援してくれる貴族様が多くて、助かってますよ。オズボンド様にお会いしたら、皆喜んでいると伝えてください」

「ふふ、分かりました」

「もしかして、お嬢さんたちは貴族かしら？」

２人の後ろに座っている中年夫婦の妻が、リーゼに話しかける。

「はい。イ……イグニス家のリサと申します。こちらは、シーノ家のカズラです。イステール領から来ました」

イステールの名を出すと騒ぎになると思ったのか、リーゼが偽名を答える。

どうも、と一良も会釈をした。

「そうなのね！　あなたたちの家は、どんなお仕事を？」

「王都との外交をしています。といっても、私たちは末端なので、家名はご存知ないかと」

「ほう、イステール領ですか！　貴君の領地は、本当に素晴らしい働きをしてくれた。イステール家には、まったくもって感服しますよ」

夫がにこやかに話に加わる。

「私らは南方の国々と交易をしているレベット家と申します。イステール家といえば、一人娘のリーゼ様がものすごい美人だと聞きますが……リサ殿も実にお美しいですな」

「ほんとよねぇ。カズラさんは、リサさんのお仕事仲間？」

「は――」

「恋人です！」

「なぬ⁉」

リーゼが一良の腕を抱き、にこりと微笑む。

「まあ！　お熱いのね！」

「こんな美人を捕まえるなんて、やりますなぁ！」

あっはっは、と笑う中年夫婦に、一良が愛想笑いをする。

その後も適当に雑談を続けながら馬車に揺られ、港へとやって来た。

建物だらけだった景色が一気に開け、２人の視界一杯に青い海が広がった。

「「おー！」」

広々とした港にはたくさんの商船や軍船が停泊しており、今まさに出航していく漁船も見られる。

商船は中央に大きな帆を備えた中型船で、両舷にいくつものオールを備えているものだ。

港に着いたばかりなのか、木箱を抱えた筋骨隆々の男たちが、次々にタラップを伝って降りてきている。

「カズラ、海だよ海！　船もいっぱい！」

「こ、こら！　立つなって！」

初めて見る海に、リーゼはおおはしゃぎだ。

停留所に馬車が停まり、すべての乗客が下車した。

先ほど話していた夫婦も、一良たちに一礼して去って行った。

「うわー、本物の海だ！　綺麗だね！」

リーゼが感激した様子で、海風に髪をなびかせながら瞳を輝かせる。

「すごいな……まさに、古代の港街って感じだ。あのでかいやつ、新型船かな？」

一際目立つ巨大な軍船を、一良が見つめる。

大きな2つの帆と衝角を備えた、オールが上下2段になっているガレー船だ。

同型船が数隻見られ、そのすべてが錨を下ろして停泊中のようだ。

「きっとそうだよ。本に載ってたやつに、そっくりだもん」

「何隻か造ったとは聞いてたけど、よくこの短期間で実用にこぎつけたなぁ」

「カズラ、もっと海の傍に行こうよ！」

リーゼが一良の手を引いて走り出す。

波止場は石材で整備されていて、イスに座って釣りをしている人々がたくさんいた。

一部、海面のすぐ傍にまで下りられる場所があり、２人はそこへ駆け寄った。

「カズラ！　海水！　海水！」

「うん、どこからどう見ても海水だな」

ぴちゃぴちゃと海面を手で叩き、頬を紅潮させて興奮するリーゼ。

海の水は透き通っており、無数の小魚が泳いでいるのが見える。

かなりの透明度だ。

「ずいぶんと透き通ってるんだなぁ」

「綺麗だよね。うう、泳ぎたいなぁ。砂浜ってないのかな？　貝殻拾いとか、砂遊びとかもしたいよ」

リーゼが水に手を浸しながらぼやく。

「探せばありそうだけどな。その辺の人に聞いてみるか」

「うん！　……あ」

その時、昼を知らせる鐘の音が、遠くから聞こえてきた。

「カズラ、ご飯にしよ！」

「もう昼か。どこで食べる？」

一良が立ち上がり、周囲を見渡す。

港にはたくさんの飲食店が立ち並んでおり、テラス席で海を眺めながら食事を楽しむ人々の姿が見える。

鐘の音のせいか、多くの人々がそれらの店へと足を向け始めていた。

「やべ。早く行かないと行列になりそうだ」

「ほんとだ！　行こう！」

リーゼも立ち上がり、再び一良の手を引いて走り出す。

「ごっはん！　ごっはん！」

「こ、こら！　はしゃぎすぎだって！」

「あはは！　こんなに楽しいの、初めてなんだもん！　あそこのお店、まだ席がありそうだよ！」

比較的空いていそうな店をリーゼが見つけ、入口へと走る。

石造りの2階建ての、小さな店だ。

店の前の看板に、「量に自信あり！」と意味深な言葉が書かれている。

「すみません、2人お願いします」

店に入るなり、リーゼが店員に声をかける。

「お好きな席へどうぞ。後ほど、ご注文を伺いに参ります」

「ありがとうございます。カズラ、2階に行こ！」

「おうよ」

階段を上がり、テラス席の一番海側の席へと座った。

席には布製のパラソルが付けられていて、これなら陽射しが強くても安心だ。

壁には黒い石盤が貼り付けられていて、石筆でメニューが書かれていた。

「わあ、いい眺め……」

2階からの絶景に、リーゼがうっとりとため息をつく。

遠目には漁をしている漁船がいくつも浮かび、それらの上には海鳥が飛び回っている。

商船の出航を知らせる鐘が、カーンカーン、と鳴り響き、手を振る人々に船員たちが手を振り返していた。

「リーゼは子供の頃にも王都に来たことがあるんだろ？　その時は港に来なかったのか？」

「お父様のお仕事に付いて行っただけだから。エイラとお城の周りで買い物はしたけど、港に行く時間なんてなかったの」

「そっか、忙しかったんだな」

「でも、その時に港に来なくてよかったよ。そのおかげでカズラと一緒に初めて来れたんだし」

　いひ、とリーゼが歯を見せて笑う。

「そ、そっか」

「あれ？　照れてる？　照れてるよね？」

「うっさい！　ほら、何食べるんだよ？」

　一良（かずら）が照れながら、メニューに目を向ける。

　旬の焼き魚定食、ニビウオのお酢サラダ、ヒノ貝の塩焼き、ゴンゴと根切り鳥の海藻盛り合わせ、などといった料理名が並んでいた。

　10数種類の料理があるのだが、聞いたことのない魚や貝の名前に、2人は頭に？　を浮かべる。

「リーゼ、知ってる魚あるか？」

「1つも知らない。もしかしたら、子供の頃にお城で食べたものがあるかもしれないけど」

「うーん。じゃあ、適当に選ぶか。酒も頼むよな？」

「頼む！」

ほどなくしてやって来た店員にいくつか注文し、景色を楽しみながら雑談に興じる。

周囲の席も次々に埋まり始め、すぐに満席となった。

「うわ。あれ、すごくない？」

別の席に運ばれてきた料理を見て、リーゼが目を丸くする。

海鮮辛味スープ、と店員は言っていたのだが、その器がかなり大きい。

一般的な丼より一回り大きく、スープの上に焼かれた貝と海ブドウのような海藻が山盛りになっている。

体格のいい男性客が、スプーンを手にもりもりと食べ始めた。

「かなりのデカ盛りだな……って、もしかして、この店ってデカ盛り店なんじゃ？」

２人がきょろきょろと他の席を見てみると、どのテーブルにも１皿当たり２人前以上の料理が盛られていた。

「お待たせしましたー」

若い女性店員が、おぼんを手にやって来た。

「旬の焼き魚定食になります」

「お、おお……」

目の前に置かれた料理に、一良が呻く。

平皿に載せられた3種類の焼き魚は開きにされているのだが、1匹1匹が成人男性の手のひら2つ分ほどの大きさだ。

さらに、バスケットに盛られた丸パンが5個、小魚と夏イモのスープの大皿、お茶碗サイズの海藻の酢漬け、デザートの黄色いカットフルーツが2つ。

唖然とする一良に、リーゼが爆笑する。

「あははは！　カズラ、頑張ってね！」

「いや、さすがにこの量は――」

「お待たせしました。酒蒸しパン、ヒノ貝の塩焼き、ゴンゴと根切り鳥の海藻盛り合わせです」

「……えっ」

ゴッ、と重い音とともに目の前に置かれた3種類の料理に、リーゼの笑みが凍り付く。

焼き立てで湯気を立てている酒蒸しパンは1つだけなのだが、グレープフルーツ大もある。

ヒノ貝の塩焼きは、1つが上から見た350ミリ缶ほども幅があり、かなりの肉厚で平皿に8個盛られている。

極めつけはゴンゴと根切り鳥の海藻盛り合わせで、小ぶりのどんぶりに青々とした海藻と蒸した鳥肉が山盛りになっていた。

「カズラ、笑ってごめん。手伝って」

「自分の獲物を処理しきれるのかすら怪しいんだけど……」

その後、大ジョッキサイズの果実酒もやって来て、優雅な昼食のはずが過酷なフードファイト状態になってしまったのだった。

小一時間後。

2人はぽっこりと腹を膨らませ、港のベンチで海を眺めていた。

「カズラ、苦しい」

「無理して完食するんじゃなかった……」

虚ろな目で、出航していく船をぼうっと眺める2人。

頼んでしまったからにはと気合で完食したのだが、腹に収めたパンが果実酒でふくらみ、満腹で動けなくなってしまった。

「人間、頑張ればできるんだね……こんなに食べたの、生まれて初めてだよ……」

「頑張るところじゃなかったけどな……」

半分魂が抜けたような状態になりながら、2人並んで景色を眺める。

数分そうしていると、少し楽になってきた。

「そういえば、フライス領ってすごくいいところなんだろ？　ここと比べてどうだ？」

「んー、今のところ、フライシアよりここのほうがいいかなぁ。この港、すごく綺麗だしさ」

「ああ、フライシアって、確か内陸だったもんな」

フライス領は多くの河川に恵まれた肥沃な地だが、中心都市のフライシアは内陸に位置している。

中心都市が海に面しているのは、王都領だけだ。

「街なかに川がたくさん流れてて、すごく綺麗だけどね。でもやっぱり、この海を見ちゃうと見劣りするよね」

「でも、フライス領も港町はすごいんじゃないか？」

「たぶんね。川で行き来できるから、港町に行ってみてもいいよね」

「じゃあ、旅行の時はフライシアを見がてら、港町にも行ってみるか」

一良が言うと、リーゼは嬉しそうに微笑んだ。

「うん、そうしよ。どんなところなのか、すごく興味あるし」

「アルカディアで一番食べ物が美味しいんだろ？　どんな料理があるのか、楽しみだ」

そうしてしばらく雑談し、ようやく腹が落ち着いてきた。

さてと、とリーゼが立ち上がる。

「ほら、立って！　お店を見に行こうよ！」

「うん、次はどこに行こうか？」

一良も立ち上がり、振り返る。

相変わらずたくさんの人々で商店は賑わっており、食事前よりも人手は増えていた。

「あっ、カズラ！　あれ見て！」

一良が振り返ると、リーゼが波止場に停泊している漁船を指差していた。

漁から戻ってきたところのようで、男たちがせっせと魚を船から運び出している。

「見に行ってみるか？」

「うん！」

2人が漁船へと近づくと、その場で魚を購入している市民が何人かいた。

一抱えほどもある大きな魚や、5本足のタコのようなものもいる。

「うわ、足が5本のタコだ。こりゃ面白い」

「ん？　タコはもともと5本足だぞ。兄さん、イカと間違えてないかい？」

中年女性に魚を渡していた若い男が、一良に苦笑する。

「あ、そうなんですか。イカって、足は何本あるんですか？」

「イカは5本とか12本とか、いろいろだよ。種類がたくさんいるからさ」

「「へー」」

異世界のイカタコ事情に、一良とリーゼがそろって声を漏らす。

男はナイフを取り出して生きているタコの足を1本切り取ると、手慣れた様子で吸盤を削ぎ落とし、ブツ切りにした。

「ほら、これも何かの縁だ。食ってみな」

「えっ、いいんですか？」

「ああ。その様子だと、2人とも旅行者か何かだろ？　旅の思い出に、珍しいもん食っとけ」

「ありがとうございます」

「いただきますね！」

一良とリーゼが1つずつ摘み、口に入れる。

コリコリとした食感とほのかな塩味で、とても美味い。

「おお、美味いですね！」

「美味しい！　何か、少し動いてる気がするけど」

喜ぶ2人に、男が笑う。

「はは、そうだろ。今ならここにある魚、言ってくれればどれでも売れるから、気になるのがあったら言ってくれ」

男はそう言うと、集まっている買い物客たちにもブツ切りを配り始めた。

それからしばらく魚を見ていたのだが、生ものを買うわけにもいかないので、男に礼を言ってその場を離れた。

その後も、2人は港で店を見て回った。

気に入ったものを見つけては悩みながらもいくつか購入し、景色のいい場所を見つけるとハベルを呼び寄せて写真を撮らせ、小腹が空くと飲食店に入ったりと、王都の港を満喫した。

そんな楽しい時間はあっという間に過ぎ、空は夕焼け色に染まり始めた。

「もう夕方か。そろそろ帰らないと」

「そうだね。あー、楽しかった！」

一良に買ってもらったアクセサリーや小物の入った布袋を手に、リーゼが伸びをする。

水面は夕日を反射してキラキラとオレンジ色に輝いており、とても美しい。

「だな。こんなに楽しいのはひさしぶりだよ」

「だよね！　誰も私たちのこと知らないから、人目も気にしなくていいしさ」

「ああ、それはあるよな。イステリアだと、どこに行ってもリーゼは声かけられるもんな」

「うん。別に嫌じゃないけど、ちょっと疲れちゃうんだよね」

「あっ！　カズラ様！　リーゼ様！」

背後から呼ばれて2人が振り返ると、ニィナが息を切らせて駆け寄って来ていた。

「ああ、よかった。見つかった……」

「ニィナさん、そんなに急いで、どうしたんです？」

「それが、バル……」

彼女は周囲を確認し、小声で話し始めた。

「バルベールの北の国境に、異民族の集団が現れたらしいんです」

「えっ⁉ それって、部族の人たちが追い立てられてた相手ですか？」

「はい。バルベール軍と部族軍が警戒に当たっているらしいんです」

「なるほど……それで、すぐに城に戻ってこいってことですか」

「あ、いえ。陛下からは特に指示は出ていないんですけど、一応知らせたほうがいいかなって。無線係をしていたら、聞いちゃったんで」

「そっか。なら、戦闘が起こりそうとか、そういうことはないってことですね？」

「たぶん……あの、余計なことしちゃいました？」

ニィナが気まずそうに、リーゼをちらりと見る。

「そんなことないよ。そろそろ帰ろうって思ってたところだし」

リーゼがにこりと微笑む。

「他の子たちも、私たちを探してるの？」

「マヤがバレッタたちを呼びに行きました。他の子たちは、街に遊びに行っちゃってたんで」

「あれ？ バレッタさんがどこにいるのか、知ってたんですか？」

「え？」

一良（かずら）が聞くと、ニィナはきょとんとした顔になった。

「殿下に聞いたら、行き先は教えてもらえましたけど」

「あ、あはは。殿下、きっと思い出したんだよ」

リーゼが言いながら、ニィナにウインクする。

ニィナはそれを見て即座に意図を理解し、こくこくと頷いた。

「そ、そう！　聞いたけど忘れちゃってたって言ってました！」

「そっか。まあ、俺たちも城に帰りますかね。おーい、ハベルさーん！」

物陰からカメラを回しているハベルを、一良が呼び寄せる。

そんな一良の横では、リーゼがニィナに手を合わせ、口パクで「ごめんね」と言っていた。

一良たちが城に戻って来ると、上半身裸のルグロが兵士たちと剣の稽古をしていた。

４人の兵士たちに囲まれたルグロは、順々に繰り出してくる兵士の剣を、カンカン、とリズミカルに受けていく。

剣術というよりも、舞踏のように一良には見えた。

「おっ、カズラ、リーゼ殿、おかえりさん」

稽古の手を止めたルグロが、ニカッ、と笑う。

「ただいま。会議、どうだった？」

「問題なかったぞ。ナルソンさんが、上手いことまとめてくれたし。２人は楽しめたか？」

「おかげさまで。思いっきり遊んできたよ」

「殿下、ありがとうございました」

にこりと微笑むリーゼに、ルグロが「うん」と笑う。

「異民族が姿を見せたって聞いたんだけど、どうなったの？」

「ああ、それな。部族の連中が見つけたらしいんだけど、数百人規模の斥候が来たらしくてさ。小競り合いになって、ちょいと被害が出たらしい」

「小競り合いって、威力偵察ってことか」

「ああ。部族の奴らは大急ぎで逃げたらしいんだけど、深追いはしてこなかったみたいだ。知らせを聞いたバルベール軍が、軍団を急行させてるんだとさ」

「バルベール軍がいるなら、とりあえずは大丈夫かな？」

「たぶんな。早く『グレイシオールの長城』を作らなきゃって、大慌てみたいだけどよ」

ルグロはそう言うと、木剣を兵士に手渡した。

水桶を手に取り、ざばっと頭から水を被る。

「ふいー！　んじゃ、バレッタたちが帰ってきたら、外に飯でも食いに行くか？」

「えっ？　今から？」

「おう。店の予約は取ってある。貸切だぞ？」

楽しそうにしているルグロに、一良たちは顔を見合わせるのだった。

約1時間後。

城の庭園で、一良（かずら）たちはベンチに座り、雑談にふけっていた。

「あの子たち、遅いわねぇ」

ティタニアの顎をわしわしと撫でながら、ジルコニアがぼやく。

現在、バレッタとフィレクシア待ちだ。

「だなぁ。俺、腹減っちまったよ」

ジルコニアの隣に腰掛けたラースもぼやく。

ルティーナと子供たち、ティティス、ニィナ、エイラ、マリーもおり、皆で暇を持て余している。

ナルソンだけはエルミア国王、カーネリアン、イクシオス、マクレガーとともに、バルベールにいるエイヴァー執政官と会議を続けている。

軍備についての細々したものを詰めないといけないとのことで、会議は徹夜になるかもしれないとの話だった。

「カズラ、バレッタには、今日遊びに行ったことは言っちゃダメだよ？」

地べたで棒切れを使い、ルルーナと○×ゲーム（#の枠内に○と×を交互に書いて3列並べるやつ）をしている一良（かずら）に、リーゼがささやく。

「いや、それはダメだろ。隠すようなことじゃないし」

「でも、バレッタめちゃくちゃ怒ると思うよ？」

「そんなことは……ある？」

「ある」

断言するリーゼに、一良が頭をかく。

「でもまあ、仲間外れみたいになっちゃうのも嫌だしさ。聞かれたら答えるよ」

「うー……分かった。確かに、隠してバレたら気まずくなりそうだもんね」

リーゼが渋々といった様子で頷く。

「別に悪いことをしてたわけでもないし。そんなに気にするなよ」

「気にするよ……そうだよね、先に言っておいたほうがいいよね……」

そうしていると、城門が開いて馬車が入って来た。

「ただ今戻ったのですよ！」

「うう、疲れた……」

元気いっぱいのフィレクシアと、疲労困憊のバレッタが馬車から降りてくる。

アイザックも馬車を降り、一良に一礼した。

「カズラ様、ただ今戻りました」

「お疲れ様です。どうでした？」

「大変興味深いものばかりでした。イステリアよりも、鍛冶や大工工房は大規模なものばかりで圧倒されてしまいました」

「へぇ、そうなんですね。これから皆で――」

「ふぇええん、カズラさぁん。疲れましたぁ」

バレッタが半泣きで、一良に擦り寄る。

「か、かなりお疲れですね」

「フィレクシアさん、帰ろうって言っても、もう少し、もう少しって聞かないんです……お昼ご飯も食べれなかったし、ずっと歩きどおしでした……」

「それはキツかったですね……でも、いろいろ見れて楽しかったんじゃ？」

「最初はそうでしたけど、あちこち行き過ぎて気疲れしちゃって……彼女、作業中の人にもがんがん質問しに行っちゃうし、何度も怒られちゃいましたよ……」

「うあ、そりゃきついわ……」

「あ、あのね、バレッタ。謝らないといけないことがあって」

リーゼがおずおずと、バレッタに声をかける。

「バレッタたちが出かけるの、私たち知らなくってさ。あなたたちが行ってから、私とカズラ、街で遊んできちゃったの」

「えええ⁉　な、何ですかそれ⁉」

　バレッタが驚愕してリーゼに詰め寄る。

「酷いですよっ！　あんまりですっ！　どうして先に言ってくれなかったんですか⁉」

「だ、だから、知らなかったんだって！　私が食堂の外に出たら、バレッタたちはもういなかったんだもん！」

「なら、殿下に行き先を聞いて追いかけてくれてもよかったじゃないですかっ！」

「そ、それはね……」

　リーゼがちらりとルグロを見る。

　ルグロは「げっ」とでも言いそうな顔になった。

「ご、ごめん、バレッタ！　お前らがどこに行ったのか、ド忘れしちまってさ！」

　ルグロが、ぱちん、と手を合わせてバレッタに謝る。

「後から思い出して、マヤさんには言ったんだけどさ。ほんと、ごめん！」

「ド忘れって……工房に話を通していただいてたのに……」

　ルグロに頭を下げられてはこれ以上問い詰めるわけにもいかず、バレッタが肩を落とす。

「まあ、ほら。明日また、遊びに行けばいいしさ？　な、カズラ？」

「う、うん。そうだな。バレッタさん、明日、遊びに行きましょうよ」

「うう、何だか納得いかないです……」

　そんな彼女たちを横目に見ながら、ティティスがフィレクシアに呆れ顔を向ける。

「フィレクシアさん、バレッタさんに迷惑かけまくりじゃないですか」

「むー。バレッタさんも、見学してる時は楽しそうにしてたんですよ？」

「だからって、昼食抜いてまで連れ回すのはダメでしょう。少しは連れのことを考えてくださ
い」

「う、ごめんなさいです……」

そうして、ようやく夕食を食べに出かけることになったのだった。


数十分後。

ルグロの馴染みの大衆食堂で、一良たちは食事会という名の酒盛りをしていた。

ルグロの友人たちも駆け付けており、挨拶もそこそこに食べ始め、すぐさま大騒ぎとなった。

「皆、大きくなったなぁ！　どんどんルティーナちゃんに似てきたな！」

「美人のお母さんに似てよかったな！　ルグロに似なくてよかった！」

子供たちの頭をこねくり回す2人の友人に、ルグロが渋い顔を向ける。

「そんなことねえだろ。ロンなんて、俺にそっくりだろ？」

「どこがだよ！　顔付きも髪質も、ルティーナちゃんに生き写しじゃねえか！」

「いやぁ、眼つきがルグロみたいな邪悪なのにならなくて、本当によかった。俺、ずっと心配
でさ」

「軍団長殿！　お酌させてくらはいててて⁉」

「うふふ。手の皮膚を千切られたいのかしら？」

酔っぱらって顔を真っ赤にした男が酒瓶を手にジルコニアの肩に手を回し、手の甲をつねられる。

その隣では、エイラが別の男に土下座されていた。

「エイラさん！　俺と付きあってくだじゃい！　にゃんでもしましゅから！」

「え、遠慮しておきます」

ゴンゴン、と床に頭を打ち付ける彼に、エイラが引きつった笑みで答える。

「しょこを何とか！　俺、美人で巨乳の侍女さんを彼女にするのが夢なんでしゅ！　侍女服姿で俺とデートしてやってくだしゃい！」

「うう、口説き文句が最悪ですよぅ」

「バレッタちゃんもリーゼちゃんも、マジでかわいいね！　美人ってレベルじゃないよね⁉　2人とも俺と付きあおう！」

土下座されているエイラの隣では、バレッタ、リーゼ、ティティスが別の男たちにモーションをかけられている。

モーションというよりも、ウザ絡みといったほうが正しいかもしれないが。

「お断りします……」

「私と飲み比べして勝てたら、考えてあげてもいいけど？」

ドン引きしているバレッタとは違い、リーゼは「ふふん」と蠱惑的な目つきで男を挑発する。

「マジで⁉ 俺、けっこう強いよ⁉ 領主の娘さん、モノにしちゃうよ⁉」

「じゃあ、もしあなたが先に潰れたら、今日のお酒代、全部あなたの奢りでもいい？」

「おう！ 何でもこいってんだ！」

「おやじさーん！ こっちにお酒、とりあえずボトルで10本持ってきてー！ 強いやつから順に！」

「じゅ……え？」

「ティティスちゃん、一目惚れっす！ 毎日俺と寝起きしてください！」

「胸をガン見しながら告白しないでください」

完全に酔っぱらった彼らは、ひたすら女性陣に絡み続けている。

身分については紹介済みなのだが、気にする様子は皆無だ。

アイザック、ハベル、マリーは、カウンターでこの店の夫婦と談笑している。

ティタニアもおり、ロンとリーネにまとわりつかれながら、山と盛られた料理を一心不乱に食べていた。

「おいおい、あいつら酔っぱらいすぎだろ」

ちびりちびりと酒を飲みながら、ラースが苦笑いする。

その隣では、フィレクシアが不満そうに皆を見ていた。

「うう、どうして私には誰も言い寄ってこないんでしょうか？」

「フィーちゃんはぺたんこだからなぁ」

「か、格差社会……」

騒がしい卓から少し離れた席では、一良が2人の女性と話し込んでいる。

女性は2人とも、20代半ばといったところに見える。

「なるほどねぇ。あいつ、真面目に指揮官やってたんだ」

「友達に忖度して安全な場所に、とかはやらなかったんだよね？」

「ええ。そういう話は一度もなかったですよ」

「そっか。まあ、ルグロらしいよね」

「なんだかんだで、あいつらも怪我一つしないで帰ってきたし。知り合いも家族も、皆が無事でよかったよ」

微笑む彼女たちに、一良はほっとした。

今騒いでいるルグロの友人たちは、貴族もいれば平民もいる。

男たちは全員、先の戦争に出征していたらしいのだが、彼らを含めて身近な者は全員無事なようだ。

何度か大規模な戦いがあったものの、ナルソンが戦果よりも損害を出さないことに重点を置いた戦いかたをしたおかげかもしれない。

「あの、カズラさん」

一良が談笑していると、疲れた顔のバレッタが傍に来た。

少しだけ酒を飲んでおり、顔が赤い。

「あ、バレッタさん。楽しんでます?」

「そ、それなりに。ちょっと酔っちゃって、風に当たってこようと思うんですけど、一緒にどうですか?」

「ええ、いいですよ」

「「いってらっしゃーい」」

席を立つ一良に、2人がにこやかに手を振る。

そして、男たちを振り返ると修羅の顔になった。

「こぉぅら! 自分の嫁がいる席で堂々と浮気しようとしてるんじゃねーぞ!」

「いつまで土下座してるんだよ! 侍女服なら、この間着てやっただろうが!」

それぞれ、ティティスとエイラに絡んでいる自分の夫を怒鳴り付ける。

男たちはまるで聞いていない様子で、ティティスとエイラに絡み続けている。

そんな彼らの頭を引っ叩く2人を横目で見つつ、一良とバレッタは店の外に出るのだった。

「いやぁ、すさまじいですね。皆さん、はっちゃけてるっていうか」

店の壁にもたれながら、一良が笑う。

バレッタもその隣で壁にもたれ、はぁ、とため息をついた。

「酔っ払いすぎなんですよ。エイラさんに絡んでた人なんて、鳥の骨をかじりながら『この肉、硬くて噛み切れない』とか言ってましたもん」

「そ、それは確かに酔いすぎですね。飲み始めは、すごく礼儀正しかったんだけどなぁ」

「皆さん、強いお酒をがぶがぶ飲んでましたからね」

「バレッタさんも飲んだんですか？」

「少しだけ。体が熱いし、フラフラします……」

バレッタが夜空を見上げる。

うっすらと雲がかかっていて、月は滲むようなおぼろげな影を見せていた。

「カズラさん、リーゼ様とはどこに行ったんですか？」

「街のなかで買い物したのと、港であちこち見て回ったりです。バレッタさんたちを追いかけられなくて、すみませんでした……」

「……私もカズラさんと海を見たかったです」

「明日、また一緒に……あ、そうだ。リーゼが海で泳ぎたいって言ってたんですけど、海水浴しませんか？」

一良(かずら)が言うと、バレッタの表情が、ぱっと明るくなった。

「はい！　行ってみたいです！」

「じゃあ、明日は海水浴ってことで。バレッタさんは泳げるんですか？」

「子供の頃は川で水遊びしてたんで、それなりに泳げますよ」

「ああ、村の傍の川、すごく綺麗ですもんね」

そう言ってから、一良(かずら)はふと疑問が頭に浮かんだ。

「こっちの世界って、水着ってあるんですか？」

「んー、どうだろ。子供の時は裸で泳いでましたけど」

「……」

じっと見つめてくる一良(かずら)に、バレッタが両手で自分の体を抱く。

「も、もう裸じゃ泳ぎませんよ⁉　シャツとか着て泳ぎますから！」

「そっか……」

「うう、残念そうに言わないでくださいよぅ」

「す、すみません」

「あと、海水浴の話は、お店の中ではしないでください。殿下のお友達まで来ちゃうと、また大変そうですから」

「ああ、確かに」

そんな話をしていると、一抱えほどの大きさの木箱を手にした若い男がやって来た。

「こんばんは！　ご注文のタルトをお持ちしました！」

「タルト？　あ、もしかして、前にルグロが言ってたお勧めのやつかな？」

一良が木箱を受け取る。

支払いはルグロ名義で王家にツケてあるとのことだ。

２人が店内に戻ると、むわっと酒の匂いが充満していた。

「うっわ、酒臭！」

「すごい臭いです……あ、リーゼ様、勝ったんですね」

リーゼの隣では、敗北した男が青い顔で口元を押さえている。

リーゼは余裕の表情で、ボトルの酒をラッパ飲みしていた。

空き瓶の数からして、リーゼが４、男が２のようだ。

「バレッタ、勝ったよー！」

そのボトルを飲み干したリーゼが、ひらひらと手を振る。

顔色はまったく変わっていない。

「おっ、カズラ。それ、タルトだろ？」

木箱を持っている一良に、ルグロが声をかける。

「うん。今、配達されてきたよ」

「デザートにいいタイミングだな！　前に話した、お勧め店のタルトだぞ！」

「やった！」

「ひさしぶりですね！」

ルルーナとロローナが、ぱっと表情を輝かせる。

「マジで美味いから、驚く準備しておけよ！　って、おい、大丈夫か？」

「おっおおおっ」

不穏な声を漏らす男に、隣にいたリーゼが慌てて飛びのく。

「ちょ、ちょっと！　こんなところで吐いちゃダメだからね⁉」

「堪えろ！　吐くなよ⁉」

駆け寄ったラースが男を抱え上げ、開いている窓に身を乗り出させる。

その途端に、彼はげえげえと吐き始めた。

「あーあ。リーゼに敵うわけないのに……」

「カズラさん、あれ……」

「ん？　うわっ」

バレッタの視線を一良が追うと、頭にコブを作った男たちが、隅っこで正座させられて女性らに説教されていた。

「はあ、びっくりした。カズラ、タルト食べよ！　辛いお酒飲んだから、甘いもの食べたい！」

「お前は本当にタフだよな……」

そんなこんなで、食事会は楽しく進んでいったのだった。

第5章　海水浴

次の日の朝。

朝食を食べて城を出た一良たちは、ルグロ一家に連れられて、馬車で海水浴場に向かっていた。

王族とバレると面倒なので、急遽調達した大型の乗合馬車での移動だ。

同行しているのは、昨夜の食事会のメンバーである。

皆、城で借りた平民服を着ていて、ルグロはオールバックに、ルティーナはお団子頭にして、気休め程度に変装している。

全員が服の下に水着を着ており、現地で脱げばいいだけだ。

ナルソン、エルミア、カーネリアンは異民族関連でやらなければならないことができたとのことで、今日は丸一日城の屋上にいるらしい。

「異民族で問題がって、何があったんだろ。ナルソンさん、どうして教えてくれないのかな」

一良が流れていく街並みを眺めながらぼやく。

「きっと、気を遣ってくださってるんですよ」

「そうそう。こっちは気にしないで楽しんでこいってことだよ」

一良の後ろに座っているバレッタとリーゼが言うと、一良の右隣に陣取っているジルコニアが一良の腕に自身の腕を絡めた。

ちなみに、一良の左隣には獣の姿のティタニアがお座りしている。

「そうですよ。面倒なことはあっちに任せて、カズラさんは私の水着姿を堪能すればいいんですって」

「た、堪能って……」

「ああもう！　お母様！　もう隠す気ないですよね!?」

「失礼ね。裸で泳いだりなんてしないわよ」

「そっちの意味じゃないっつうの！」

リーゼのツッコミを受けながらも、ジルコニアは一良に腕を絡めたままだ。

バレッタはもう諦めているのか、苦笑するばかりである。

「あそこの4人って、どういう関係なんですかね？」

馬車の最後尾に座っているフィレクシアが、ティティスとラースに小声で聞く。

「リーゼ様とバレッタさんは分かりますけど、ジルコニア様は既婚者なんですよね……」

「自分の娘と男を取り合ってるようにしか見えねえよな……お、見えてきたぞ」

それを聞きフィレクシアが前を見ると、街並みの先に白い砂浜が広がっていた。

現在時刻は、午前10時。

砂浜にはたくさんの人々がおり、波打ち際ではしゃいでいる子供たちが大勢いた。

「おー！　これは綺麗な砂浜ですね！　これが海ですか！」

「なかなかのものですね。きちんと整備されているようですし」

瞳を輝かせるフィレクシアと、感心した様子のティティス。

フィレクシアは海に来るのは初めてだが、ティティスは何度か行ったことがある。

軍団兵たちの慰労代わりに、というカイレンの提案で、数千人の兵士たち全員が波打ち際でアハハウフフしたのだ。

ティティスは泳いだりはせずに木陰で涼んでいたのだが、なぜ脱がないのかと兵士たちから大ブーイングを受けたことを覚えている。

人々でにぎわっている海水浴場へと着き、一行は下車して砂浜に降り立った。

「「おー！」」

バレッタとリーゼが、その光景に感嘆の声を上げた。

真っ白な砂浜と打ち寄せる白波。

空はすっきりと晴れ渡っていて、絶好の海水浴日和だ。

「あっ、ティタニアさん！」

「ワウッ！」

ティタニアが猛烈な勢いで走り出し、波打ち際へと向かう。

思い思いに楽しんでいた人々は、突然現れた漆黒の巨大ウリボウに仰天した。

あちこちから悲鳴が上がり、パニックになって逃げ惑う。

木陰にいた警備兵は1人で立ち向かうわけにもいかず、あたふたし始めた。

「ああっ！　すみません！　あのウリボウは安全ですから！　私のペットなんです！」

一良（かずら）が慌ててその後を追い、大声で叫ぶ。

「ティタニアさん！　戻って来て！　早く！」

一良（かずら）に呼ばれ、波と戯れていたティタニアが駆け戻って来る。

「ほら、このとおり！　大丈夫ですから！」

ティタニアは砂地に転がり、腹を見せてじたばたし始めた。

一良（かずら）が伸ばす手に、前足で「ワフワフ！」と声を漏らしながらじゃれついている。

その様子に、逃げた人々は恐る恐る戻ってき始めた。

駆け寄って来た兵士に、ルグロが事情を話す。

ルグロが王子だということを疑われるかと思ったのだが、ルグロとルティーナの顔はよく覚えていたようで納得してくれた。

「ああ、びっくりした。ほら、皆脱ごう！」

リーゼが服を脱ぎ、他の女性陣も、水着姿になった。

王都では海水浴の際には、女性はサラシのようなかたちで布を胸に巻く。

下半身にも布を巻くのだが、ビキニパンツのような見た目であり、腰の後ろでピン留めし、万が一にも大変なことにならないようにしてあった。

ちなみに、短パンやシャツを着たまま水に入ることもよくあるらしいのだが、「せっかくだから水着を着てみては」という一良の控えめな進言によって、今日は全員が水着である。

「……すげえ」

「ちょっと！　私を見なさいよ！」

どうだ、と腰に両腕を当てているジルコニアと、恥ずかしそうにしているエイラをガン見している一良に、リーゼが怒る。

2人とも、かなりのプロポーションであり、特にエイラは胸が大きいため、サラシの上で主張している谷間がとてもけしからんことになっていた。

ジルコニアは真っ白な布を上下に巻いており、エイラは黒色の布地である。

「ああ。リーゼもかわいいぞ」

「だから、こっちを見て言いなさいよ！」

「はいはい……おおっ」

一良はリーゼに顔を向けたのだが、その隣にいるバレッタに即座に視線が移った。

バレッタはジルコニアやエイラのような水着ではなく、ビキニタイプのオレンジ色の水着を着ていた。

　成長期ということもあり、以前に比べてスタイルのメリハリが良くなっている。

　腰には色鮮やかなパレオが巻いてあり、内ももが見えすぎないようになっていた。

　バレッタは顔を真っ赤にして、上目遣いで一良に視線を向けている。

「バレッタさん、超かわいいですよ！　その水着、どうしたんですか⁉」

「前に雑誌で見たものを参考にして、昨日の夜にこっそり作ったんですけど……うう、やっぱりやめておけばよかったかも」

　バレッタは昨夜、城に戻るとすぐさま裁縫室に駆け込み、大急ぎで水着を仕立てたのだ。

　こっそりルティーナに相談していたので、置いてあった生地は使い放題だった。

　その中でもとびきり手触りがよく、水に濡れても透けないものを選んで水着を仕立てた。

　以前見た雑誌に載っていたものを参考にしたのだが、ほろ酔い気分も手伝い、ついつい攻めた水着を作ってしまったのだ。

　朝日が覚めて水着を着る際、なぜこんなものを作ってしまったのかと自室で頭を抱えていたのは内緒である。

「ええ⁉　そんな、かわいいですって！　すごく上手じゃないですか！　めっちゃ似合ってますよ！」

「うう、恥ずかしい」

大興奮の一良(かずら)に、バレッタがさらに顔を赤くする。

「ちょっと、バレッタ！　そんなにかわいいの作るなら、私も誘ってよ！　私もそういうの着たかったよ！」

「え、えっと、これくらいしてもいいかなって。あはは」

憤慨するリーゼに、バレッタが笑顔を向ける。

「あっ、もしかして、昨日のお出かけの仕返しってわけ!?」

「ふふ、バレッタさん。それくらいにしてあげたほうがいいですよ。皆の分も、ちゃんと作ったんですから」

ルティーナが苦笑しながら、口を挟む。

彼女はまだ服を脱いでおらず、平民服のままだ。

ルグロは子供たちの服を脱がせてやっている。

子供たちの水着はルティーナのお手製で、ルルーナたち女の子はスカート付きのワンピースタイプ。

ロンは短パンだ。

「え？　皆の分？」

きょとんとするリーゼに、ルティーナが頷く。

「ええ。私とバレッタさん、それにマリーさんにも手伝ってもらって、皆さんの分も作ったんです。ただ、時間がなかったので1組ずつですけどね」

ルティーナが肩から下げているバッグから、水着を取り出す。

マリーはそれを受け取り、皆に配る。

「ジルコニア様、どうぞ」

「あら、すごいわね。でも、サイズが合うかしら？」

「バレッタ様が、大丈夫とおっしゃっていましたが」

マリーがバレッタを見る。

「ぴったりなはずです。お風呂をご一緒した時に、サイズは大体分かったので」

「バレッタが言うなら大丈夫ね。で、どこで着替えましょうか」

「あそこの店で、有料で着替えられるぞ」

子供たちの介助を終えたルグロが、砂浜に並んでいる小屋に目を向ける。

食べ物や飲み物を販売している店のようだ。

「エイラ、お金持ってきて。着替えに行きましょ」

「かしこまりました」

「カズラ、着替えてきたらちゃんと見てよね⁉」

「はいはい」

ジルコニア、エイラ、リーゼが店へと歩いて行く。

「ティティスさん、私たちも行きましょう!」

うきうき顔でビキニを手にしたフィレクシアが、ティティスの手を引く。

「いえ、私はいいですよ。海に入るつもりもありませんし」

「えええ!? もったいないですよ! せっかく来たんですから、泳ぎましょうよ!」

「ですから——」

「そうだぞ。こんな綺麗な海に来たんだから、泳がなきゃ損ってもんだ」

短パン一丁のラースが、ティティスに勧める。

筋骨隆々で巨体のラースはかなり目立ち、付近にいる人々の視線を集めていた。

「ティティスさん、せっかくですから。きっと、いい思い出になりますよ」

一良(かずら)にまで勧められ。ティティスは、はあ、とため息をついた。

「分かりました。でも、少しだけですよ。フィレクシアさん、行きましょう」

「やった!」

ティティスとフィレクシアも、ジルコニアたちを追う。

「……ハベル。ちゃんと撮ったか?」

それまで黙ってやり取りを見ていたアイザックが、カメラを回しているハベルに小声で聞く。

「ええ、撮りましたとも」

「相談なんだが、リーゼ様の写真を——」

「口止め料込みで、1枚100アルいただきます」

「……おう」

こそこそと話しているアイザックたちをよそに、一良は「さて」と海に目を向けた。

「皆には悪いけど、先に海に入っちゃおうかな」

「いいのかぁ？ きっとまた、リーゼ殿に怒られるぞ？」

いそいそと服を脱ぐ一良に、ルグロが苦笑する。

「だって、暑くてたまらないじゃんか。早く入ろ――」

一良がそう言いかけた時、リーゼが駆け戻ってきた。

「分かってると思うけど、私たちが着替えてくるまで海に入っちゃダメだからね？」

「あ、うん」

短パン一丁になった一良が頷くのを見て、ルグロは笑いを噛み殺すのだった。

「海だー！」

「海なのですよー！」

戻ってきたリーゼとフィレクシアが、一良たちを素通りして海へと駆けて行く。

2人ともビキニ姿で、かなり肌色が多めだ。

「あっ!? おい！ ずるいぞ！」

「カズラさん！　待ってくださいー！」

「あはは！　海に入らないのは戻って来るまでって約束だしー！」

「早い者勝ちなのですよー！」

笑いながら駆けていくリーゼたちを追って、一良とバレッタも走り出す。

水着を見せる話はどこにいったのだろうか。

「あらあら、まるで子供みたいね」

「う、うう。この水着、さっきまで着てたものより恥ずかしいです……」

ビキニ姿になったジルコニアとエイラも戻って来ると、付近にいた海水浴客たちの目が釘付けになった。

女性からは「あれかわいい！」「どこで買ったんだろ？」「私もほしい！」といったもの。

男性からは「何あれすごい！」「胸がすごい！」といったものが多めだった。

「あれ？　ティティス、何でシャツなんて着てるんだよ？」

後からやって来たティティスを見て、ラースが怪訝な顔になる。

「いえ、いくらなんでも、あんなほぼ裸みたいな恰好はできませんよ……」

「んなこたねえだろ。サラシ巻いてるのと、あんまり変わんねえって。シャツ、脱いでみろよ」

「胸が強調されてすごいことになってるんです！　人に見せられるようなものじゃありませ

ん！」

「そ、そうか。まあ、シャツ着たままでも泳げるしさ。俺たちも行こうぜ」

真っ赤な顔で怒るティティスに、ラースはそれ以上突っ込むのを諦めた。

後でカイレンに「セクハラを受けた」などと告げ口されては、本気でぶん殴られかねない。

「うおお、ルティ、それめっちゃいい！　惚れ直した！」

ルティーナのビキニ姿に、ルグロが両手の拳を握って大喜びする。

マリーもビキニになっており、すかさずハベルが写真を撮りまくった。

「ふふ、かわいいでしょ？　マリーさん、先に休憩場所を作りましょ」

「かしこまりました」

マリーとルティーナが馬車から長い棒を4本取り出し、先端に大きな布を縛り付けて日除けを作る。

「ほら、ルグロも見てないで手伝ってよ」

「おう！　ハベルとアイザックも……あれ？　アイザックはどこ行った？」

「リーゼ様を追って走って行きましたが」

「そ、そうか」

こうして、楽しい海水浴が始まったのだった。

「わぷっ⁉　リーゼ様！　顔を狙わないでください！」

「あはは！　水をかけるなら顔に決まってるでしょ！」

「追撃なのですよ！　えいっ！」

「フィレクシアさんまで！　お返しですっ！」

「きゃーー！」

膝上まで海水に浸かり、バレッタ、リーゼ、フィレクシアが水のかけ合いをしている。

そのすぐ傍では、一良がエイラの両手を、ジルコニアがエイラの腹を下から支え、泳ぎの練習をしていた。

2人とも、腰上まで水に浸かっている。

「どう？　何となく、感覚は分かった？」

バシャバシャとバタ足をするエイラをジルコニアが支えながら聞く。

「は、はい。力を抜けば浮いて、足をばたつかせれば前に進むんですよね？」

「そうそう。カズラさん、一度手を離してみましょうか」

「了解です」

「え、ええ⁉　無理ですよっ！　まだ早いですって！」

慌てるエイラに、ジルコニアが渋い顔になる。

「そんなこと言ってたら、いつまで経っても上達しないわよ。5つ数えたら離すからね」

「そ、そんな！」

「いーち、にーい、さーん」

ジルコニアのカウントが５になったと同時に、一良たちは手を離した。

エイラは顔を水につけ、両手を前に突き出して足をばたつかせるのだが、どういうわけかどんどん沈んでいく。

「あれ？　どうしてこんなに沈むんだ？」

「おかしいわねぇ」

首を傾げる２人をよそに、エイラはぶくぶくと沈んでいく。

そして息が限界に達したのか、ざばっと顔を上げた。

「げほっ、げほっ！　無理です無理です！　どうやっても体が沈んじゃいますぅ！」

「おっかしいなぁ。ちゃんと息は吸い込んでましたよね？　肺に空気が入ってれば、そう簡単には沈まないはずなんですけど」

「吸ってたけど沈むんですよぅ」

「胸が重すぎるんじゃないの？」

ジルコニアがエイラの胸を、両手で鷲掴みにして揉みしだく。

エイラは慌ててそれを振りほどき、自身の胸を抱いた。

「な、な、何をするんですかっ⁉」

「その大きな胸が悪いのかなって」

「だからって、揉む必要はありませんよね⁉」

「ジルコニアさん、胸はほぼ脂肪なんですから、浮力が働いて逆に浮くと思うんですけど」

「そうなの？　なら、なおのこと沈むのはおかしいわねぇ。浮きが付いてるようなものなんだから」

「うう、胸、胸って言わないでください……」

ジルコニアが、とん、と海底を爪先で蹴って仰向けになった。

両手をだらんと伸ばし、ゆらゆらと背泳ぎを始める。

波があるというのに、ずいぶんと器用だ。

「ほら。こんなふうに、簡単に浮くものなのよ」

「おお、ジルコニアさん、上手だなぁ。俺も少し泳ぐかな」

一良(かずら)はそう言うと、すいすいとクロールを始めた。

子供の頃にスイミングスクールに通っていたおかげで、クロール、平泳ぎ、バタフライとひととおりのことはできるのだ。

「あら。カズラさんも上手なんですね」

ゆっくりと沖の方へと向かう一良(かずら)の後を、ジルコニアもクロールで追いかける。

「わあ、２人ともすごいね」

「ですね。すごくフォームが綺麗です」

泳いでいく一良たちを、リーゼとバレッタが感心した様子で見る。

「ああやって泳げたら気持ちいいでしょうね。羨ましいのですよ」

フィレクシアはそう言うと、はっとした顔になった。

「私、いいことを思いつきました！」

「いいことって？」

小首を傾げるリーゼに、フィレクシアは、ふふん、と胸を張った。

「泳ぎながら、息をする方法です！　見ていてください！」

フィレクシアが深い方へと移動し、真横になって水に浸かる。

顔の右半分が海中に、左側が海面上にといった形になった瞬間、「ごばっ!?」とヤバめな声を漏らして立ち上がった。

「げほっ！　げほっ！　げっほ！　えごふ！」

「大丈夫ですか!?」

「ちょっと！　何やってるの!?」

「は、半分顔を出していれば……げふっ、水から出てる鼻で息ができるかと……」

「「ええ……」」

アホの子を見るような目で、２人がフィレクシアを見る。

そんな彼女たちのすぐ傍では、ルグロ一家がアイザックとハベルと一緒に、波打ち際で子供たちと遊んでいた。

万が一にも子供を溺れさせるわけにはいかないので、彼らに見守りをお願いしたのだ。

「もっと！　もっと砂かけて！」

「お父様のお山ですよ！」

ロンとリーネが、横になっているルグロの体にどんどん砂をかけていく。

「まだまだ、全然平気だぞ。もっと気合入れてかけろ！　あっはっは！」

砂山にされているルグロから少し離れたところでは、ルルーナとロローナが、わーきゃー騒ぎながら波と戯れている。

ハベルは一歩下がってカメラでその様子を撮っており、マリーとアイザックは彼女たちと一緒になって遊んでいた。

「アイザック様！　おんぶしてください！」

「私も！」

「え？　おんぶですか？」

アイザックが身をかがめると、ルルーナとロローナが折り重なってアイザックの背に飛びついた。

「そのまま海に入ってください！」

「泳いでくださいませ！」

「は、はい」

アイザックがどたどたと海に入ると、ルルーナとローナはおおはしゃぎして歓声を上げた。

アイザックは肩あたりまで浸かり、2人を背負ったまま水の中を歩く。

「お父様より大きな背中ですね！」

「筋肉がすごいですね！　ご立派です！」

「はは、ありがとうございます」

「マリーも泳いだらどうだ？」

ハベルがカメラを回しながら、マリーに声をかける。

「いえ、泳いだことなんてないですし、溺れちゃいますよ」

「溺れたら助けてやるから。ほら」

「うーん……」

マリーがおっかなびっくり、海に入っていく。

「もっと深いところに行けって。ここ、遠浅だから、急に深くなったりしないよ」

「で、でも、波が怖いです。さらわれちゃいますよ」

「大丈夫だって。ほらほら」

ハベルに急かされ、仕方なく肩が浸かる辺りにまでマリーが進む。

するといきなりマリーが海面上に、ぽん、と飛び上がった。

「きゃあっ⁉」

「うわ⁉」

マリーが背中から、バシャン、と音を立てて海に落ちる。

すると今度は海中から真っ黒な毛の絨毯が出現し、マリーを乗せて海面に出た。

水中にもぐっていたティタニアが、いたずらを仕掛けたのだ。

「げほ、げほ！　ティタニア様！　何してるんですか⁉」

「ワフワフワフ！」

「わわわ⁉」

ティタニアがマリーを背に乗せ、犬かきをしながら沖へと進む。

マリーは慌ててしがみつき、その姿はどんどん陸から離れて行った。

犬かきだというのに、かなりの速度だ。

「何だあれ。はは、面白い」

笑いながらカメラを回しているハベル。

その様子を横目で見ながら、アイザックは「楽しやがって」、と心の中でぼやく。

水遊びを楽しむ皆をよそに、ティティスは馬車の傍に作った休憩所で腰掛けていた。

城で借りてきた神学の本を読みふけっている。

「おい、ティティス。せっかくだから、泳いでこいよ」

　腰巻一丁のラースが戻って来て、呆れ顔でティティスに言う。

　ティティスは本に目を落としたままだ。

「私は荷物番をしていますから。皆さんで楽しんでください」

「俺が交代してやるからさ。遊んで来いって。親睦を深めるチャンスだぞ」

「皆さんとはすでに仲良しですから。お気になさらず」

「お前なぁ……」

　どうしたものかとラースが困っていると、見知った顔が歩み寄ってきていることに気が付いた。

「あれ？　イクシオス殿、マクレガー殿」

「よう」

「うお。貴君、すごい体つきだな」

　イクシオスが片手を挙げ、マクレガーがラースのムキムキボディに驚く。

　２人とも、短パンに薄手のシャツ、サンダルという格好だ。

「ナルソン様に、『お前らも遊びに行ってこい』と言われてな。不本意ながら、命令に従うことになった」

　真面目な顔でそんなことを言うイクシオスの脇腹を、マクレガーが肘で小突く。

「何言ってるんだお前。『私はいなくてもいいのでは』、などとひたすらごねて、『分かったからもう遊びに行ってこい』、と言われたのではないか」

「お前も付いてきているんだから仲間だろうが。余計なことを言うな」

真面目な顔でイクシオスは言うと、唖然としているラースに目を向けた。

「カズラ様たちは海か？」

「あ、ああ。皆、はしゃぎまわってるぜ」

「そうか」

そう言うなり、イクシオスはスタスタと海へ歩いて行ってしまった。

やれやれ、とマクレガーがティティスを見る。

「荷物番が必要なら、私が引き受けるぞ。お嬢さんたちも遊んできなさい」

「いえ、荷物番は私が――」

「おっ、そうか！　んじゃ、お願いするぜ！」

ラースがティティスの腕を掴んで、無理やり立たせる。

「ちょ、ちょっと！　ラースさん！」

「後で交代しにくるからな！」

ラースがティティスを引きずるようにして、海へと走って行く。

マクレガーはそれを見送ると、持っていた袋から小瓶を取り出した。

フタを開け、中の液体を体に塗り始める。

中身は、とある植物の汁を煮詰めて作られた日焼け止めだ。

出かける前に城の侍女に海で遊ぶ際の注意事項を聞いた折に、この日焼け止めを譲ってもらったのである。

「イクシオスのやつの潮焼けで悶絶する顔が目に浮かぶわ……おーい、そこの坊主たち！」

近くを通りかかった3人の子供たちを、マクレガーが呼び止める。

「ん？　おっちゃん、なあに？」

「駄賃をやるから、そこの店で何か美味いもんを買ってきてくれ。坊主たちの分も買っていいぞ」

「えっ、ほんと!?」

「やった！」

その後、マクレガーは貝の串焼きを名も知らぬ子供たちと一緒に食べながら、背中にも日焼け止めを塗ってもらったのだった。

その頃。

ひさしぶりの海水浴に、一良(かずら)はつい沖の方に出すぎてしまっていた。

立ち泳ぎで周囲を見渡すと、数秒遅れてジルコニアが泳いできた。

「カズラさん、沖に行き過ぎると危ないですよ」

「はは、すみません。気持ちよくて、つい」

一良はそう言いながら、水中に目を向けた。

水はかなりの透明度で、泳いでいる魚たちの姿がはっきり見える。

「エイラさんを置いてきちゃいましたね。戻らないと」

「ちょっと待ってください」

ジルコニアはそう言うと、ざぶん、と水中にもぐった。

4メートルほどもぐり、そこから勢いをつけて水面に飛び出す。

腰から上まで飛び上がって砂浜を確認し、再び水に沈む。

「ぷはっ！　エイラ、リーゼたちと遊んでました。ほっといても大丈夫ですよ」

「うお。ジルコニアさん、すごいですね。まるでイルカみたいだ」

「できるかなって思ってやってみたんですけど、できちゃいましたね。体が強化されてるおかげです」

「そうだとしても、こんなに泳ぎが上手いなんて……ん？　何だこれ」

目の前に漂ってきた布を、一良が手に取る。

そして、立ち泳ぎしているジルコニアを見て、ぎょっとした。

「それは何……あっ」

ジルコニアは全開放になっている自身の胸に目を落とした後、一良を見た。

一良はジルコニアの胸に目が釘付けだ。

「えっと……もっと近くで見ます？　それとも、触ります？」

「あっ!?　す、すみません！　ごめんなさい！」

一良が慌てて顔をそらし、ビキニのブラをジルコニアに突き出す。

「別に顔をそらさなくてもいいのに。減るもんじゃないんですから」

「い、いや、それをジルコニアさんが言うのはどうかと」

「ふふ、ウブですねぇ」

ジルコニアはブラを受け取り、胸に当てて付けようとした。

しかし、背中側にあるブラ紐が、水中ではどうしても上手く結べない。

「むう。カズラさん、結んでもらえます？」

「あ、はい」

「すみませんね……ん？」

一良に背を向けたジルコニアの視界に、海から突き出ている岩場が映った。

ジルコニアは数秒考え、一良に振り返った。

「うわ!?　まだ結んでないですよ！」

「あそこの岩場に行きませんか？」

　ジルコニアがブラを押さえながら、岩場を指差す。

「少し疲れましたし、休憩もかねて。ね？」

「あ、はい。じゃあ、行きましょうか」

　ジルコニアを先頭に、２人は岩場へと向かって泳ぐ。

　すぐに岩場にたどり着き、ジルコニアが先に這い上がった。

「カズラさん、ほら」

　片手で胸を隠しながら手を伸ばしてくる彼女から目をそらしつつ、その手を掴んで一良も岩場へと上がった。

「う、後ろ向いてください」

「はーい」

　一良が手早くブラ紐を結び、ほっと息をつく。

　２人並んで岩場に腰掛け、砂浜に目を向けた。

　かなり遠くにだが、バレッタたちが波打ち際で遊んでいるのが見える。

「あれ？　イクシオスも来てますね」

「えっ、どこ？」

「あそこ、殿下たちの傍です」

　ジルコニアの指差す方を一良が見ると、確かにそれはイクシオスのようだ。

彼は子供たちと一緒になって、まるで重機のような勢いでルグロに砂をかけている。

「うお、イクシオスさんが遊んでるところなんて、初めて見た」

「彼、戦争が終わった途端にキャラが変わりましたよね」

「俺としては、あれくらいのほうが面白くて好きですけどね。前のイクシオスさん、何だか怖くて」

「無愛想が額を付けて歩いてるような人ですもんね」

「はは、何ですかそれ。面白い表現だな」

笑う一良に、ジルコニアもクスクスと笑う。

「ジルコニアさんは、どうしてそんなに泳ぎが上手なんですか？」

「軍で訓練をしたことがあって。街なかの川で、服を着たまま泳ぐ訓練をしていたんです」

「ああ、なるほど。どんな場面で必要になるか分からないですもんね」

「ええ。川を挟んで敵軍と対峙している時なんかに、夜中にこっそり泳いで対岸に渡って伏兵になる、なんて戦術もあるってナルソンが言ってました」

「あー、そういう作戦、歴史もので読んだことあるなぁ。夜中に沼地で浮き橋を作る作戦で、泳ぎの達者な人が大きな板を水に浮かべて支えて、その上を兵士たちがこっそり渡るってやつでした」

「それは面白い作戦ですねぇ」

あれこれと雑談しながら、岩場で休む2人。

そよそよと風が吹いており、美しい海と砂浜の景色も相まって、実にすがすがしい気分だ。

「あ、そうだ。カズラさんにも、一応伝えておかないといけないことがあったのを忘れてました」

「何をです？」

「前に、私の故郷を襲った連中がどうのって話をしたことがあるじゃないですか。カイレンが、あいつらを全員見つけ出してくれたんですよ」

「えっ!? ぜ、全員!?」

「はい。執政官権限で、過去の記録を全部見ることができるようになったらしくて。事件に関わった者を全員、探し出して捕まえてくれたんです。といっても、3割くらいはすでに死んでいたみたいですけどね」

「そうだったんですか……城に来た翌朝にルグロが言ってた『カイレン執政官が報告したいことがある』って言ってたの、それだったんですね。そいつら、どうするんですか？」

「即日全員、秘密裏に処刑してもらいました。公開処刑がいいかなって思ったんですけど、結婚して普通に家庭を築いてる奴もいたんで、やめておきました。公には、移送中に馬車が崖から落ちて事故死って扱いになってます。遺族には補償金を出すとのことですよ」

ジルコニアがさらりと言う。

喜んでいるというより、ただ結果を報告しているだけという雰囲気だ。

「まあ、そんなわけで、私の生涯目標は達成されちゃったわけです」

「何というか……お疲れ様でした」

「ほんと、疲れましたよ。やれやれって感じです。ふふ」

軽い調子に合わせてくれる一良に、ジルコニアが微笑む。

彼とのやりとりは、肩の力を抜くことができてとても心地よい。

「そういえば、このバレッタが作ってくれた水着と、これの前に着てた水着、カズラさん的にはどっちがいいですか？」

堅苦しい話題を変えようと、ジルコニアが片膝を抱きながら一良を見る。

「そりゃあ、今着てるやつのほうがいいですよ。すごく似合ってますし」

「誰の水着姿が、一番ぐっときました？」

「いやぁ、甲乙つけがたいですけど、誰がって言ったらジルコニアさんですかね。スタイル抜群ですし」

「ふふ、えらいです。よくできました」

「お褒めにあずかり光栄です」

「で、本当は、誰が一番よかったですか？」

「えー……そこはこのまま終えるところでしょ」

「だって、気になるんですもん。教えてくださいよぉ」

ジルコニアが甘えた声で聞く。

「ほらほら、答えて？」

「ああもう、分かりましたよ。バレッタさんが一番かわいかったです」

一良（かずら）が答えると、ジルコニアが、ぷくっと頬を膨らませた。

「酷いです！」

「なんで!?」

「私が1番って言ったのに！」

「いや、本当は誰がって聞いておいて、理不尽すぎるでしょ……」

「だって……」

ジルコニアが言葉を止め、考え込む。

「……あ、あの？」

「あー、もういいや。あれこれ考えるの、やめた」

「あれこれって、何を？」

「こういうこと」

ジルコニアが両手を、一良（かずら）の頬に添える。

そのまま顔を近づけ、一良（かずら）の唇に自分の唇を重ねた。

数秒そうしてから少し顔を離し、至近距離で2人の視線が交わる。

突然の出来事に一良が固まっていると、ジルコニアの顔がみるみるうちに真っ赤になった。

「え、ちょ、な」

「とうっ！」

恥ずかしさに耐えきれなくなったジルコニアが、海に飛び込む。

しかし、海面に着水する直前、突如として水が盛り上がった。

「ぐえっ⁉」

「ギャンッ⁉」

「きゃあああ⁉」

背中にマリーを乗せて飛び出てきたティタニアの顔面がジルコニアの腹に直撃し、そのまま2人と1匹は空中に舞い上がった。

口を半開きで見ている一良の前で、彼女たちがボチャボチャと水に落ちる。

「た、助けてっ！　ごぼっ！」

「マリーさん⁉」

一良が慌てて海に飛び込み、溺れているマリーを後ろから抱える。

ティタニアは涙目で犬かきしながら、きょろきょろした。

「ワン！」

「あっ！　ジルコニアさん！」

一良がティタニアの声に振り返ると、うつ伏せのジルコニアがぷかぷかと浮かんでいた。

「おい、ハベル！　そろそろ交代して……どうした？」

強張った顔でカメラを手にしているハベルに、アイザックが怪訝な顔をする。

「す、すごいものを撮ってしまった……」

「すごいもの？」

「あ、いえ！　何でもありません！　交代ですね！」

ハベルは慌てて誤魔化すと、波打ち際で遊んでいるルルーナたちの下へと駆けて行った。

アイザックが「カメラは俺がやるよ」と申し出たのだが、ハベルは頑としてカメラを手放さなかった。


一良たちが海水浴を満喫している頃。

カイレン、エイヴァー、アロンド、ゲルドンは、議事堂の屋上で無線機を前に深刻な表情を浮かべていた。

議員たちや族長、戦士長も勢ぞろいしており、皆が固唾を飲んで無線機からの声に耳を傾けている。

『逃げてきた部族民は、全員付近の町に向かわせました』

無線機からラッカの声が響く。

北方の国境線付近に姿を見せた異民族の対応に、彼を総司令官として使えるすべてのラタを使って軍勢を送ったのだ。

彼らは今、川から1キロほど離れた場所で軍勢を止めている。

『今のところ、敵兵の姿は見えません。川向こうに騎兵を送ろうと思うのですが。どうぞ』

「いや、それはやめておこう」

カイレンが答える。

「おそらく、相手はまだ俺らと部族が手を組んだことを知らないはずだ。それを利用する。川向こうに、軽装の部族兵を5人ほど送り出せ。どうぞ」

「お、おい！」

ゲルドンが慌ててカイレンを止める。

「敵が隠れていたら、途端に襲われてしまうぞ！」

「いや、それはないかと。襲われるとしたら、その後に本体が渡河中か、渡り切った後でしょう」

カイレンがゲルドンにちらりと目を向けて話す。

「貴君らの野営地に対する襲撃は、大規模とはいえ威力偵察の可能性が高いと思います。今までにも、こういったことはあったのですよね？」

「それはそうだが……あいつらは、こちらを見つけると手当たり次第に矢を放ってくる。たった5人では、皆殺しにされるぞ」

「私の予想では、そうはなりません。こちらの斥候が安全を確認し、本隊が川を渡り切った直後を襲い、逃げ場をなくして戦果の拡大を狙うと思います。私が相手の指揮官なら、そうしますから」

「むう……では、どうするというのだ？」

「相手の思惑に乗ります。部族から徒歩の斥候を出し、その後で残りの部族兵に渡河を行わせます」

「こ、こら！　それでは、今言ったように虐殺されてしまうではないか！」

「ですので、こちらは兵を伏せて敵の意表を突きます。闇夜に紛れて川沿いに兵を配置し、送った部族兵が逃げてきたところで反撃します」

「だが、それでは死傷者が――」

「ゲルドン殿。この一撃で敵に心理的な衝撃を与える必要があるのです」

「心理的な衝撃？」

いぶかしむゲルドンとは違い、アロンドが、「なるほど」と頷く。

「今後のために、敵を疑心暗鬼に陥らせるのですね」

「ああ。国境線には『グレイシオールの長城』を建設しないといけないからな。しょっちゅうちょっかいを出されるようだと、いつまで経っても工事が進まない」

「ああ、なるほど。俺たちが何度もお前らにやられたことと、同じことをするってわけだな」

族長の1人、メジルが納得した顔で言う。

彼はゲルドン暗殺未遂事件の首謀者だったが、結局はゲルドンの言うとおりすべて上手い方向に転がったので、「だから言っただろ」と彼に言われて解放され、仲直りしたのだ。

メジルとて、今まで異民族やバルベール軍相手に仲間として戦ってきた族長の1人であり、ゲルドンを暗殺しようとしたのは彼が憎いからではない。

もはや敵対する理由もなければ、彼にたてつく理由もなく、むしろ「お前すげえな」と褒めすらした。

彼の戦士長が族長を引き継ぐということになってしまっていたのだが、考えを改めたのなら、ということで彼の部族民の総意で、族長権限はメジルに戻っている。

戦士長では経験不足で、まだ族長になるには荷が重いという理由もあり、しばらく経験を積んだのちに族長を交代するということで話はまとまっていた。

普段威張り散らしているだけに見える族長という職務は、実際はクレーム対応やら細々とした判断をしなければならなかったりで、そのうえ常に自信満々に振る舞わなければならず、かなりしんどいのだ。

族長を引き継ぐなんて言わなきゃよかった、とぼやいている戦士長の姿を何人もの部族民が見て、「そりゃそうだろ」と呆れていたりする。

「エイヴァー執政官、何かありますか？」

カイレンがエイヴァーに目を向ける。

「いいえ。他の皆様は？」

異議なし、と議員たちが声をそろえる。

そうして、作戦の骨子が固まったのだった。

深夜。

カイレンの言ったとおり、川向こうに送った５人の部族兵は襲われることなく、近場を偵察して川べりに戻ってきた。

彼らが手を振るのを見て、身をかがめていた数百人の部族兵たちが静かに川を渡り出す。

部族兵たちは皆、バルベール軍から貸与された大盾を手にしていた。

ここは川の浅瀬であり、腰下までの水深があるものの、皆で肩を掴み合いながらなら、どうにかして渡ることができる。

国境線に流れる川に浅瀬はいくつかあるが、この付近ではここしかないため、戦場を限定することができたというわけだ。

敵が待ちかまえているとしたら、ここで間違いない。

「森の奥で、何かが動きました」

ラッカの隣で地面に伏せていたバルベール兵がささやく。

彼は特に視力がいい者のなかから選抜された兵士だ。

ラッカたちは部族兵の集団の背後に隠れながら、身をかがめてここまで移動してきた。

「弓兵、バリスタ、射撃用意」

ラッカが言うと、その兵士が口に両手を当て、ホロロロ、と鳥の鳴き声そっくりの音を発した。

周囲で伏せていた兵士たちが矢を弓に番え、100メートルほど後方にいる兵士たちが、運んできたバリスタの弓部分を土台に静かに載せる。

バリスタは分解して運んできて、こちらに到着してから組み立てたのだ。

今なら、敵は渡河をしている部族兵たちに注目しているだろう、という判断だ。

ラッカたちが見守るなか、部族兵たちが次々に対岸に上がり始めた。

全員が川を渡り終えたが、まだ何も起こらない。

そうして、部族兵たちがぞろぞろと森に歩き始めて、30秒後。

森の中から、無数の矢が彼らに襲い掛かった。

身構えていた部族兵たちは盾をかまえて矢を受け、わざと悲鳴をあげて川へと逃げ戻る。

その直後、森の中から、すさまじい数の騎兵が出現した。

背中に弓を背負い長剣を携えた、弓騎兵だ。

「攻撃開始！」

ラッカが叫ぶと同時に、バルベール兵は一斉に身を起こして矢を放った。

後方ではバリスタも射撃を始め、部族兵たちの頭上を飛び越えていく。

意表を突かれた敵の騎兵が驚きの声を上げ、次々に串刺しになっていった。

敵は混乱しつつも、対岸から矢が飛んできていると理解して矢を放ってきた。

しかし、闇夜で距離感が掴めないのと、そもそもの射程が足りずに、矢は川の中へと落ちていく。

部族兵たちは戦おうとはせずに、盾をかまえながら川岸まで後退した。

そうして数分、敵は大混乱のうちに多数の死傷者を出し、やがて逃げ帰って行った。

騒がしかった一帯に、再び静けさが戻る。

それと同時に、部族兵たちが歓声を上げた。

バルベール兵たちは油断せずに、弓を手にしたまま森を警戒し続けている。

「……よし。彼らにこちらに戻るように合図を出せ。後退し、被害を確認する」

ラッカはそう言うと、バーラルで報告を待っているカイレンたちに連絡すべく、無線機を手に取った。

次の日の昼。

一良はバレッタと一緒に、城下町の大通りを歩いていた。

バレッタはリーゼも誘ったのだが、「この間のお詫び」と2人きりにさせてくれたのだ。

もとより、王都の貴族たちの面会依頼にも応えなければいけない状態だったので、本日のリーゼの予定は終日面会である。

昨日と同じように、2人とも城で借りた服に着替えている。

「すごいですね！　ずっとお祭りみたいです！」

バレッタがはしゃいだ声で言う。

道は人々で溢れかえり、あちこちに屋台が設置され、大道芸人や吟遊詩人の姿も見られる。

対バルベール戦勝利のお祝いは、まだしばらくの間続きそうだ。

「ですね。皆楽しそうだ」

「……あの、カズラさん。もしかして、つまらないですか？」

バレッタが不安そうな目を一良に向ける。

「え？　そんなことないですよ？　すごく楽しいです」

「でも、何か心ここにあらずって感じが……」

「そ、そんなことないですって」

バレッタの指摘どおり、一良はジルコニアにキスされたことで頭がいっぱいだった。

昨日はあれから、腹部に頭突きを食らったジルコニアは無事だったのだが、目が覚めてからというもの、妙なテンションになっていた。

不自然なレベルで明るく振る舞っていたかと思えば、一良と目が合うとそそくさとその場からいなくなったり、かと思えば一良が女性陣と話していると割り込んできたり、2人きりになりそうになるとまたいなくなったり。

理由はどう考えても岩場での一件なのだが、どうしたものかと一良は内心頭を抱えていた。

今のところ、バレッタたちに勘付かれている様子はない。

リーゼも特に気にしている様子がないのは、かなり意外だが。

「何か悩みごとですか？」

「いやいや、そんなんじゃないです。村に帰ったら、どうやって暮らそうかなって考えてただけですよ」

出まかせを言う一良に、バレッタは納得した様子で頷いた。

「あ、確かにそれは考えないとですね。お野菜を育てる環境を整えないとですし」

「ええ。でもまあ、何か足りないものが出ても、いつでも日本で調達できるから心配はいらないでしょうけどね」

「万が一のことは考えておいたほうがいいですよ。何の拍子で、通路が使えなくなるか分からないですし」

「もしそうなったら、俺は餓死しちゃいますからね……」

「そうならないためにも、早く栽培環境を確立しないと。お米だけじゃなくて、粟とかヒエの穀物も栽培したいですね」

「ああ、粟とかヒエって、栄養価がすごいんですっけ」

「ですです。それに、植物自体がすごく強いらしいですし、お米よりも育てるのは簡単だと思います」

そんな話をしながら、2人並んで歩き続ける。

目についた屋台で買い食いし、雑貨屋に入ってあれこれ見たり。

バレッタはとても楽しそうで、終始はしゃいでいた。

こんなに朗らかな彼女の表情を見るのは、ひさしぶりだ。

「あ、お昼みたいですね」

昼を知らせる鐘の音に、バレッタが足を止める。

「バレッタさんは、何か食べたいものはあります?」

「んー。お肉がいいです」

「肉か。まだ食べたことのない料理がある店を探してみましょうか」

「はい！」

歩きながら食堂を見て回り、数軒目で「ゴウゴウ焼き」と看板に大きく書かれた店を発見した。

カフク（子牛ほどの大きさのイノシシのような見た目の動物）の絵も描かれているので、おそらく肉料理だろう。

「ゴウゴウ焼き？　何だろ」

「聞いたことないですね」

じゃあここで、と2人で店に入る。

店内は8割方埋まっていたが、すぐに席に案内された。

注文を取りに来た店員に、「ゴウゴウ焼きセット」と香草茶を2人分注文する。

しばらく雑談しながら待っていると、料理が運ばれてきた。

スライスされた肉が8枚と、ふかし芋、丸パンが1個のワンプレートセットだ。

「普通のお肉に見えますね」

皿に載っている肉をバレッタが見つめる。

「ですね。まあ、食べてみましょうか」

いただきます、とフォークで肉を突き刺し、口に入れる。

「あ、これ、タンですね」

コリコリとした食感でどの部位か理解した一良（かずら）が言う。

「タン？　あっ、舌ですか！」

「うん。でも、何で『ゴウゴウ』なんだろ？」

「うーん……あ、分かりました！　きっと、カフクの鳴き声が『ゴウゴウ』って聞こえるからですよ！」

「ああ、なるほど。そう言えば、前に野生のカフクの群れを見た時に、そんな感じで鳴いてたなぁ」

「懐かしいですねー」

思い出話に花を咲かせながら、ゴウゴウ焼きを楽しむ。

肉はほんのり塩味でさっぱりしており、なかなかに美味い。

半分ほど食べたところでテーブルに置かれていた陶器の小瓶の中身がお酢であることに気づき、味変して美味しくいただいた。


店を出て、再び大通りを歩く。

バレッタはとても楽しそうで、ひさしぶりのデートを満喫しているようだ。

「あっ、カズラさん！　この服、カズラさんに似合うと思います！」

店先にかけられていた服に、バレッタが駆け寄る。

服はシンプルなシャツなのだが、ボタン部分にこじゃれた刺繍が施されている。

あまりこちらの世界では見ないデザインで、どちらかというと日本の衣料品店で売られていそうなデザインだ。

「へえ、確かにいい感じですね」

「でしょう？　これ、買っちゃいますね！」

バレッタは服を手に取ると、ぱたぱたと店内に入って行った。

一良(かずら)もその後を追う。

「あ、待って！　バレッタさんの服も、買いましょうよ」

「じゃあ、選んでもらえますか？」

「センスゼロですけど、それを覚悟できるなら」

「う……が、頑張ってください」

陳列されている服を見て回っていると、トルソー（頭と腕のない上半身だけのマネキン）に着せられている服が目に留まった。

麻のような質感のビスチェで、背中側でリボンの形になっている。

インナーは半袖のシャツだ。

「これ、かわいいですね！　これにしましょう！」

「……よかった」

「え？　何がよかったんです？」

「あっちの、シースルーの服を選ばれたら、どうしようかと思ってました」

バレッタが見る先には、胸元の上3分の1から下部分以外の生地が透けているロングシャツが飾られていた。

外来品の新商品、と張り紙がされている。

「おお、あれもいいですね！　両方買いましょう！」

「ええ⁉　あ、あれはちょっと……」

「すみませーん！」

一良が店員を呼び寄せ、さっさと会計を済ませてしまう。

選んでもらうと言った手前断るわけにもいかず、バレッタは諦めて一良の服の会計をして店を出た。

「えへへ」

バレッタが服の入った布袋を手にニヤつく。

「ご機嫌ですねぇ」

「だって、カズラさんに買ってもらえたんですもん。宝物にします」

バレッタが心底嬉しそうに微笑む。

――……ああ、やっぱりそうだよな。ずっと前から分かってたけど。

「カズラさん？」

じっと見つめてくる一良に、バレッタが小首を傾げる。

「バレッタさんは、本当にかわいいですね」

「えっ⁉　あ、あ、ありがとうございます……」

突然そんなことを言われ、バレッタが顔を赤くする。

「あの……」

背後から声をかけられ、一良たちが振り返る。

貴族服の中年男が、従者とともにそこにいた。

「ああっ！　やはりカズラ様でしたか！」

「え？　あ……ああ！　先日はどうも！」

動画上映会にいた貴族の男だと思い出し、一良が会釈する。

「ぜひ、今から当家にお越しください！　あれから私は、私財を戦死した者たちの遺族の支援金として――」

「そ、その話はまた今度で。今日は私用で遊びに来てるんで」

「そうおっしゃらず！　どうか、お願いいたします！　どうか！」

腰を90度に折る男に、行き交う人々や彼の従者がぎょっとした顔になる。

「あっ！　カ、カズラ様ではないですか！」

すると、人ごみの中から、さらに別の貴族が駆け寄って来た。

「カズラ様！　今から少しだけ、お時間をいただけませんでしょうか⁉」

「なっ、私が先にお声がけしたのだぞ⁉」

先に声をかけてきた男が憤慨する。

「こちらは急を要するのだ！　貴君は後にしてもらいたい！」

「勝手なことを言うな！　さあ、カズラ様！　当家に！」

「いえ、私を先に！」

「カ、カズラさん」

バレッタが不安そうな顔で、一良を見る。

「ああもう！　用があるなら、明日城に来てください！　それじゃ！」

一良はそう言い放つと、バレッタの手を掴んで走り出した。

「ああっ⁉　そんな！　カズラ様！」

「お待ちください！」

「バレッタさん、ダッシュです！」

「はい！」

男たちが慌てて追いかけてくる。

捕まってなるものかと、一良たちは人ごみを縫って全力で走った。

数分後、２人は路地裏に身をひそめていた。

バレッタが物陰からそっと顔を出し、通りを窺う。

「何とか撒いたみたいです」

「はあ、はあ……めちゃくちゃしつこかった……」

膝に手を置いて息を切らす一良。

バレッタはハンカチを取り出すと、彼の額の汗を拭った。

「ふふ、お疲れ様でした」

「まったくもう、せっかくデートしてるんだから、邪魔しないでほしいよ」

「でも、ちょっと面白かったです。いい思い出になりました」

「はは、そういう考えかたもできますね」

すると、じゃりっと靴音が２人の背後から響いた。

２人が振り返ると、ザ・チンピラ、な風体の男たちが3人、ニヤつきながらこちらを見ていた。

「ちょっとお時間いいですかぁ？」

「兄さん、かわいい子連れてるじゃん」

「その子、ちょっとだけ貸してくんね？　ちょっとだけでいいからさ」

男たちが下品な笑みを浮かべる。

何だこのゲームのイベントみたいなタイミングは、と気の抜けた考えが一良の頭に浮かぶ。

そして、隣からヤバめの空気を感じて戦慄した。

「あ、あー……そ、そういうのは、やめたほうがいいですよ。悪いこと言わないから、家に帰ったほうが」

一良が冷や汗をかきながら、男たちを諌める。

男たちにビビっているのではない。

隣で無表情になっているバレッタにビビっているのだ。

「ああ？　何だお前、バカにしてんの？」

「かっこいいねぇ！　ヒョロヒョロじゃなきゃもっとかっこよかったのにな！」

「ったく。怪我しないうちに、金と女を置いてとっとと消えな」

男の１人がナイフを取り出した。

――あ、まずい。

と一良が思った瞬間、バレッタが猛烈な勢いで男たちに突進して身を落とし、３人まとめて足払いした。

ひと蹴りで、６本の足すべてが地面から離れる。

男たちは反応する間もなく転倒し、バレッタはナイフを持っている男の手を思いきり蹴飛ばした。

ゴッ、と鈍い音とともにナイフが吹き飛び、壁に深々と突き刺さる。

「ぶっ⁉」

グシャッ、とバレッタはその男の顔面に正拳突きを叩きつけて昏倒させ、残りの2人に目を向けた。

「「あ、あわわわ……」」

残りの2人の男だけではなく一良まで声を震わせる。

「うつ伏せになって後ろで手を組みなさい。『はい』以外の言葉を吐いたらこの人みたいになりますよ」

いくつも歯が折れて鼻が潰れているうえに、手首があらぬ方向に曲がっている男を見て、残りの男たちは即座に『はい！』と答えてうつ伏せになった。

バレッタは気絶している男の服を引き千切り、男たちの両手足をきつく縛る。

そのうえで、ゴン、と後頭部を殴りつけて気絶させた。

「はあ……カズラさん、警備兵を探しに行きましょう」

「はい！」

その後、警備兵を連れてきて男たちの処理を任せ、2人はデートを続けたのだった。

第6章　安らげる場所

6日後の昼前。

一良は談話室で、面会を行っていた。

一良に面会を求める者が大勢いたため、一良は朝から夕方まで面会業務を行っている。

しかし、皆が自分の死後の処遇が不安で仕方がないようで、同じ者が何度も面会を申し込んできてしまっていた。

さすがにきりがないので、「1人2回まで」と制限を付けた。

「いやはや、カズラ様から頂戴した洗髪剤を娘に与えたところ、ものすごい喜びようでして！　ありがとうございます！」

本日最後の面会人の貴族の中年男が、一良にぺこぺこと頭を下げる。

先日、彼はかなりの物資を市民のためにと供出したため、一良から追加でご褒美を貰っていた。

彼の希望で、シャンプーとコンディショナーのセットを与えたのだが、とても喜んでもらえたようだ。

「よかったですね！　でも、石材とかはまだしも、飼っていたラタをほとんど国に提供なんて、本当によかったんですか?」

「ラタについては悩みましたが、馬鍬(ラタに取り付ける開墾道具)を使いたいという農民が大勢いると聞きまして。これは手助けせねばと、決心いたしました」

今まで馬具は、鐙、ハーネス、木製サスペンション付きの新型馬車の製造に集中していたため、馬鍬は作っていなかった。

理由は、とにもかくにも軍の戦力を強化しなければならなかったからだ。

戦争終結で工房の生産枠に空きが出たので、晴れて内政用品の製造開発に着手したわけである。

「素晴らしいお考えですね! これからも、この調子で頑張ってください!」

「ははっ! 承知いたしました!」

彼は深々と頭を下げると、ウキウキした様子で部屋を出て行った。

今まで少々悪事を働いていたらしいのだが、詳細はすべてエルミアに書面で白状させてある。

それについての処分は、超法規的措置で保留ということになっており、その代わりに「地獄行きになりたくなかったら頑張れ」と言い付けられている。

一良に面会を求める者はそういった者たちばかりで、皆が文字通り必死になって善行を積み重ねているようだ。

動画の威力、恐るべしである。

「ああ、疲れた。やっと解放されるよ……」

貼り付けた笑顔を崩し、疲れ顔で一良が漏らす。

バレッタとフィレクシアは王都の技師たちとの技術交流。

リーゼはひたすら挨拶回り。

ジルコニアはイクシオスやミクレム、他の軍団長全員を集めて、動画を用いた戦術反省会。

ナルソンはカーネリアン、エルミア国王とバルベールにいるカイレンたちと常に連絡を取りながらの、北方異民族への対応。

ティタニアは庭で子供たちと駆け回り、美味しいものをたらふく食べる。

といった具合に、それぞれの役割をこなしながら王都での生活を楽しんだ。

とりあえず全員の仕事がひと段落したということで、本日の午後にはイステリアに帰ることになっている。

「カズラ様、お疲れ様でした」

男と入れ替わりに、エイラが入ってきて腰を折る。

「お食事の準備ができています。皆様、おそろいです」

「お、そうですか。行きましょう」

部屋を出て、エイラと一緒に食堂へと向かう。

「エイラさん、ご機嫌ですね?」

どこか嬉しそうにしているエイラに一良が言うと、エイラはすぐに頷いた。

「はい。やっとイステリアに帰れるので、嬉しくて」

「王都の生活は、窮屈でしたか？」

「あ、いえ。そういうわけじゃないですよ。皆さん、とてもよくしてくれますし」

エイラは侍女という立場ながら、一良の従者ということもあって、エルミアから直々に「失礼のないように」とおふれが出ていた。

初めは皆が腫れものを触るような感じで接してきていたのだが、暇を見つけては雑談して打ち解けるようにしたおかげで、今ではすっかり仲良しだ。

城の侍女たちは戦場の話やイステリアの話に興味津々で、エイラは話題の中心となっていた。

「でも、やっぱりお屋敷が恋しいです」

「慣れた場所のほうが安心しますよね」

「はい。それに、やっとまた、カズラ様とお茶会ができますから」

城にいる間、夜になるとエルミアやルグロ、ミクレムたちが一良を尋ねて来て雑談することが何度かあった。

エイラとしては一良の部屋でお茶をしたかったのだが、邪魔しては悪いと遠慮していたのだ。

「これ、街で見つけたんです。今夜、試してみません？」

エイラがポケットから、小さな布袋を取り出した。

「あ、もしかして、茶葉ですか？」

「はい。南の島国産の、変わった香りのするお茶とのことで。私もまだ、飲んでいないんです」

「へえ、それは楽しみだ」

そんな話をしながら、食堂に到着した。

いつものメンバーが勢ぞろいしており、すでにテーブルには料理が並んでいる。

一良がちらりとジルコニアに目を向けると、彼女は一瞬ピクッ、と固まったが、すぐに表情をとりなして微笑んだ。

あれから、ジルコニアは一良を意識しまくりで、2人きりになるのを常に避けていた。

一良も特に気にしないように努めていたので、海での一件については何も話していない。

「お、来たか。お疲れさん」

ルグロがいつものように、明るい笑顔を一良に向ける。

「待たせちゃってごめんね。さあ、食べよう」

エイラは壁際に立っていたマリーの隣に控え、一良が席に着く。

ティタニアもテーブル脇におり、彼女専用の低いテーブルを用意されていて、肉料理が山盛り載っていた。

いただきます、と食事が始まった。

「しっかし、寂しくなるな。もっとここにいてもいいんだぜ？」

ルグロが料理を頬張りながら言う。

「いっそのこと、こっちに移住しちまえよ。ラース殿たちも、国籍をアルカディアに変えちまってさ」

「お気持ちは嬉しいけど、さすがに無理っすよ」

ラースが苦笑する。

この5日間、彼は特に仕事はなかったので、城の衛兵たちと訓練に没頭していた。

とんでもない強さを誇るラースに兵士たちは感服しきりで、元敵国の将軍ということも気にせず、バルベール式剣術を体験させてもらっていた。

城の兵士たちは戦場には出ていなかったので、それがよかったのだろう。

「またそのうち、遊びに来ますんで」

「んー、そっか。ラース殿が王都の将軍になってくれれば、心強いんだけどなぁ」

「ミクレム殿やサッコルト殿がいるじゃないっすか。あの人らのほうが、俺なんかよりよっぽど頼りになりますよ」

「あいつら、ちょっと頭が固いんだよ。面白い奴らなんだけどさ」

「本国でやらねばならないことがありますので。申し訳ございません」

ティティスが頭を下げる。

「あ、いやいや。無理にってわけじゃねえよ。またいつでも遊びに来てくれ」

ルグロがフィレクシアに目を向ける。

「フィレクシアさん、アルカディア人になるって話は、結局どうすることにしたんだ？」

「できればそうしたいのですが、バルベールに帰れないのは困るのですよ。カイレン様に会いたいのです」

「別に、いつでも帰ればいいだろ？　なあ、カズラ」

ルグロが一良を見る。

「そうだね。ただし、技術流出にだけは気を付けてもらわないと」

「それは大丈夫です！　私、地獄行きにはなりたくありませんので！」

「あ、それもそうか。まあ、それならいいんじゃないかな？　エルミアさん、どうでしょう？」

一良が話を振ると、エルミアはすぐに頷いた。

「カズラ様がそうおっしゃるのであれば、私としては異存ありません。いっそのこと、バルベールとの二重国籍にしてしまえばよいのでは？」

「あっ、それがいいのですよ！　そうしてください！」

いいとこ取りの提案に、フィレクシアが飛びつく。

じゃあそれで、と話はまとまった。

動画の存在があるので、技術や内部情報流出の心配はないだろう。

「まあ、とりあえずはフィレクシアさんも、一緒にイステリアに帰りましょう」

「はい。そうさせていただきたいのです」

こくこくと頷くフィレクシアに、ルグロも頷く。

「ん、分かった。まあ、俺たちは仲間だしさ。気楽にやっていこうや」

黙って食事を続けているカーネリアンに、一良が話を振る。

「カーネリアンさんは、すぐにクレイラッツに帰りますか？」

「そうですね。ただ、その前にカズラ様に政治の話をお聞かせいただきたいのですが」

「あ、そうだった。神の世界でちょっと準備してもらってるんで、後でグリセア村で話をしましょうか」

「ありがとうございます。よろしくお願いいたします」

そうして、和やかに食事は続いたのだった。


半日後。

盛大な見送りを受けた一良たちは、王都を発ってイステリアへと向かっていた。

出発する際、ナルソンが帰るということをエルミアが宣伝させたせいもあり、バイクやトラックを一目見ようと市民が北門に殺到していて大変な騒ぎになっていた。

王都へやって来た時と同様にナルソンコールが鳴り響き、市民たちが投げかける花びらを浴びながら大通りを行進するはめになってしまった。

おかげで出発に手間取ってしまい、かなり時間が押してしまっている。

「真っ暗になっちゃいましたね」

バイクを時速50キロほどの安全運転で走らせながら、バレッタが空を見る。

月は出ているが雲がかかっており、まるで墨汁をぶちまけたかのように周囲は真っ暗だ。

煌々と照らすバイクとトラックのライトが、その暗闇を切り裂いている。

「陛下が宣伝なんかするからだよ。こっそり送り出してくれればよかったのに」

「まあ、そう言うな。市民たちの手前、黙って私たちを帰すわけにもいかんのだよ」

不満そうに言うリーゼに、ナルソンが答える。

「最後のお勤めみたいなものだしな。これからしばらくは、ゆっくりできるぞ」

「はい。後ほど、カズラたちとフライス領に旅行に行こうと思っています」

「む、そうなのか。後で無線で連絡しておかねばな」

「いえ、王城でヘイシェル様にお会いした時に許可はいただいています。いつでもおいで、とおっしゃってくださいました」

「はは、そうか。私は行けないが、皆で楽しんできなさい」

「はい！」

そうして一行は走り続け、イステリアに到着した。

すでに真夜中になっているので、爆音を響かせて街なかを走るのはまずいとのことで、荷馬車の迎えを来させてバイクを載せる。

トラックはそういうわけにもいかないので、なるべく音を立てないように、ゆっくりと通りを進んでナルソン邸へと向かった。

「あー、帰ってきたー！」

馬車から降りたリーゼが、ぐっと背伸びをする。

「何だかほっとするな……さて、風呂に入って寝るとするか」

一良（かずら）が首をコキコキ鳴らしながら、ナルソン邸を見上げる。

何だか、ずいぶんとひさしぶりな気分だ。

「そうしよ。明日は、グリセア村に行くの？」

「午後あたりに行こうと思ってるよ。宮崎さんに頼んでおいた資料を受け取らないとだし」

「そっか。お父様、私も行っていいですか？」

「いいとも。後のことは任せなさい」

「ナルソン、私もいいかしら？」

ジルコニアが一良（かずら）をちらりと見てから、ナルソンに聞く。

「ああ、いいぞ。ところで、婚姻の件だが、今この場をもって解消ということにしようと思う。いいか？」

突然の発言に、一良とジルコニア以外の皆が驚いてナルソンを見た。

「うん、それでいいわ。今まで、本当にお世話になりました」

ジルコニアが姿勢を正し、頭を下げる。

「えっ、そ、そんな。本当に、離婚してしまうのですか？」

リーゼが不安げな目でジルコニアを見る。

「ごめんね。そういう約束だから」

「で、でも……」

「リーゼ。許してやってくれ。今まで、ジルにはずっとつらい想いをさせてしまった。これからは、好きに生きてもらいたいのだ」

「……」

リーゼが泣きそうな顔でうつむく。

こんなにあっさりと離婚になってしまうとは、思っていなかった。

あまりにも話が急すぎて、動揺してしまったのだ。

「別に、もう会えなくなるなんてことはないんだから。というより、今までとほとんど変わらないわよ」

「えっ？」

リーゼが顔を上げる。

「グリセア村に住もうとは思ってるけど、いつでも帰っては来れる距離だし。何なら、リーゼもグリセア村に住んじゃえばいいんじゃない？」

そう言いながら、ジルコニアがナルソンを見る。

それにつられて、リーゼも彼に目を向けた。

「その件についてなんだがな。守備隊の兵士たちから、グリセア村の前に宿場町を作りたいと陳情があったとカズラ殿から聞いてな」

ナルソンに目を向けられ、一良が頷く。

「宿場町を作るとなると、それ相応の規模になるだろう。となると、管理する者が必要になる。リーゼには、その宿場町の管理をしてもらいたい」

「え？」

「将来、私が引退した後に領主になる時のための練習みたいなものと考えてくれ。街の立ち上げから行うことになるから、いい経験になるはずだ」

「お父様……！」

「しばらくは、グリセア村で住み込みでの仕事になる。イステリアにも、時折戻って来てもらうことになるがな。どうだ？」

「っ、ありがとうございます！　ぜひ、お願いします！」

リーゼが感激して、ナルソンに頭を下げる。

この話は、一良とジルコニアが宿場町の立ち上げをナルソンに提案した際に出たものだ。

宿場町の建設を一良が話した後、ナルソンとジルコニアが同時に「提案が」と言葉を発し、先にジルコニアが話したところ、ナルソンもまったく同じことを言おうとしていたことが分かった。

2人は思わず爆笑した後、一良に「いいでしょうか？」と尋ね、一良はもちろん了承した。

そして、このタイミングで話そう、と前から3人で申し合わせていたのである。

「リーゼ、よかったわね。これからもよろしくね」

「はい！」

「それじゃ、今日のところは解散としますか。あ、お風呂は女性からどうぞ。俺は後でいいんで」

「バレッタ、お母様、一緒に入りませんか？」

リーゼが2人を誘う。

「はい、いいですよ」

「まとめて入って、時短しなくちゃね」

「ティティスさんたちと、エイラたちも、一緒にどう？　ニィナたちもさ！」

リーゼがさらに皆を誘う。

ニィナたちグリセア村組は、女性だけで5人もいる。

「では、ご一緒させていただきます。ね、マリーちゃん？」

「は、はい！　でも、さすがに12人一緒は無理かと……」

エイラの言葉に頷きながらも、マリーは皆を見渡した。

こんな人数では、とてもではないが1つの風呂場には収まらない。

「では、私がリーゼ様たちと入ります！　ティティスさんは、他の皆さんと入ってください！」

フィレクシアが言うと、ティティスが少し顔をしかめた。

「フィレクシアさん。そこは普通、リーゼ様たちは3人で入っていただくようにするのでは」

「私はバレッタさんとお話がしたいのですよ。バレッタさん、いいですよね？」

にぱっ、と笑みを向けられ、バレッタが苦笑しながらも頷く。

「はあ……では、私たちはどうしましょうか？」

ティティスがエイラやニィナたちを見る。

ニィナたちもティティスとは王都でよく雑談をしていたので、打ち解けている。

「なら、ティティスさん、エイラさんを分けて、4、4で入りましょう！」

はい、とマヤが手を挙げる。

「それはかまいませんが、どうして私とエイラさんを？」

「おっぱいの大きい人を平等に分けてみました！」

「そ、そうですか」

話がまとまり、女性陣が屋敷へと入っていく。

「あー……ナルソンさん、ラースさん、カーネリアンさん。俺らも一緒に入りましょうか？」

ナルソン、ラース、カーネリアンが、「何言ってるんだこいつは」といった顔で一良を見る。

「で、ですが、彼女らが出た後なら、風呂は３つ空いておりますが」

「だってなんか、寂しいじゃないですか」

「ええ……」

子供のような発言をする一良に、ナルソンが呆れる。

「カズラ様、裸の付きあいが好きだなぁ。カーネリアン殿、酒でも飲みながら入ろうぜ」

「は、はあ」

そうして、一良たちもナルソン邸へと入るのだった。

入浴後。

屋敷の食堂で、一良とエイラはお茶会をしていた。

エイラも一良も寝間着姿だ。

一良が入浴中にエイラは一良の部屋で皆と一緒にドライヤーを使ったので、髪の毛はサラサラである。

「やっぱり、ここでのお茶会が一番落ち着きます」

甘く香ばしい匂いのする南の島国産のお茶を飲みながら、エイラが穏やかな表情で言う。

「勝手知ったるってやつですね。俺も落ち着きますよ」

「ですよね！　でも、明日はグリセア村に行きますし、また何日かお茶会はなしなんですよね……」

「まあ、村に滞在しても1日か2日でしょうし。またここに帰ってきたら、お茶会できますよ」

「あ、そうなのですね。もうあまり、カズラ様はこちらには帰ってこないのかと思っていました」

「ナルソンさんに外交関係をすべて投げっぱなしですし。カイレンさんや元老院議員さんたちも俺と話したいでしょうから、もうしばらくはこっちで生活しますよ」

「そっか……よかった」

エイラが嬉しそうに微笑む。

「というより、リーゼが宿場町の管理者になるんですから、エイラさんも一緒じゃないですか。俺とリーゼの従者なんですから」

「あ！　そ、そういえばそうでしたね」

「これからも、末永くよろしくお願いしますね」

「はい、こちらこそ」

エイラはほっとしたのか、それからも饒舌で、今までのことやらこれからのことをあれこれと話す。

宿場町をどの程度の規模にするべきだろうとか、おしゃれな喫茶店のようなお店も誘致したいとか。

そうして話していると、そういえば、と一良が口を開いた。

「エイラさんの家、いつ行きましょうかね？」

「あっ、そうですよ！　でも、明日はグリセア村に行きますし、帰って来てからはカズラ様も少しお忙しくなりそうですし……」

んー、とエイラは考え、よし、と頷いた。

「明日の朝ではどうでしょう？　グリセア村へは、午後からですよね？」

「そうしましょうか。バレッタさんたちも、午前中なら暇でしょうし」

「あ、え、えっとですね。できれば、お日様が出る前には実家に向かいたくて」

「えっ？　そんなに早く？」

「うちの両親は、いつも朝食を済ませてからサウナ風呂を使うので。その前に入れればと」

「あー、なるほど。ご両親に迷惑をかけるのは悪いですもんね」

一良が納得して頷くと、エイラも、こくこく、と頷いた。

「すみません。なので、早朝の出発となりますし、バレッタ様たちをお起こしするのは悪いので。私たちだけで、行きませんか？」

「そうしましょう。皆疲れてるでしょうし、何も伝えてないのにいきなり夜明け前に叩き起こすのはさすがにね」

話がまとまり、エイラが嬉しそうに微笑む。

「んじゃ、明日は早起きですね。今日のお茶会はここまでにしときますか」

「はい。朝になったら、お部屋にうかがいますね」

「目覚まし時計あげますから、使ってください。俺はスマホの目覚ましを使うんで」

「ありがとうございます。マリーちゃんには、部屋のドアにお知らせの手紙を挟んでおきますね」

そうして、いつもより早くお茶会を切り上げ、２人は朝に備えるのだった。


翌朝。

スマホのアラームで目を覚まし、一良は服を着替えていた。

サウナ風呂に入るので、シャツにズボンというラフな格好だ。

「朝の4時か。さすがに真っ暗だからライト……はやめとくか。誰かに見られてもアレだし」

昨夜のうちに用意したバッグの中身を再確認していると、コンコン、と扉がノックされた。

「カズラ様、エイラです」

「今行きます」

エイラの小さな声に答え、一良はバッグを手に扉を開けた。

布袋を手にした私服姿のエイラと顔を合わせる。

「カズラ様、おはようございます」

「おはようございます。行きましょうか」

2人並んで廊下を進み、屋敷の出口にいた警備兵にエイラの家に行ってくると言うと、松明を持ってきてくれた。

同行しましょうか、という申し出を断り、礼を言って外に出る。

当然ながら真っ暗だが、松明のおかげで足元はよく見えた。

軍事区画を抜け、街へと出る。

「さすがに、誰もいませんね」

松明を手に、一良が人気のない通りに目を向ける。

どの家もまだ寝静まっているようで、灯りが漏れている家はわずかだ。

早起きしているのは、パン屋さんだろうか。

「静かですね。何だか、不思議な感じです」

暗い夜道を、松明の灯りを頼りにエイラの家へと向かう。

静まり返っているせいか、自分たちの声がとても大きく聞こえる気がした。

「エイラさんのご両親って、お仕事はされてるんですか？」

「していますよ。母は近所の料理屋に勤めていて、父は庭師をしています」

「へえ、料理人ですか。エイラさんが料理上手なのは、お母さん譲りなんですね」

「ふふ、ありがとうございます。母は昔、お屋敷で料理人をしていて、そこで父と知り合ったそうです」

「へー！　屋敷で働いてたなら、さぞかし料理が上手いんでしょうね」

「私なんて、足元にも及びませんよ。特に、お菓子作りがすごく上手なんです」

そんな話をしながら10分ほど歩き、中心街にあるエイラの実家に到着した。

高い塀と大きな青銅製の門を備えた、かなり大きな家だ。

「ここが実家です」

「うお、豪邸じゃないですか！」

家は二階建てでかなりの建坪があるように見え、庭も広くて綺麗に手入れされていた。

手押しポンプ付きの井戸もあり、とても裕福そうだ。

音を立てないように門を開け、敷地内へと入る。

「サウナ風呂はこっちです」

エイラに連れられて庭を進むと、幅4メートル、高さ2メートルほどの大岩が現れた。

小さな煙突のようなものが、岩から突き出るようにして何本も立っている。

「この岩の中に、サウナ風呂が？」

「はい。入口は裏側です」

エイラにうながされ、岩の反対側へと回る。

そこには石造りの下り階段があり、大岩は中心部が大きくくり貫かれていて、木製の扉があった。

扉の横には大きな棚があり、草の入った木編みのカゴと薪が置かれている。

草は、サウナ風呂で焚く用の薬草だ。

「おお、すごい。秘密基地みたいだ」

「カズラ様、松明を貸してください」

エイラが松明を受け取り、階段を下る。

扉の横にあった壁掛け燭台の蝋燭に火を移し、扉を開けた。

そのまま中に入り、壁に複数掛かっている蝋燭にも火を点けた。

「おー！」

一良（かずら）の感嘆の声が、くぐもって反響した。

中はかなり広々としていて、木製の長椅子が壁際に2つ置かれている。

奥には青銅製の鍋の置かれた石造りの窯があり、その隣には水の入った樽に柄杓が2本入っていた。

風呂の造られている岩はかなりの大きさのようで、どうやら末広がりに大きくなっているようだ。

地面も壁面も岩が剥き出しなのだが、普通のサウナと違って特別感があり、一良はワクワクしてしまった。

「すごい！　めっちゃすごいですね、これ！　高級感半端ないですよ！」

わんわんと声を響かせ、一良は大興奮だ。

「ふふ、ありがとうございます。今、薬湯を焚きますね」

エイラが入口に戻り、棚の薬草をひと掴みして、鍋へと入れる。

水桶から柄杓で水をすくい。鍋を水で満たした。

「俺、火を点けますね！」

一良は棚から薪を持って来ると窯に入れ、エイラから松明を受け取り火を点けた。

薪は勢いよく燃え、この分なら薬湯がすぐに沸きそうだ。

「あ。この松明、どこに置いたらいいですかね？」

「私が家に置いてきますので。カズラ様は、先にサウナを楽しんでいてください。服は、そこの棚に置いていただければ」

「すみません。それじゃ、お先に」

エイラが出て行くと、一良はいそいそと服を脱いで棚に置き、短パンを穿いて長椅子に座った。

鍋の薬湯はぐつぐつと煮え始め、ふわっとしたミントのような香りが鼻腔をくすぐる。

「おお……何だこれ、気持ちいいな」

蒸気を吸い込むと、鼻から喉、そして肺の中が、すっきり爽やかな爽快感で満たされた。

頭が軽くなったような感じもして、とても気分がいい。

扉の締められた室内はぐんぐん暖かくなっていき、岩の天井には雫が溜まって、ぽたりぽたりと落ち始めた。

「蝋燭の火、よく消えないな……ああ、上側に穴が空いてるのか」

蝋燭の真上には穴が開いていて、どうやら外にまで繋がっているようだ。

外で岩を見た時に見た煙突は、この蝋燭のためのものだろう。

窯から立ち上る薪の煙は窯の裏にある煙突から、外に排出されているようだ。

「すごいな。碌な道具もなかっただろうに、よくこんなもの作ったなぁ」

このサウナ風呂を作るのにはどれほどの金額と手間がかかったのだろうかと考えてしまう。

中古物件と聞いているのでエイラは工事費用を払ってはいないはずだが、このような設備のある家ならば、かなりの高額だっただろう。

一良がそんなことを考えていると、エイラが入って来た。

「し、失礼します」

「どうぞー」

ビキニ姿のエイラが、恥ずかしそうに入ってきた。

コップを2つ手にしており、一良の隣にちょこんと座った。

「ハーブティーを淹れてきました。少しぬるめにしてあります」

「ありがとうございます」

一良がコップを受け取り、一口飲む。

この香りは、ラベンダーのようだ。

「海でも思いましたけど、エイラさん、その水着似合ってますね。すごくかわいいですよ」

「ありがとうございます……でも、いくらなんでも露出が多すぎる気が」

「まあ、こっちの世界だとそう思われちゃいますよね。でも、海では大人気だったじゃないですか。『その水着、どこで手に入るの？』って、たくさん聞かれてましたし」

「今まで、こんな水着はありませんでしたから……」

顔を赤くしたエイラが、恥ずかしそうに一良を横目で見る。

先に温まっていた一良は、すでに汗をかき始めていた。

首筋に汗が流れる姿が妙に色っぽく感じてしまい、エイラはさらに顔を赤くする。

薄暗いおかげで、どうやら一良にはバレていないようだ。

以前、ジルコニアに言われた『あなたなら、裸で押し倒せばいけると思うけど？』、という言葉を思い出す。

――こ、この状況なら、もしかしたら……。

ここに入って来る直前までの決意が羞恥で完全に消え去り、エイラは内心頭を抱えていた。

一良をモノにしてやろう、とまでは考えていない、というよりできると思っていないのだが、せめて想いをとげたいとは考えていたのだ。

バレッタやリーゼのことを考えれば抜け駆けどころの話ではないのだが、想いをとげた後はその事実を墓まで持っていく気だった。

しかし、今になって、万が一断られたらという考えが頭をもたげてしまい、今まで築き上げてきた関係性が崩壊することが怖すぎて、躊躇しているのだ。

今なら全裸で迫ればいけるのだろうか、という考えと、まだその時ではない、という考えが頭の中で戦っている。

エイラの脳内会議はかなり紛糾していた。

――い、いかん。エイラさん、めっちゃエロい。

一良は一良で、エイラの水着姿にかなりヤられていた。

海ではじっくりとは見ていなかったが、今はすぐ隣に彼女はいる。

これが役得というものだろうかと、内心ウキウキである。

「こんなにいいお風呂を毎日使えるなんて、すごく贅沢ですね。毎日、疲れが吹っ飛んじゃいそうですよ」

「両親もそう言ってます。カズラ様も、いつでも入りに来てくださいね」

互いに邪な考えを悟られないように、努めて冷静に話す。

そうしているうちに、浴室内の温度はぐんぐんと上がっていった。

2人の体から、汗が噴き出る。

「はあ、はあ……け、けっこう暑くなりますね、これ」

「すみません、少し火を焚きすぎたみたいですね……そろそろ出ますか？」

「そうしましょう。のぼせちゃいそうだ」

エイラが立ちあがり、棚からタオルを取ってきて鍋を床に下ろした。

「桶の水で、汗を流しちゃってくださいね」

「えっ、ここで？　水浸しになって、カビたりしません？」

「窯の火は焚きっぱなしにするので、放っておけば乾いちゃいますから」

「なるほど」

一良(かずら)が水桶から柄杓で水をすくい、頭から被った。

火照った体がさっと冷えていき、いわゆる「整う」感じになる。

エイラも同じように、柄杓で水を被る。

「これは気持ちいいですね」

朗らかに言う一良に、エイラが微笑む。

――……やっぱり、襲うなんてダメだよね。これからも、一緒にいられるんだし。

それまでの考えを改め、エイラは心の中で結論付けた。

こうして彼と過ごせることが幸せすぎて、そんな関係が壊れることだけはエイラは嫌だった。

いつかチャンスが訪れたら、と自分に言い聞かせる。

「はい。頭がすっきりして、すごくさっぱりしますよね」

エイラはにこりと微笑むと、棚に置いておいたバッグと布袋からタオルを取ってきた。

「俺はここで拭いちゃうんで、エイラさんは外でどうぞ」

「あ、でも、ここにいると汗をかいちゃいますし。交代で外で着替えませんか？」

「それもそうか。じゃあ、エイラさんが先にどうぞ」

「はい。では、失礼しますね」

エイラが外に出て行き、扉を閉める。

一良はもう一度水を浴び、ふう、と息をついた。

――エイラさん、めちゃくちゃスタイルいいよなぁ。

瞼に焼き付いたエイラの水着姿を思い出しながらしばらくそうしていると、「着替えました」とエイラから声がかかった。

一良が外に出ると、服を着たエイラが微笑んでいた。

「では、庭におりますので」

「はい。すぐに着替えちゃいますね」

階段を上がるエイラを見送り、一良も体を拭いて服を着る。

首にタオルをかけて庭に行くと、空は薄っすらと白んでいた。

「おっ、もう日が出てきたか」

「ですね。急いで帰らないと」

皆が起き出す前に帰らねばと、2人は並んで門を出た。

道には少しずつ人が出てきており、ゴミや排泄物の回収業者が荷車を引いている姿も見られる。

そろそろ、街が起き出す頃合いだ。

「いやぁ、本当にすごいお風呂でした。エイラさん、いい物件を買いましたね」

涼やかな朝の空気を浴びながら、一良が満足そうに言う。

「ジルコニア様が見つけてくださったおかげです。お値段も、けっこう割り引かれたみたいですし」

「……ああ、そんなことも言ってましたね」

一瞬言葉を止めた一良に、エイラが小首を傾げる。

「どうかいたしましたか？」

「あ、いや。何でもないです。はは」

そうして速足で歩き、２人はナルソン邸に帰ってきた。

先ほどの警備兵がまだ入口に立っており、一良が挨拶して横を通る。

「エイラちゃん、上手くいった？」

続けて通り抜けようとしたエイラに、警備兵がニヤニヤしながらささやいた。

エイラは顔を赤くして、彼の肩をバシンと引っ叩く。

「ん？　どうしました？」

「何でもないです！」

「い、いってぇ……」

肩を押さえて呻く警備兵を無視し、エイラは一良の背を押して廊下を進んだ。

少し歩き、一良の部屋の前にたどり着く。

「じゃあ、今日はありがとうございました。お風呂、また入らせてくださいね」

一良がドアノブに手をかけ、エイラに振り返る。

「……あ」

その時、エイラの胸に急に寂しさが襲い掛かった。

無意識に、彼の手を掴んでしまう。

「ん？　どうしまし――」

「好きです！」

切ない表情で一良の腕をぎゅっと掴んだまま、エイラの口から言葉がこぼれる。

「……えっ？」

「あっ」

勝手に口をついた告白に、エイラが自分の口を押さえる。

そして、みるみるうちに顔中に汗をかき始めた。

「す、すすすみません！　ごめんなさい！　リーゼ様には内緒にしてくださいっ！」

エイラはそう叫ぶと、とんでもない速さで廊下の奥へと消えて行った。

「な……んだと……」

一良はしばし、その場に立ち尽くすのだった。


それからしばらくして。

いつものように起こしに来たマリーと一緒に、一良は食堂にやって来た。

先に席に着いていた皆が、おはようございます、と挨拶する。

カーネリアンもおり、ティタニアはいつもどおり、特別席でお座りしていた。

「おはようございます。待たせちゃいましたね」

席に向かいながらちらりとエイラを見ると、彼女は少し顔を赤くしてうつむいていた。

ジルコニアの件もあり、これは大変なことになりつつあるのでは、と一良は内心冷や汗をかいた。

表情には出さず、そのまま席に着く。

いただきます、と皆で料理を食べ始めた。

「カズラ、午後からグリセア村に行くんでしょ？　それまではどうするの？」

リーゼが料理を頬張りながら、一良に聞く。

「皆クタクタだろうし、自由時間かな。あ、ナルソンさん、異民族の対応とかで、手伝えることがあれば俺もやりますよ？」

すべて丸投げだったことを一良は思い出し、ナルソンに申し出る。

「いえ、あちらは大丈夫です。カイレン執政官とアロンドが、上手いことやったようですので」

「上手いこと？　何をどうやったんです？」

「異民族の威力偵察があったのですが、わざと部族軍に壊走させて、追ってきた奴らをバルベールのバリスタと弓兵の一斉射撃で穴だらけにしてやったとのことです。部族軍の出番は、まったくなかったようでして」

現在、バルベール・部族連合軍の総指揮をしているのはカイレンだ。

わざと壊走してカウンターで大打撃を与えるのはカイレンお得意の戦法で、完全に初見だった異民族はまんまと罠にはまったのである。

しかも、部族軍よりも長大な射程を誇るバルベール弓兵が待ちかまえていたので、彼らは一方的に損害を被ることになった。

部族軍がバルベールと手を組んでいることを、彼らは知らなかった、というより、バルベールという国の存在を知っていたのかすら怪しい。

「それはすごいですね。バルベール軍って、やっぱり強いんですね」

「部族軍との戦いで戦慣れしていますから。異民族にしてみれば、いきなり戦う相手が替わって驚いたかと」

「そんなバルベールを相手に圧勝したのですから、アルカディア軍はさすがというほかありませんな」

カーネリアンが穏やかな表情で言う。

「無線でプロティアとエルタイルの司令官と話しましたが、彼らはかなり焦っているようです。なにしろ、同盟をないがしろにしている間に戦争が終わってしまったうえに、いつの間にやら我らがバルベールだけでなく部族同盟とも親密になってしまったのですから」

「あー、彼らは気が気じゃないでしょうね。２カ国については、どうすることになったんです？」

一良(かずら)がカーネリアンに尋ねる。

「以前、ナルソン殿が話していたとおりです。彼らにはバルベールからの賠償金や領土の割譲はなし。代わりに、我らは今までの彼らの日和見を咎めない。すべての国で、交易は行う。それくらいですね」

「そっか。彼らは文句は言いませんでしたか？」

「我らの圧勝と無線機の存在に驚きすぎて、それどころではなかったようです。後で、何か注文を付けてくる可能性はありますが」

「その辺りは私やカーネリアン殿で上手いことやりますので、カズラ殿はご心配なさらず。今後は、のんびりと過ごしていただければと」

ナルソンがジルコニアに目を向ける。

「ジルも、もう軍の管理はしなくていいぞ。だが、今までどおり屋敷は自由に使ってくれ。行きたいというなら、軍部に出向いて口出ししてくれてもいい。皆に話は通してある」

「うん、ありがとう。そういうことなら、今までどおり過ごさせてもらうわ」

ジルコニアが微笑む。

リーゼも、今までと変わらないと分かって嬉しそうだ。

「ナルソン殿。俺らも自由にあちこち行っていいのかい？」

ラースが言うと、ナルソンはすぐに頷いた。

「ああ。好きに見て回ってくれ。資料室以外なら、どこでも行っていい。必要なら、アイザックかハベルに案内させよう」

「かたじけない。貴君らの訓練法に興味があってな。昼まで、俺は軍部を見させてもらおうかな。ティティスとフィーちゃんはどうすんだ？」

「私は、お世話になった方々に挨拶をしてきます」

「私はバレッタさんにくっついているのですよ！　大工工房で、製材機を見せてもらう約束をしているのです！」

フィレクシアがうきうきした様子で言う。

王都からずっと、フィレクシアはことあるごとにバレッタに付いて回っていた。

バレッタも頭の回転の速い彼女とは話が合うようで、一緒にいて楽しいらしい。

これから2人は協力して足踏み式のミシンを作る約束をしている。

資料は百科事典のものしかないのだが、すでに2人は大まかな内部機構の設計をまとめ終わっていた。

片方が考えに躓いても即座にもう片方が改善案を出すので、設計に遅延がまったく生じないのだ。

製材機を見に行く理由は、ただ単にフィレクシアが見てみたいと言っているのと、製材機に用いられているピストン構造をその目で彼女に確認してもらうためである。

「そうか。まあ、迷惑かけないようにな」

「大丈夫ですって。ね、バレッタさん？」

にひ、とフィレクシアがバレッタを見る。

「はい。私が付いてますから、安心してください」

「カズラはどうするの？」

リーゼが一良(かずら)に話を振る。

「部屋でお菓子食べながらゾンビの海外ドラマを見ようかな」

「あ、警察官が主人公のやつ？　私も続きが見たい！」

「いや、学校内に閉じ込められた生徒たちが逃げ惑うやつ。この間、出てるシーズンまとめて買ってきたんだ」

「へー、そんなのもあるんだ」

「あの、リーゼ様。面会をしたいというかたが大勢いまして……」

「げっ」

エイラの言葉に、リーゼがあからさまに嫌そうな顔になる。

「先ほど参られまして、一応お断りをしたのですが、どうしてもとおっしゃられて。少しでもいいからと、客室でお待ちになられているのですが、いかがいたしますか？」

「ま、待ってるの？　断れないじゃない……」

「では、お食事の後から面会でよろしいですか？」

「はーい」

リーゼが嫌そうに返事する。

「まあ、終わったら来なよ。それまで、別の映画でも見て時間潰してるからさ」

「分かったー」

そうして、午前中は自由時間となったのだった。

自室に戻ってきた一良は、どの映画を見ようかとダンボール箱を漁っていた。

「たまにはサメ映画でも見るか」

湖に現れたサメに襲われる、という内容の映画のケースを手に取った。

先日、日本に帰った際に、「サメ映画祭り！」と書かれた垂れ幕の前に大量のサメ映画があったので、いくつか買ってきたのだ。

「サメ映画って、日本でだけやたらと人気があるって話だよな。これ、面白いんだろうか？」

巻き上げ式スクリーンをセットし、パソコン経由でプロジェクタから投影する。

映画が始まると、いかにも夏といった格好をした演者たちが、あれこれと話しながらキャンプ場のような場所にやって来た。

何やら小汚い水辺に移動し、パシャパシャと水遊びを始める。

「……これ、夏じゃなくて秋じゃないのか？　どう見ても木が枯れてるんだけど」

見ているこちらが寒くなりそうな環境で水遊びをするイケメン男子や水着女子たち。

すると、膝下ほどしかない浅瀬なのに、水中を泳ぐサメの視点に切り替わった。

視点は彼らの足元にまで進み、ざばっといきなりサメが飛び出してくる。

「む、むう……」

これは深く考えてはいけない映画だなと考え、映画を見続ける。

季節や水深がどうこうということを考えなければストーリー的には問題ないので、余計なことを考えないようにしながら映画を楽しむ。

そのうちサメが増え始め、狭くて浅い川の水面に背びれを立てたサメが登場人物を追い回し始めた。

音楽がやたらといい出来なのが、妙に面白い。

そうして映画を楽しんでいると、コンコン、と扉がノックされた。

「ジルコニアです」

「っ⁉　はい！」

一良が返事をすると、ジルコニアが部屋に入ってきた。

「すみません。暇なんで、ご一緒してもいいですか？」

「ど、どうぞ」

ジルコニアが一良の隣に座る。

画面では、岸から川に斜めに倒れた朽木に水着美女が乗っていて、川にはサメがうようよおり、対岸にいる主人公に助けを求めている。

どうして反対側の岸に移動しないのだろうかと一良は思ったが、隣にいるジルコニアが気になってそれどころではない。

「……何で、あの子は向こう岸に逃げないんですか？　水にいるアレに襲われそうなんですよね？」

わーきゃー騒いでいる登場人物たちを見たジルコニアが、困惑顔で言う。

「さ、さあ？　でも、陸に逃げたら話が終わっちゃいますし、どうにかして水辺にいる流れにしたいんですよ、きっと」

「そ、そうですか。不思議な映画ですね……」

そうして、２人とも黙って映画を見る。

やがてクライマックスに差し掛かり、広い湖のシーンになった。

大きな板の上に乗った４人の女性がサメの出現に大騒ぎし、主人公たちが「水に飛び込んでこっちまで泳げ！」と無茶なことを言う。

「いや、死ぬ死ぬ。普通に死ぬだろ」

「あっ!? 飛び込みましたよ！」

「お、おお？　……マジか。泳ぎきるとは」

何だかんだで見入ってしまい、お互いツッコミを入れながら映画を楽しむ。

今まで見た数々の映画とは違い、頭を空っぽにしてツッコミを入れながら見ることができて、かなり面白い。

そうして数名の死者は出たものの、ハッピーエンドに終わってエンディングロールが流れ始めた。

「……めちゃくちゃ面白かったですね」

「私も途中からでしたけど、雑な感じの作りが逆に面白かったです。それと、音楽がすごくいい映画でしたね」

「何か腑に落ちないけど、いい映画でしたね。腑に落ちないのが、また面白いというか」

おかしな感想に、２人で声を上げて笑う。

あそこがよかった、あの人は死ぬ必要あったのか、といった話をしながら笑っているうちに、エンディングロールが終わった。

しん、と部屋が静まり返る。

「……あの、この間はすみませんでした。その、いきなりキスしちゃって」

ジルコニアが顔を赤くしながら、一良（かずら）に謝る。

「えっ⁉ あ、いや、大丈夫なんで。はは」

「本当にごめんなさい。でも、あれが私の本心なんですよ？ あなたがいてくれたから、今の私があるんですから」

ジルコニアが気恥ずかしそうに、膝に目を落とす。

そして、顔を上げて一良（かずら）の目を見つめた。

「私、カズラさんのことが大好きです」

ジルコニアが頬を染めて言い切る。

「あっ、返事とかは別にいらないですよ？」

一良（かずら）が口を開く前に、ジルコニアが言葉を紡ぐ。

「付きあってほしいとか、結婚してほしいなんて言いません。でも、これからも傍にいさせてほしいんです」

「は、はい。それは、もちろん」

頷く一良（かずら）に、ジルコニアがにこりと微笑む。

彼女の顔は、赤いままだ。

「こんなこと言ったら、カズラさんが困るのは分かっていたんですけど。どうしても、我慢できなくて吐き出しちゃいました」

「え、いや、困るだなん――」

「困らないと、ダメですよ」

ジルコニアが右手の人差し指を、一良の唇に添えて優しく言う。

「じゃないと、ずっとあなたのことを想ってるあの子がかわいそうです。……ごめんなさい。勝手なことばかり言って」

ジルコニアはそう言うと苦笑し、立ち上がった。

「それじゃ、お邪魔しました。あまり気にしないでいいですからね？」

そして、にこりと微笑み、部屋を出ていった。

「……いや、気にするって」

閉まった扉を見つめながら、一良はしばらく呆けていた
扉を後ろ手に閉め、ジルコニアはため息をついた。

「……はあ。ファーストキス、とっておけばよかったな」

目尻に浮かんだ涙を指で拭い、小さくつぶやく。

ナルソンと結婚してから、最初の戦争を休戦というかたちで終えた後、ジルコニアは酷く焦っていた。

仇の所在は一向に掴めず、次にバルベールと戦端が開かれたらまず勝てないことをその時は理解していた。

ナルソンは軍の掌握とリーゼに親として振る舞うこと以外は求めてこなかったが、仇の捜索については「調査中だ」、と言うばかりだった。

だから、自分がナルソンに気に入られれば、彼も本気になって仇を探してくれるのでは、と考えた。

体を使って篭絡できればと考えたこともあるが、トラウマが酷すぎて考えただけで体がすくんでしまい、無理だと諦めた。

なので、せめて他の方法でと、休戦後は彼にことさら好意的に接し、どうにか我慢して自らキスをしたことも何度かあったのだ。

ナルソンは何も言わずに応えてくれたが、聡明な彼のことだ、そんな浅はかな考えは見透かされていたように、今では思える。

勝手にやっておいて愚痴を吐くなど、失礼極まりない話だとジルコニアは苦笑した。

「ま、いっか。どうとでもなれってね」

自分に言い聞かせるようにそう言うと、少しアイザックかハベルを鍛えてやろうと、彼らがいるはずの訓練場へと足を向けたのだった。

数時間後。

食堂で軽い昼食をとり、一良たちはナルソン邸の広場に集まっていた。

ジルコニアは先ほどの出来事などなかったかのように、ごく普通に振る舞っていた。

「それじゃ、出発しましょうか」

一良がトラックに乗り、他の者たちはバイクに乗った。

トラックの荷台には、いつものようにラースたちが乗る。

「マリー、気を付けてね。いってらっしゃい」

マリーの母親のリスティルが、エイラのサイドカーに乗ったマリーに手を振る。

彼女のナルソン邸での侍女の仕事は順調な様子だ。

「うん。いってきます。お母さんも、お仕事頑張ってね。疲れたら休まなきゃダメだよ？」

「大丈夫よ。最近、すごく体の調子がいいから。まるで若返ったみたいだわ」

リスティルも継続して一良が持ってきた食べ物を食べ続けており、病弱だった体が嘘のように健康体になっていた。

これなら、この先病気をすることはないだろう。

「カズラ殿。こちらのことは気にせず、ゆっくりと楽しんできてください」

「ありがとうございます。でも、すぐに戻って来ますよ」

「戻ってきたら、そのままフライス領へ旅行ですかな？」

「そのつもりです。船の手配だけ、よろしくお願いしますね」

「承知しました。では、お気をつけて」

ナルソンに手を振られ、一良たちは門へと向かって進み出した。

通りには大勢の兵士が配置されており、市民が近づかないようにと目を光らせている。

集まっていた市民たちは、トラックとバイク、そしてティタニアの姿に、わあっと歓声を上げた。

「昼間に移動すると、やっぱりこうなっちゃうよなぁ」

先頭を走りながら、一良がぼやく。

「よいことかと。神の存在を知らしめることにもなりますから、人々も自国の繁栄に自信を持つでしょう」

隣を走るバレッタのバイクのサイドカーで、カーネリアンが一良に笑う。

「いずれ、クレイラッツにもおいでください。皆が喜びますので」

「ま、まあ、そのうちに」

ゆっくりと通りを走り抜け、城門を出てグリセア村へと向かう。

背後の歓声が小さくなり、すぐに静かな行軍となった。

穀倉地帯で作業をしている者たちが、こちらに手を振る姿が見える。

「いい景色ですね。平和とは、本当に素晴らしいものだ」

カーネリアンはとても満足そうに、ニコニコしている。

「ふふ。カーネリアン様、ご機嫌ですね」

バレッタが言うと、カーネリアンは「いやあ」と頭をかいた。

「政治についてカズラ様からご教授していただけると思うと嬉しくて。年甲斐もなく、心が躍ってしまって」

「クレイラッツの政治は、上手くいっていないのですか？」

「今はまだ大丈夫ですが……といっても、毎年、軍司令官以外を総入れ替えしてしまうので、政治の足回りがかなり鈍いのです。代わりに汚職はほぼないのですが、この先もこのままとはいかないでしょうから」

カーネリアンがバレッタを見る。

「ですが、グレイシオール様にご教授していただけるとなれば、もう安心ですね。どんなお話を聞けるのか、楽しみで仕方がありません」

「そ、そうなんですね」

バレッタは笑顔を向けながらも、「大丈夫かな」と心の中でつぶやく。

一良が持ってきた政治の本や百科事典でいくらかの知識はあるが、完璧な政治など存在しないとバレッタは思っている。

むしろ、どの政治形態が一番「マシ」なのかを選ぶようなありさまで、あちらを立てればこちらが立たず、といったものばかりだ。

——うーん。宮崎さん、どんな資料を作ってくれるんだろう。大丈夫かなぁ。

はたして政治のプロであるカーネリアンを納得させる説明ができるだろうかと、バレッタは今から戦々恐々としていた。

「エイラ、さっきからため息ばかりついて、どうしたの？」

隣を走るエイラに、ジルコニアが声をかける。

エイラは出発してからずっと、物憂げな顔だ。

「何でもないです……はあ」

「変な子ねぇ」

そうして数十分走り続け、一行はグリセア村に到着した。

先に無線で連絡をしておいたので、村人たちが総出で出迎えてくれている。

守備隊の老兵たちも、畑仕事の手を止めて集まってきた。

オルマシオールと数十頭のウリボウ、コルツたちもおり、一良に皆が群がる。

「カズラ様、おかえりなさい！」

「おかえりなさい！」

コルツとミュラが元気な笑顔を向ける。

「ただいま。２人とも、ひさしぶりの村はどうだい？」

「何だか、ひさしぶりすぎて変な感じだよ」

「村の前の畑がすごく大きくなってて、びっくりしました」

「はは、そうだよね。兵士さんたちが、すごく頑張ってくれてたみたいでさ」

一良が2人の頭を撫でていると、オルマシオールが「フンフン」、と鼻息を鳴らして一良の腕に顔を押し付けた。

「あ、はい。あれですね、ご褒美ですね？」

「ワフ！」

パタパタと尻尾を振るオルマシオール。

バレッタが荷物からちゅるるの大袋を持ってきて、コルツに差し出した。

「これ、皆でオルマシオール様たちに食べさせてあげてね」

「うん！　この前貰ったやつ、1日で全部食べ切っちゃってさ」

コルツがちゅるるを1つ取り出して口を切ると、他のウリボウたちまで群がってきた。

数十頭のウリボウが一斉に集まってきたので、かなりの迫力だ。

皆、目が血走っており、口を開けながら前足で他者を押しのけようとしている。

オルマシオールはその巨体を生かして無理矢理コルツの正面に座り、よだれを垂らしながら待ちかまえていた。

そこにティタニアが飛び込み、前足でオルマシオールの顔を押しのけてコルツに向けて口を開けた。

何すんだお前、というようにオルマシオールが右前足で彼女の顔を押し返し、2頭とも何とも形容しがたい顔になっていた。

「うお、すごい勢いだな」

「皆、あれが食べたくて毎日大変だったんですよ。きゅんきゅん鳴いたり、転げまわったりして」

ミュラが他の子供たちにもちゅるるを渡し、巨大なもふもふの塊になりつつあるウリボウ軍団を散らばらせる。

ウリボウたちは、完全にちゅるる中毒である。

「なら、もっとたくさん持ってこないとだね。ミュラちゃんは、何か欲しいものはあるかな?」

「えっ、私ですか?」

「うん。いつも頑張ってくれてるから、ご褒美になんでもあげるよ。何がいい?」

「えっと……あ、そうだ！　お父さんから聞いたんですけど、空に向かって打つ爆弾がすごく綺麗だったって。それを見てみたいです！」

「ああ、花火か。それはいいね。よし、たくさん持って来るよ」

「ありがとうございます！」

「それじゃ、またね」

一良が雑木林へとトラックで進み出す。

「あ、カズラさん！」

「ん、どうしました？」

バレッタに呼び止められ、ブレーキを踏む。

「お夕飯を作って待ってますから、早く帰って来てくださいね」

「了解です。すぐに帰ってきますから」

そうして、一良は再びトラックを走らせたのだった。


雑木林を慎重にトラックで進み、石畳の通路を抜けて日本の屋敷へと戻ってきた。

そのまま玄関を出て、庭先に停車した。

「宮崎さん、平日だけど出てくれるかな？」

電話をかけると、2コールで宮崎が出た。

『志野さん、おひさしぶりですっ！』

「おひさしぶりです。例の資料なんですけど、できてますか？」

『できてますよ！　今から取りに来ますか？』

「そうさせてもらえると嬉しいです。でも、お仕事中だったりしません？」

『早引けするんで大丈夫です！』

ということで、お言葉に甘えて資料を受け取らせてもらうことになった。

ファミリーカーに乗り換え、山を下って宮崎の勤める会社へと向かう。

途中、スーパーに寄って、花火の大袋をいくつか購入した。

夏も終わりに近づいているためか、特価品になっていて安く購入できた。

会社の前に到着すると、私服に着替えた宮崎が、一良の車に駆け寄ってきた。

メイクもばっちりであり、服装もかわいい感じで、おめかししているように見える。

あらかじめ、用意していたのだろうか。

「志野さん、こんにちは！」

「こんにちは。すみません、早引けさせちゃって」

「いえいえ！　志野さんのためですから！」

宮崎が満面の笑みで、助手席に乗り込む。

「それじゃあ、カフェでいいですかね？」

「はい！」

駅前に移動し、フラペチーノが美味いと有名なカフェのチェーン店に入った。

２人席に座り、それぞれチョコレートフラペチーノを注文する。

宮崎はさっそく、ノートパソコンを取り出した。

「ふふふ。この資料、けっこう自信作なんですよ」

ノートパソコンを起動し、アプリケーションを起動する。

壮大な音楽とともに、古代の日本の絵画やらヨーロッパの絵画やらが次々に現れた。

画面全体が薄暗くなって表示されていた絵画が背景になり、その上に「古代」「中世」「近世」「近代」「現代」というタブが現れた。

まるで、高級教材のような美麗な作りだ。

「時代分けについては日本を基準にしてみました。海外の政治についても、それぞれのタブを開くと項目が出てきますよ」

「うお、すごいですねこれ」

一良はタッチパネルを操作し、「現代」のタブを押してみた。

大統領制や立憲君主制といった見たことのあるものから、半大統領制や議会統治制といった、あまり耳にしないものなどのタブが新たに表示された。

試しに大統領制のタブを押してみると、現在のアメリカ大統領の写真が背景になり、その仕組みが簡潔に羅列された。

説明文の中には色が付いている単語があり、そこを押すと単語の詳しい説明が表示されるようになっていた。

文字だけではなく、視覚的に理解しやすいようにと、図やちょっとした動画も用意されている。

とんでもない完成度だ。

「すごすぎじゃないですか、これ。教材として売り出せるレベルですよ？」

「あはは。ありがとうございます。でも、ほとんどネットから引用したものばかりですし、写真とかは無断使用なんで売るのは無理ですよ。志野さんのためだけの、一点ものですから」

「こんなに頑張ってくれるなんて……大変だったでしょう？」

「大丈夫です！　志野さんのためですから！」

にこっと、宮崎がかわいらしく微笑む。

「それに、こんな政治形態もあるんだって勉強できて、作ってるうちに楽しくなっちゃいました。だから、大丈夫です！」

「いつもほんとにありがとうございます……あ、そうだ。報酬を出さないと」

「あ、少しだけでいいですよ！　ここのカフェ代とかでけっこうですから！」

「いやいや、ちゃんと払わせてください。……あれ？　前にもこんな話したような」

「うっ……」

そんなこんなで、宮崎に報酬を支払った。

最初は20万円を渡そうとしたが「そんなに貰えませんよ！」と拒否されてしまい、なんやかんや話した結果、今度遊びに連れて行くという条件を宮崎に取り付けられ、その代わりに10万円で落ち着いた。

今日の夕食も誘われたのだが、今日は帰らないとと伝えると宮崎はあからさまに凹んでいた。

転章

アロンドはバルベールのカイレン宅で、戦死した議員たちの側近たちと一緒に山積みの書類と格闘していた。

大量の議員たちが一気にいなくなってしまったため、彼らの側近が臨時で後を継いだのだが、話を聞けば聞くほどにホコリが出てきた。

アロンドは心底困った顔で、頭を抱えている。

「あー……そうですね。勝手にした約束とはいえ、報酬は払ったほうがいいでしょうね。後々恨まれても面倒ですし」

議員の1人がプロティアの貴族と勝手に交わしていた密約の内容を聞き、アロンドが諦め半分といった声色で言う。

バルベール陣営側で参戦もしくは日和見をするようにプロティア王家に働きかけることと引き換えに、多額の謝礼とバルベールで議員として取り立てることを約束していたらしい。

故人曰く、「アルカディアとクレイラッツを打ち破ったら、踏み倒してやればいい」と言っていたらしい。

アロンド的には悪くない策だとは思うが、現状としては迷惑でしかない。

「故人の財産を適当に処分して、半分だけ払うようにしてはいかがでしょうか。減額理由は、密約内容を外には漏らさないという条件がよいかと」

「アロンド、やっぱりもう帰ろうよ。私たちがやる必要はないって」

不満顔でソファーに寝転んでいるウズナが、疲れた声で言う。

「いやいや、手伝えることは手伝わないと。カイレン様にも、お願いされたしさ」

「……はあ」

ウズナが不機嫌そうにため息をつく。

ウズナとしては、新婚ホヤホヤだというのに、一日中部屋に缶詰というのが嫌で仕方がないのだ。

せっかくバーラルにいるのだから観光もしたいし、アロンドと2人きりでイチャイチャしたい。

ようやく一日が終わっても、アロンドは「疲れた」と言ってすぐに寝てしまう。

裸で肌を合わせることもまだできておらず、ウズナの不満は爆発寸前だ。

すると、扉が開いてカイレンが部屋に入ってきた。

「アロンド、そっちの名簿と資産録なんだけど、いつまで経っても上がってこねえぞ。どうなってんだ？」

「ええ？　族長たちには聞いたのですか？」

「聞いたけど、『今やってる』だの『もうしばらく待って』だの、いつまでに出せるかも言わねえんだよ。こんなんじゃ、街の建設に取り掛かれねぇよ」

「はあ……自分たちのために必要なことなのに」

必要資材と食料の見積もりを出すために、バルベールから各部族民の年齢や性別といった情報を提出するように要望が出ていた。

適当に資材やら予算やらを用意するわけにもいかないので、絶対に必要な作業である。

部族同盟の人間は総じておおざっぱで、文字すら読めない者が9割9分という状態だ。

こんな適当な連中に自分たちは苦戦していたのかと、カイレンを含めた議員たちは軽く凹んでいた。

「アロンド。レンコル族の住民録と資産録が上がってきたのですが」

すると、今度はエイヴァー執政官が部屋に入ってきた。

「おっ、ようやく1つ目か」

やれやれ、といったふうに、カイレンが苦笑する。

レンコルとは、彼らが住んでいた土地の名前らしい。

「ええ。でも、これダメですよ」

エイヴァーが差し出す紙束をカイレンが受け取る。

「……なんじゃこりゃ」

「どうしたんです？」

ペラペラと紙を捲りながら顔をしかめているカイレンにアロンドが聞くと、カイレンがその紙束をアロンドに差し出した。

「どうすんの、これ？」

アロンドが紙束を受け取り、目を落とす。

「……なぁにこれぇ」

一目見て不備だらけと分かる名簿に、アロンドが呆れた声を出す。

まず、文字が汚く、殴り書きすぎて読めないものが多数ある。

それだけなら書き直させればいいのだが、最初の1枚だけでも同じ名前が3つもあり、名簿のはずなのに「酒樽を今日中に10樽くれ」とでかでかと書かれていた。

年齢が抜けていたり、性別が抜けていたりと、散々だ。

資産録のほうは、誤字脱字だらけなのは置いておくにしても、食料の保持量がどう考えてもあり得ないほどに少なく書いてあったり、渡してあるはずの天幕やら鍋やらの記載が抜けていたりと酷い。

過少申告してたくさん物資をもらおうという考えがみえみえだ。

やるにしても、もう少し分からないように工夫してほしい。

「ああもう。レンコル族には、私が出向いて話しておきます」

「そうしてくれ。俺らが対応してもダメだ。ナメられてんのかな」

「もともと、そういう連中なんだよ」

ソファーで寝転んでいるウズナが、ぞんざいな口調で言う。

「『たくさん貰えたらいいな』、くらいにしか考えてないよ。たぶん、悪気なんてないし、素でやってると思う」

「おたくら部族同盟は、よくそんなので今までやってこれたな……何かこれ、前にも似たようなことをされた気がするぞ」

部族側と停戦中に、追加の食料を山ほど要求されたことをカイレンが思い出す。

あれは戦略とかではなくて、こういうことだったのかと呆れてしまった。

「皆様、そろそろプロティアとエルタイルとの協議のお時間ですが……」

入口から顔を出した使用人が、恐る恐る声をかけてきた。

これから、アルカディア王都のエルミア国王も交えて話し合いをするのだ。

ここのところ、毎日こんな感じである。

「カイレン執政官、アロンド、行きましょうか」

エイヴァーが苦笑し、2人をうながす。

するとさらに、入口から別の使用人が顔を出した。

「ラッカ将軍からご報告です。先ほど、異民族の斥候部隊と射撃戦による戦闘がありました。

こちらに被害はありませんが、敵側にもほとんど被害は出ていないだろうとのことです」

先日、異民族を撃退した後、何度かこうして彼らの襲撃が発生していた。

部族民もラッカの部隊も渡河はしていないので、川を挟んだ射撃戦しか起こっていない。

他の渡河可能地点には別の軍団が向かっており、付近にいた部族民に「絶対に川を渡らないように」、と厳命して守備につかせていた。

「連中、しつこいですね」

アロンドが顔をしかめる。

「いや、これはいい傾向だな」

「というと?」

不思議そうに言うアロンドに、カイレンが口を開く。

「奴らは、川向こうを完全に確保しようとしてるのさ。奪われた地域を奪還しようとしてこっちが攻勢をかけないように、牽制攻撃してるんだ」

「なるほど……言われてみれば、確かにそう思えますね」

「できるだけ、このまま膠着状態を維持しよう。その間に、グレイシオールの長城建設に取り掛かるぞ。部族のほうも、早く町の建設の段取りをつけて、大部隊を守備に回したい。アロンド、急がせてくれ」

「承知しました」

アロンドが頷き、立ち上がる。

バルベール軍は敵の時は恐ろしい相手だったが、味方となるととても頼もしい。

一良の存在のおかげで裏切りや足の引っ張り合いが起こらないというのも、かなりありがたい。

これならば、全力で異民族への対応をすることができる。

「ウズナ、ちょっと行ってくるよ。夜には戻るから」

「はーい」

不満げに言うウズナに苦笑し、アロンドはカイレンたちとともに部屋を出るのだった。

番外編　手作り宝石

一良が日本で宮崎に会っている頃。

バレッタはグリセア村の一角で、長い縄を手に距離を測っていた。

縄の反対側はリーゼが持っており、彼女の足元にティティスが木槌で棒を打ち付け、地面に穴を空けている。

バレッタの傍では、フィレクシアとラースが同じように地面に穴を空けていた。

「ごめんね。私たちでやろうと思ってたんだけど、やっぱりよく分からなくて」

赤ん坊を抱いた村の女性が、緩やかに体を揺らしながら言う。

「いえ、大丈夫です。急ぎってわけじゃなかったですし」

「バレッタさん、穴が開きました！」

「あ、はい。ラースさん、パイプを」

「おう」

ラースが穴にステンレスパイプを突き挿す。

パイプは中ほどでくの字に折れ曲がっているものだ。

現在、ビニールハウスの設置場所を決めているところであり、ラースたちにも手伝ってもらっている。

ジルコニアとエイラ、マリーとカーネリアンも、同じようにして縄で距離を測り、地面に穴を空けている。

「すみません、カーネリアン様。手伝ってもらってしまって」

バレッタが恐縮して言うと、カーネリアンはにこりと微笑んだ。

「いえいえ。こういう作業は好きなので。平時は、畑仕事ばかりしていましたから」

「カーネリアン様は、農家なのですか?」

「はい。小さいですが農場を持っています。土いじりは人と話さなくていいので、気楽でいいですよ」

バレッタたちの傍には、ステンレスパイプや厚手のビニールが置いてある。

これらは前回一良(かずら)がトラックを日本から持ってきた時に、一緒に持ち込んだものだ。

少し離れた場所では、ニィナたちが同じようにしてもう1つのビニールハウスの設置作業を進めていた。

「むむう。透明でつるつるしてて、しかも丈夫なのですね」

しゃがみ込んで、畳んで置いてあるビニールを触りながら、フィレクシアが唸る。

「これで作物を育てる家を作るのですか?」

「はい。この棒を連結してアーチを作って、その上に被せるんです。冬でも日光で中が暖かくなるんで、季節外れの野菜でも育てられるんですよ」

「すごい道具ですね……これがあれば、悪天候でも飢饉になりませんね」

　フィレクシアと並んでビニールを触りながら、ティティスも唸る。

「バレッタ、こっちはできたよ」

「こちらもできました」

「こっちもできたわ」

　リーゼ、マリー、ジルコニアたちがパイプを地面に挿し終えてバレッタに声をかける。

「じゃあ、今度は内側のパイプを挿しましょう。これもきちんと幅を計って──」

　バレッタの指示で、皆で内側のパイプを地面に挿す。

　数十分ですべてのパイプを挿し終え、今度は屋根部分の骨組みを付けることになった。

　木箱を運んできて地面に並べ、何人かがその上に乗って、屋根部分のパイプを地面に挿してあるパイプとジョイントで連結させていく。

「おー。これはすごい仕組みですね！」

　3段重ねにした木箱の上でジョイントを取り付けながら、フィレクシアが喜ぶ。

　初めての作業が楽しくて仕方がないといった様子だ。

「部品も精巧ですし、神様の世界の技術は進んでますね！　料理道具なんかも、進んだ道具があるのでしょうか？」

「ありますよ。イステリアのカズラさんの部屋にあった冷蔵庫もそうですし、あの時は使いませんでしたけど、電子レンジっていう、中に食べ物を入れると数十秒で熱々にできる道具もあります」

「えっ、そんなのがあったのですか！　使うところを見てみたかったです……」

フィレクシアが残念そうに言う。

「すげえなぁ。部屋を涼しくするエアコンってのも最高だったし、超高品質の黒曜石だって作れちまうしよ。琥珀とか、他の宝石なんかも作れちまったりするんじゃねえか？」

ラースが腰に手を当て、苦笑しながら言う。

「作れるみたいですよ。天然ものとは違って、人工宝石とか合成宝石って呼ぶみたいです」

「マジか……もう、本当に何でもありだな」

ラースだけでなく、バレッタは、他の面々も「へー」、と感心している。

それを見てバレッタは、とあることを考えついた。

「あの、私はちょっと用事があるんで、後は皆さんに任せてもいいですか？　やりかたは説明していくので」

「ああ、いいぜ」

「すみません。お願いします」

バレッタはそう言うと、この後の手順を説明し、そそくさと屋敷に戻って行った。

数時間後。

残された者たちで作業を続け、すべての骨組みを設置し終えた。

組み立て作業はかなり大変で、ジョイントの取り付けに手間取ったり、天井部分のパイプが上手く繋がらなかったりとかなり手間取った。

ビニールハウスの大きさは、幅3・6メートル、奥行き14・4メートルであり、かなり大きい。

当然ながら骨組みの数もかなりあり、なかなかに大変な作業だ。

「これ、かなり大変ね。説明を聞いてた時は、簡単に終わるって思ったのに」

ジルコニアが疲れた顔で、額の汗を拭う。

「だなぁ。ちょっとでもズレるとやり直しだし。もう少し簡単に組み立てられるように、作れないもんかね？」

細かい作業が続いて気疲れしたのか、ラースもぼやく。

「まあ、そう言わずに。次は、ようやくビニールというものの取り付けですね」

ティティスが、地面に置かれているビニールに向かう。

「ティティスさん、それはまだなのですよ。先に外周に溝を掘ると、バレッタさんは言ってました」

フィレクシアが指摘する。

彼女は作業が楽しいようで、ずっと笑顔だ。

「あ、そうでしたっけ?」

「はい。溝を掘って、そこにビニールを置いて土を載せるのですよ。鍬が必要ですね」

皆でバレッタの家や他の村人の家から鍬を借りてきて、骨組みの外周に溝を掘る。

全員で掘ったためにすぐに掘り終え、ビニールを取り付けることになった。

「おー。透明でツルツルで、何度見ても不思議な素材ですねぇ」

フィレクシアが土にビニールの端を埋め、凸凹に折れ曲がった長い針金を骨組みのレールにビニールを押し込むようにしてはめ込む。

「むうう。けっこう難しいなぁ」

「リーゼ、怪我しないようにね」

手こずっているリーゼとは違い、くいくいと手際よくジルコニアが針金を押し込んでいく。

「お母様、上手ですね」

「こういう地道な作業、好きなのよ」

そうして黙々と作業をしていると、バレッタが戻ってきた。

手に、ハンカチを被せた大皿と、水の入った革袋を持っている。

「あ、バレッタ。おかえり」

リーゼが気付き、バレッタに声をかける。

「ただいまです。順調みたいですね」

「うん。フィレクシアさんが、バレッタの言ったことを完璧に覚えててくれたから」

リーゼが言うと、フィレクシアはバレッタに顔を向け、「にひ」と笑った。

誇っているらしい。

「バレッタは、何をしてきたの？　それ、何？」

リーゼが、バレッタの持つ皿を見る。

「ふふ、これを作ってきました」

バレッタはそう言うと、皿からハンカチを取り払った。

そこには、赤、橙、緑、黄、紫といった、綺麗に透き通った四角いものが山積みになっていた。

「えっ⁉　これ、宝石⁉」

「「えっ⁉」」

リーゼの叫びに、皆が駆け寄る。

「こ、これは、色付き黒曜石ですよね？　しかも、かなりの高品質だ」

カーネリアンが目を丸くして、皿の上のそれを見る。

綺麗に四角くカットされたそれは、日の光を浴びてキラキラと輝いており、とても美しい。

「すごい品質ですね……綺麗」

「あわわ！　バレッタさんは、宝石が作れるのですか⁉」

うっとりと見惚れるティティスと、バレッタに詰め寄るフィレクシア。

ジルコニア、リーゼ、マリー、ラースも、「おー」と声を上げてそれを見つめる。

しかし、エイラだけは難しい表情で、じっとそれを見つめていた。

「はい。宝石を作りました。綺麗でしょう？」

にこりと微笑むバレッタ。

フィレクシアは「すごいです！」、と大興奮だ。

「どうやって作ったんですか⁉　こんなに短時間で作れるものなのですか⁉」

「……あ！　分かりました！」

エイラが、ぽん、と手を打つ。

「バレッタ様。それは『琥珀糖』ですね？」

「はい、エイラさん、正解です」

「「琥珀糖？」」

バレッタとエイラ以外の皆の声が重なる。

琥珀糖とは、寒天に砂糖と色素を加え、乾燥させて固めた和菓子のことだ。

出来立ての琥珀糖は光沢があって透明度も高く、宝石のように美しい。

本来はじっくり1週間ほどかけて乾燥させ、曇りガラスのような見た目になるまで待ってからの完成となる。

ラースから宝石の話が出た時に、バレッタは思いついたのだった。

「はい。これ、宝石に見えますけど、お菓子なんです」

バレッタはそう言うと、紫色に透き通った琥珀糖を1つ摘まみ、口に入れた。

「うん。甘くて美味しい。皆さんも、食べてください。先に手を洗ってくださいね」

はい、とバレッタが水の入った革袋を差し出す。

皆は手を洗い、それぞれ琥珀糖を1つ、手に取った。

「すごく綺麗……いただきます」

リーゼが黄色い琥珀糖を口に入れる。

「ん！　甘くて美味しい！　それに冷たい！」

「気に入りました？」

「うん！　すごく美味しい！」

「あの、どうしてこんなに冷たいのですか？　冷蔵庫は、ここにはないですよね？」

エイラが不思議そうに聞く。

「ふふ、それは秘密です」

バレッタが人差し指を唇に当てる。

冷たさの秘密は、硝石だ。

硝石に水を加えると吸熱反応を起こし、温度が一気に低下する性質がある。

それを使ってキンキンに冷やした皿を木箱に入れて、熱々の溶かしたての琥珀糖を冷やして固めたのである。

材料に使った寒天は、一良が持ち込んでいた棒寒天をすり潰して粉にしたものを使った。

色付けの材料は、缶ジュースやワインなどの色の濃いものを混ぜた。

砂糖もたくさんあったので、こうして立派な琥珀糖を作ることができたのだ。

ラースたちもいる手前、バレッタは硝石を使ったという話は、念のため出さないでおくことにしたのだった。

「これは美味しいですね。すごく綺麗ですし、売り出したら評判になりますよ」

ティティスがもぐもぐと口を動かしながら、目を輝かせる。

「甘くて美味しいわね。手が止まらないわ」

ジルコニアが、ぱくぱくと琥珀糖を口に運ぶ。

とても気に入ったようだ。

村人たちも集まってきて、我も我もと手を伸ばして琥珀糖を口にする。

コルツやニィナたちも、「美味しい！」と喜んでいた。

「美味しいですねぇ！　ん？」

フィレクシアが背後に圧を感じ、振り返る。

オルマシオールとティタニアが、よだれを垂らして目を血走らせていた。

「わわっ⁉」

「ワウ！」

「ワンワン！」

「あ、食べたいのですね！　口に入れてあげますね！」

フィレクシアが2匹の口に、琥珀糖を、ぽい、と投げ込む。

2匹とも、もぐもぐと咀嚼し、もっと、とでも言うかのように、「ワン！」と吠えて口を開けた。

「あ、あの、カズラさんにも食べてもらいたいので、全部は食べないでくださいね？」

バレッタの呼びかけが聞こえているんだかいないんだか、皆がどんどん琥珀糖に手を伸ばす。

結局、すべての村人たちが騒ぎを聞きつけて集まってきてしまい、一良(かずら)の分はバレッタが必死に守った3粒だけになってしまったのだった。

あとがき

２０２３年３月某日。すずの木邸の書斎では、壁を背にしたすずの木が、刺身包丁を手にした美少女に睨みつけられていた。彼女の額には青筋が浮かび、目からは血涙が流れている。
シメキリ「どうして？　間に合うって言ったよね？　まだ30ｐ以上足りないよ？」
すずの木「だ、大丈夫！　予想より手こずってるけど、納期には間に合う予定だから！」
シメキリ「その納期、あと1時間切ってるよね？　あなたが分身しても間に合わないよね？」
苦しい言い訳をするすずの木に、シメキリちゃんが刺身包丁を突きの姿勢でかまえる。
シメキリ「もう、待てないよ。あなたを殺して、私も死ぬ！」
シメキリちゃんがすずの木の腹を目掛けて突進したその時。
高田（担当）「ゲボァ！」
突如として現れた担当の腹部に、刺身包丁が根元まで突き刺さった。
すずの木「た、高田さん⁉」
シメキリ「な、何よあんた⁉　邪魔しないでよ！」
高田（担当）「ゲフッ！　い、今のうちに！　シメキリちゃんは私が止めまゲハァ！」
すずの木「っ！　分かりました！　高田さん、どうか持ちこたえて！」

数日後。

高田（担当）「ゲフッ、ゲハァ」

すずの木「できた！　できたよ！　シメキリちゃん、もうやめて！　間に合ったよ！」

シメキリ「えっ、間に合ったの？　よかったぁ！」

それまで悪鬼のような表情で担当の腹部に刺身包丁をグリグリやっていたシメキリちゃんは、一瞬で天使のようなかわいらしさを取り戻すと、勢いよく包丁を引き抜いた。

シメキリ「やればできるじゃない！　私、すずの木さんのこと、ずっと信じてたよ！」

シメキリちゃんはそう言って優しく微笑むと、霧のように消えていった。

高田（担当）「おっ、おっ……おっ」

すずの木「高田さあああん!?」

というわけで、「宝くじ～」シリーズ、17巻目を発売することができました。

いつも応援してくださっている読者様、イラストレーターの黒獅子様、素敵な装丁デザインに仕上げてくださっているムシカゴグラフィクス様、本編コミカライズ版を連載してくださっているメディアファクトリー様、漫画家の今井ムジイ様、スピンオフ「マリーのイステリア商業開発記」を担当してくださっている漫画家の尺ひめき様、本作担当編集の高田様。いつも本当にありがとうございます。次巻、しっかり書き上げます。どうかよろしくお願いいたします。

２０２３年4月　すずの木くろ

本書に対するご意見、ご感想をお寄せください。

あて先

〒162-8540 東京都新宿区東五軒町3-28
双葉社　モンスター文庫編集部
「すずの木くろ先生」係／「黒獅子先生」係
もしくは monster@futabasha.co.jp まで

宝くじで40億当たったんだけど異世界に移住する⑰

2023年5月31日　第1刷発行

著者　すずの木くろ

発行者　島野浩二

発行所　株式会社双葉社
〒162-8540
東京都新宿区東五軒町3-28
電話　03-5261-4818(営業)
　　　03-5261-4851(編集)
http://www.futabasha.co.jp
(双葉社の書籍・コミック・ムックが買えます)

印刷・製本所　三晃印刷株式会社

フォーマットデザイン　ムシカゴグラフィクス

落丁・乱丁の場合は送料双葉社負担でお取り替えいたします。「製作部」あてにお送りください。
ただし、古書店で購入したものについてはお取り替えできません。
[電話]03-5261-4822(製作部)

定価はカバーに表示してあります。

ISBN978-4-575-75326-4　C0193
Printed in Japan

Mす01-17